지금, 죽는 꿈을 꾸었습니까

츠지도 유메 장편소설
게미 일러스트
손지상 옮김

제우미디어

IMA, SHINU YUME WO MIMASHITAKA
by Yume Tsujido

지금, 죽는 꿈을 꾸었습니까
Did you just dream of dying?
YUME TSUJIDO
츠지도 유메 지음
게미 일러스트
손지상 옮김
JMbooks

· 카나가와현 지도 노선표

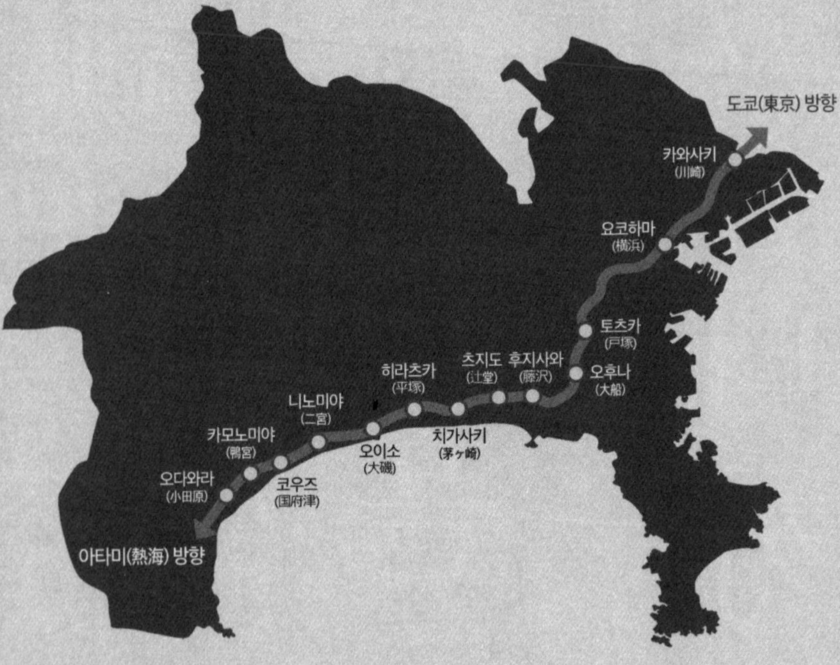
도쿄(東京) 방향
카와사키
(川崎)
요코하마
(横浜)
토츠카
(戸塚)
오후나
(大船)
츠지도
(辻堂)
후지사와
(藤沢)
히라츠카
(平塚)
치가사키
(茅ヶ崎)
니노미야
(二宮)
오이소
(大磯)
카모노미야
(鴨宮)
코우즈
(国府津)
오다와라
(小田原)
아타미(熱海) 방향

Did you just dream of dying?

CONTENTS

제1부

마지막 날

2018년 8월 4일 (토)

끼이익, 하는 바퀴의 마찰 소리와 묵직한 충격음이 났다.

커다란 몸을 흔들며 전철이 급정거 한다. 마주보고 앉는 좌석의 창가 쪽에 앉아 선잠을 자던 이세는 황급히 창틀을 붙잡고 몸을 지탱했다.

거칠게 정차한 차량 안은 침묵에 휩싸였다. 안내방송도 없다. 창밖에는 역 비상벨이 요란스럽게 울려 퍼지고 있었다.

잠에서 막 깨어나 몽롱한 상태로 차내 전광판을 올려다본다. '잠시 후 도착역은 치가사키(茅ヶ崎)역'이라고 적힌 오

렌지 색 글자를 확인한 이세는 창문 유리에 뺨을 대고 밖을 내다보았다.

이세가 탄 선두차량은 승강장 중간쯤에 멈춰 서 있었고, 승강장에는 사람들로 북적였다. 그 사이를 헤치고 지하철역 직원이 몇 명인가 나왔다. "뒤로 물러나 주세요." 하는 긴박한 목소리가 들려온다.

시간대가 휴일 21시인데 승강장이 왜 이렇게 혼잡해? 라는 의문은 바로 풀렸다. 승강장 천장에는 역 표시판 아래에 '2018년 8월 4일 (토) 치가사키 불꽃놀이 축제'라는 긴 배너가 가로로 걸려있었다. 자세히 보니 승강장에서 이리저리 움직이는 사람들 중, 절반이 유카타를 입고 있다.

아무래도 이세가 탄 전철에서 사람이 선로에 떨어지는 사고가 난 모양이다.

승강장이 심하게 혼잡한 탓에 밀려 떨어진 건 아닐까? 하고 생각이 들었다. 방금 들렸던 묵직한 소리가 혹시? 하고 인상이 찌푸려진다.

'아아, 승객 여러분에게 불편을 끼쳐드려 죄송합니다. 방금 전, 치가사키역 승강장에서 사람이 선로에 떨어져서 우리 열차는 긴급 정지했습니다. 잠시만 이대로 정차하

도록 하겠습니다. 현재 상황을 파악하는 중이오니 잠시만 기다려주시기 바랍니다――'

뒤늦게 나온 안내 방송을 멍하니 들으면서 이세는 눈을 감고 창틀에 팔을 괴어 몸을 기댔다. 아마도 밖은 찜통더위겠지. 밖이랑 비교하면 전철 안은 추울 정도였다. 치가사키역 승강장에서 불꽃놀이 구경하느라 땀에 푹 젖은 사람들이 잔뜩 타는 모습을 보고, 냉방온도를 낮춘 것일지도 모른다.

반대편 좌석에 두 다리를 얹고 몸을 쭉 편다. 좀처럼 출발할 생각이 없는 전철 안에서, 이세는 또 한 번 잠이 들었다.

――아, 이거 꿈이네.

꿈이란 것을 자각하고 있다는 사실이 신기했다.

꿈속의 이세는 카모노미야(鴨宮)역 승강장에 서있다. 사람이 드문드문한 승강장을 하얀 형광등이 어슴푸레 비추고 있다.

승강장 밖에는 진눈깨비가 내리고 있고, 이따금 강한 바람이 선로를 따라 자라난 잡초를 흔든다.

자신이 지금 두꺼운 검은 코트를 걸치고 주머니에는 두

손을 찔러 넣은 상태라는 사실을 깨닫는다. 입가에서는 하얀 김이 나오고 있다.

꿈속은 차가운 한겨울이었지만 추위는 느껴지지 않았다.

시각을 뺀 나머지 감각들이 심하게 흐릿하다. 온도가 없는 물속에 빠진 것처럼 귀가 먹먹하고 피부를 통해서도 아무것도 느껴지지 않는다. 비나 눈, 냄새조차 없다. 다만, 이상하게도 눈으로 받아들이는 시각 정보만큼은 하나하나 선명하게 머릿속으로 전해져 왔다.

갑자기 오른손이 멋대로 움직여서는 주머니에서 휴대전화를 꺼낸다.

자신의 의지와 상관없이 몸이 멋대로 움직였기 때문에 놀랐지만, 그 흔들리는 감정이 보이는 형태로 표현되는 일은 없었다. 자신의 오른손이 분명한데도 행동을 제어할 수 없어, 그저 내려다보는 수밖에 없었다. 따뜻하지도 춥지도 않은 방 안에서 혼자, 마치 1인칭으로 촬영한 VR영상을 보는 감각이었다.

이세의 의지와 상관없이 시선이 휴대전화 홈 화면으로 향했다.

'2019년 2월 4일 (월) 16시 54분'

정확히 지금으로부터 반 년 후다.

마음속에서는 알 수 없는 격렬한 감정이 휘몰아쳤다. 차분함이나 냉정함은 전혀 찾아 볼 수 없었으며, 오직 폭발할 것 같은 엄청난 분노와 초조함만이 머릿속에 퍼졌다.

난폭하게 발을 구르는 자신을 마치 다른 사람을 보는 듯이 관찰한다. 꿈을 보는 자신과 꿈속의 자신. 그 둘이 별개의 존재라는 사실을 이세는 영문도 모른 채 명확히 인식하고 있었다.

멀리서 전철 경적 소리가 들려오는 느낌이 들었다—— 동시에 이세는 뒤를 홱 하고 돌아보았다.

바로 옆에서는 남자 둘이서 몸싸움을 하고 있었다.

한 명은 고미부치였고, 나머지 한 명은 체크무늬 코트를 입었는데 고미부치 몸에 가려서 얼굴은 잘 보이지 않았다.

이세는 재빠르게 움직여, 방어하는 고미부치 곁으로 달려갔다. 체크무늬 코트를 입은 남자로부터 고미부치를 잡아 떼어내는 힘에 의해 그만 몸이 돌면서 선로 쪽을 향했다.

그 순간 눈앞의 풍경이 격렬하게 뭉개지면서 등이 뒤로 젖혀졌다.

누군가가 이세의 등을 밀면서 고미부치까지 한꺼번에

승강장 선로로 굴러 떨어뜨린 것이다. 추락한 이세는 몸을 틀어 형광등이 비추는 승강장을 올려다본다.

체크무늬 코트를 입은 남자가 승강장 가장자리에 서서 이세를 보고 있었다. 역광이라 얼굴이 잘 보이지 않는다.

멀리서 전철이 형형한 라이트를 받으며 달려오고 있다.

옆에서 절규하는 고미부치의 고함이, 마치 음소거라도 한 듯 아무 소리도 들리지 않던 두 귀를 자극한다.

피할 틈조차 없다.

죽는다——각오한 순간, 이세는 몸을 움찔거리며 벌떡 몸을 일으켰다.

커다란 소리가 났다. 맞은편 좌석에 올려놓은 다리가 가방을 걷어차는 바람에 가방이 바닥에 떨어진 것이다.

혀를 차며 몸을 일으킨다. 가방을 다시 맞은편 좌석에 던져놓고는 두 발을 바닥에 내려놓고 창밖을 내다봤다.

전철은 아직 어중간한 위치에 정차 중이었다.

멀리서 구급차 사이렌 소리가 들려온다. 승강장에는 역무원들이 바쁘게 노란 로프를 치고 있었다. 유카타를 입은 승객들이 연이어 계단을 향해 이동하기 시작했다. 통제 지시에 따르는 모양새였다.

이대로라면 전철이 다시 운행되기까지 한참 더 걸릴 것 같았다.

이세는 목을 쭉 빼고 차량 안을 훑어보았다. 이 선두차량에는 승객이 열댓 명 정도 골고루 퍼져 앉아있었다. 모두 무표정하게 스마트폰을 만지고 있다.

문득 통로를 사이에 둔, 옆 좌석을 쳐다보니 고등학교 교복을 입은 여학생이 앉아있었다.

하늘색 셔츠에 회색 주름치마. 어디선가 본 적 있는 교복이었다. 무릎 위에 올려놓은 남색 가방 손잡이를 꼭 쥐고 놀란 얼굴로 이세 쪽을 쳐다보고 있었다. 이제야 구급차가 도착한 모양인지, 빨간 불빛이 깜빡거리며 여학생의 얼굴을 스치고 지나간다.

눈살을 찌푸린 이세는 사람들이 천천히 이동하는 승강장으로 시선을 옮겼다. 악몽에 시달려 가방을 떨어뜨리는 모습을 설마 학생에게 들킨 줄은 몰랐다.

이마에 식은땀이 흐르는 게 느껴진다.

그건 그렇고――.

이상할 정도로 구체적이고 생생한 꿈이었다. 심지어 남이 만든 영화를 보는 느낌마저 들었다.

모든 사건이 자기 시점에서 전개되고 있는데도, 자기 의사가 전혀 개입되는 일 없이, 몸이나 시선이 제멋대로 움직였다. 꿈이라는 것을 알면서도 깨지 못했다. 추위도 느끼지 못했으며, 소리도 거의 들리지 않았다. 그저 자기가 전철에 치어 죽었다는 사실 만이, 꿈에서 깬 뒤에도 이세의 가슴 속을 묵직하게 짓누르고 있었다.

직장 동료와 함께, 직장에서 가장 가까운 역 승강장에서 누군가 자신을 죽이는 꿈.

이게 다 전철이 긴급정차 한 탓에 그런 꿈을 꾼 것이 분명하다. 현실, 치가사키역에서 일어난 사상사고가 무의식 중에 이세의 사고(思考)로 들어와서 형태를 잡아 재현된 것이리라.

"저기요."

옆에서 가느다란 목소리가 들렸다.

"괜찮으세요?"

돌아보니 옆 좌석에 앉아있던 여학생이 바로 옆으로 다가와서는 이세의 얼굴을 빤히 들여다보고 있었다. 어깨까지 내려오는 검은 머리카락이 하얀 뺨에 드리웠다. 인상적인 커다란 눈동자는 미세하게 떨고 있다.

그야 무섭겠지. 짧은 머리에 수염을 기른 겉모습 때문인지, 그 모습을 본 사람들은 대부분 이세를 피한다. 5년 동안 지낸 소년 교도소[1]를 출소한 지도 반 년, 길을 물어보는 사람은 물론, 이자카야[2]에서 말을 걸어오는 사람도 없다. 무서우면 말을 걸지 말지, 이상한 애네.

"뭐가?"

"가방이요. 엄청 큰 소리가 나서요."

"별로."

일부러 목소리를 깔고 다시 창밖으로 시선을 돌린다. 이세가 퉁명스러운 태도를 보이는데도 불구하고, 그녀는 마음대로 옆자리에 앉았다.

"저기요."

이세는 곁눈질로 그녀를 힐끔 쳐다보았다. 그녀의 목소리만 들으면 지인인가 싶기도 하지만 낯선 얼굴이었다.

이세의 옆을 노려보며 입을 꾹 다문 여학생에게 "왜 자꾸 부르는 거야?" 하고 묻는다.

"어디서 본 적 있지 않나요?"

"아니. 네가 착각하는 거 같은데?"

하고 대답하자 가슴이 울렁인다. 분명 만난 적은 없지만 인터넷에 얼굴 사진이 유출된 적은 있다. 그것도 10대 시

1. 일본에서 징역 3년 이상의 형을 받은 19세 미만의 미성년 범죄자가 소년원 대신 형벌을 받는 곳이다. 국내에는 2019년 12월 기준으로 김천 소년 교도소가 유일하다.

2. 일본 선술집

절이다.

"그런가요? 죄송합니다."

그녀는 시무룩한 얼굴로 시선을 정면으로 향했다. 하지만 이세 옆자리에서 떠날 기미를 보이지 않는다. 이 정도로 자리가 텅텅 비었는데 왜 그러는 거지?

이세와 여학생 사이의 대화가 끊기자, 차 안은 다시 침묵에 잠겼다.

빨간 구급차 사이렌 불빛이 창문을 통해 들어온다. 밖에서는 구조 활동이 시작된 모양인지 많은 구급대원이나 소방대원들이 계단을 내려오고 있었다. 아무리 그래도 15개 차량으로 편성된 전철이 승강장으로 달려오고 있는데 머리부터 뛰어들었으니 살아있을 리가 없다.

옆에서 가만히 앉아있는 학생은 무시하자고 생각한 이세는 창문 유리에 머리를 기댔다. 서늘한 창문 유리를 뺨으로 느끼면서 눈을 감는다.

잠시 뒤, 전철 밖에서 들려오는 시끌벅적한 소리에 귀를 기울였다. 말 할 때 마다 '어…'가 쓸 데 없이 많은 차량 내 안내방송이 때때로 황망히 들려온다.

그 상태로 10분 정도 시간이 흘렀다.

정신을 차려보니 이세는 자갈밭에 서 있었다.

입김이 하얗다. 방금 전 본 꿈과 마찬가지로 두꺼운 검정 코트를 입고 있다.

사무실 뒤, 주차장 한 가운데에 떡 버티고 선 이세는 불끈 쥔 두 주먹을 부르르 떨고 있었다.

꿈이구나, 상황은 파악했다.

게다가 비슷한 꿈이다. 시각 말고 다른 정보 대부분이 차단된 상태라 소리나 냄새는 거의 느껴지지 않는다. 자기 의사로 몸을 움직일 수도 없고, 말도 나오지 않는다.

이세는 뱃속의 창자가 끓어오르며 뒤집힐 것만 같았다. 눈알은 증발하는 게 아닌가 싶을 정도로 눈이 뜨거웠고 머리로 피가 쏠려 눈앞이 뒤틀린다.

머리를 들자 바로 앞에는 낯익은 흰색 밴이 정차되어 있었다. 매일 오가는 주차장과 몇 번이나 탔는지 셀 수도 없는 회사차다. 하지만 눈앞에 펼쳐진 풍경은 평범하지 않았다.

이세의 두 눈이 향한 곳에는 붉은 얼룩이 져있었다. 하얀 자동차 차체에 군데군데 튄 생생한 액체.

회사차 문이 활짝 열렸다.

문에 매달리는 자세로 고미부치가 쓰러져 있다.

고미부치는 신음소리를 내며 옆구리를 두 손으로 누르고 있었다. 검은 다운재킷에서 깃털이 튀어나와 원래 색이 아닌 다른 색으로 물들어 간다.

빨갛다.

고미부치 옆구리에 끈적하니 붙은 피를 노려보며 이세는 뒤를 돌아봤다.

바로 옆에 낯익은 얼굴이 보였다. 너무 오랜만이라 이름이 바로 떠오르지 않았다.

카스야 타쿠미——초등학교 때 같은 반이었다.

저 녀석이 왜 갑자기 꿈에 나오는 거지?

카스야는 기억 속에 남은 모습과 달리, 어른스럽게 나이를 먹은 모습이었다. 현재의 이세와 동갑으로 보인다. 마지막으로 본 게 6년 전인데도 성장한 모습이 자연스럽게 꿈에서 나타나다니 묘했다.

그 잘생긴 입술로 중얼거리며 한 손을 들어올렸다. 그리고 그 손으로 나이프를 쥐었다.

새빨갛게 물든 은색 날.

이세는 바로 손을 뻗었다. 자기 의사와는 상관없이. 손이 멋대로 나이프 손잡이를 잡더니 카스야 손에서 떼어놓았다. 그리고——.

이세는 카스야 옆구리를 나이프로 찔렀다.

시선 끝에서 카스야의 잘생긴 얼굴이 괴로움으로 일그러진다.

비명을 지를 뻔하며 벌떡 일어났다.

빨간 빛이 눈을 찌른다. 아까 전과 다를 바 없이 차 안을 비추는 구급차 사이렌 불빛이었다.

후우, 작게 한숨을 내쉰다.

온몸이 땀에 젖었다. 잠이 확 깼다. 아무리 전철이 사상사고를 낸 상황이라고는 하지만 꿈 내용이 이상했다.

방금 본 건 대체 뭐지? 직장 동료 고미부치가 나온 것은 그렇다쳐도 카스야가 등장한 이유는 이해가 가지 않았다. 한동안 잊고 지낸 초등학생 시절 친구다. 지금은 친구도 아무것도 아니다. 고등학교를 졸업한 후 완전히 사이가 멀어졌다.

사람을 찌르는 꿈이라 그런지 기분이 찜찜하니 좋지 않았다. 거친 숨을 진정시키기 위해 창밖을 보려고 하는 데 옆자리에는 아직도 그 학생이 앉아있다는 사실을 깨닫는다.

"저기요."

이번이 세 번째다. 이세는 짜증이 나서 "뭔데?" 하고 거칠게 대답했다.

"혹시, 꿈 꿨어요?"

"뭐?"

"루시드 드림, 아니었나요?"

"루시……뭐?"

"루시드 드림이요. 꿈인 줄 알면서도 꾸는 꿈을 말해요."

그녀가 불쑥 속삭였다.

"꿈 내용은——전철에 부딪쳐 죽는 꿈, 아니에요?"

"그걸 어떻게"——안거지?

"저도 요즘 자주 꾸거든요. 승강장에서 떨어져서 전철에 부딪쳐 죽는 꿈."

"장난치지 말고."

이세는 엄지로 창밖을 가리켰다. 들것과 오렌지색 모포가 보였다.

"밖에서 저 난리를 치니까, 짐작해서 맞춘 거지?"

"그런 거 아니에요."

"아니면 뭔데?"

이세가 짜증스럽게 말하자 여학생도 이제야 겁을 먹었

는지 입을 다물어 버렸다. 하지만 여전히 자기 자리로 돌아갈 생각을 하지 않는다.

뭐가 어떻게 된 거야? 수상하게 여기면서 바깥 상황을 지켜보았다. 차량 전방에서는 파란 방수포를 치는 모습이 보였다.

전철은 좀처럼 움직일 기색을 보이지 않는다. 아무리 그래도 또다시 잠이 들 엄두는 나지 않았다. 연속으로 본 이상한 꿈 때문에 정신이 번쩍 들어 있었다.

루시드 드림——이라고 했던가?

그러고 보니 평범한 꿈은 아니었다. 고미부치랑 함께 승강장에서 떠밀려 죽는 꿈도, 눈앞에서 고미부치가 칼에 찔린 상황에서 카스야의 피 묻은 나이프를 빼어 복수하듯 찔러버린 꿈도, 다 기분 나쁜 꿈이었다. 색이나 형태가 하나하나 선명했기에 잠에서 깼는데도 그 장면을 생생하게 기억하고 있다. 내용을 비약할 것도 없이 꿈속에서 일어난 상황을 빠짐없이 하나하나 머릿속으로 곱씹어 떠올릴 수 있었다. 무슨 꿈을 꾼 건지 기억을 떠올린다기보다도, 현실에서 있었던 일을 되짚는 감각에 가까웠다.

꿈이라고 분명하게, 그리고 확실하게 알고 있는데도 불구하고 지금도 손 떨림이 멈추지 않는다.

얼마 뒤, 차량 앞에 깔렸던 방수포도 경찰관이 걷어가고 소방관 구급대원들이 차례로 계단 위로 올라갔다. 모포로 철저하게 가려져 있는 들 것이, 지나가는 사람들 사이로 슬쩍슬쩍 보였다.

전철이 정차한 지도 50분이 넘게 경과했다.

'어…오래 기다리셨습니다. 우리 열차는 앞으로 약간 이동한 후, 바로 문이 열리겠습니다. 어…치가사키역에서 내리시는 승객 여러분은 두고 가는 물건 없도록 한 번 더 확인하시기 바랍니다——'

이제야 차내 안내방송이 나왔고 전철이 느릿느릿 움직이기 시작했다. 승강장 가운데에 있는 계단을 뒤로 보내고, 승강장 가장자리까지 오고 나서야 천천히 멈춘다.

갑자기 푹 찌는 공기가 흘러들어 왔다.

옆자리에 앉은 여학생이 일어섰다. 뭐라고 말하려는 느낌이 들어서 이세는 눈길만 돌렸다.

그녀는 잠시 망설이더니 입을 열었다.

"우린 결국 죽을 거예요. 꿈에서 본 것처럼. 얼마 안 있어서……전철 사고로."

그녀가 슬퍼하듯 고개를 숙인다.

"바꾸고 싶은데 바꾸지 못해요. 아무리 노력해도."

라는 말을 남기고, 그녀는 전철에서 내렸다.

2018년 8월 5일 (일)

휴대전화 알람이 잠을 깨웠다.

아침 6시 반. 평소와 다름없는 기상시간이다. 새벽인데도 에어컨이나 선풍기도 없는 방이라서 찜통 같은 열기로 가득했다.

어두운 방 안에서 일어나 천장에 매달린 형광등 끈을 잡아당겨 불을 켰다. 하얀 빛 아래에서 두 평 채 되지 않는 다다미 방이 모습을 드러낸다. 바로 옆에 아파트가 들어선 탓에 동남쪽으로 난 작은 불투명한 유리창으로는 더 이상 아침햇살이 들어오지 않는다.

얇은 요를 삼등분으로 접고 그 위에 솜이불과 베개를 얹어 놓았다. 이런 계절에도 두꺼운 솜이불을 덮는 이유는 개어놓을 수납공간이 없기 때문이다. 이불 안 갠다고 뭐라고 할 사람도 없지만, 5년 동안 지낸 곳에서 규칙이 몸에 배인 탓에 안하고 넘어가기가 어려웠다.

——우린 결국 죽을 거예요.

어제 토카이도 노선 전철 안에서 벌어진 일은 도대체 뭐였을까, 볼일을 보면서 생각했다. 동시에 욕실 벽에 난 곰팡이가 또 불어난 게 눈에 띄었다.

세수하는 사이, 옆방 문 자물쇠가 열리는 소리가 들렸다. 생활 소음이 들리는 낡은 목조 연립주택 원룸이지만 시끌시끌한 필리핀 사람들이 자고 있는 새벽 시간대는 비교적 조용한 분위기가 감돈다.

한 벌 밖에 없는 양복으로 갈아입은 이세가 방을 나섰다.

걸어서 20분 정도 걸리는 카와사키역에서 토카이도선 하행 전철에 탄다. 일요일 아침이라 이세가 탄 가장 뒷칸에는 승객이 거의 없었다.

출퇴근을 막 시작한 무렵에는 통근 전철에서 보내는 1시간이 한없이 길게 느껴졌지만 익숙해지니 아무렇지 않았다. 차량이 15량이나 되니 맨 앞칸과 뒷칸은 자리가 빈다. 물론 평일 아침저녁에는 지금처럼 텅 비어있지 않지만, 좌석 확보만 놓고 보면 비교적 쉽다는 것이다.

안타깝게도 폴더폰 밖에 가지고 있지 않아서 스마트폰처럼 무언가를 보면서 시간을 죽이지도 못하고, 그렇다고 소설이나 신문을 읽는 고상한 습관을 가진 것도 아니다.

하지만 굳이 그런 짓을 하지 않더라도 자리가 나면 앉아서 팔짱을 낀 채 눈을 감고 가만히 있으면 알아서 시간이 흘러간다.

하지만——오늘은 평소처럼 선잠에 들 기분이 아니었다.

요코하마역을 지나 토츠카역을 지났는데도 이세는 의식적으로 잠을 깨기 위해 눈을 뜨고 바깥 풍경을 바라보고 있었다.

오후나, 후지사와, 츠지도, 치가사키로 내려가면 쇼난 지역으로 들어가는데, 같은 주택가라 하더라도 이세가 사는 지역에서부터 집값이 점점 올라간다. 사가미강을 건널 때는 수면에 반사되는 아침햇살이 눈부셔, 저도 모르게 눈을 찌푸린다. 히라츠카역을 지나자 전철은 작은 산 옆을 달리기 시작한다. 오이소, 니노미야. 반대쪽에서는 세이쇼의 바다가 보였다 안 보였다 할 때면 여름방학을 맞아 여행을 온 관광객들이 환성을 지른다.

도심에서 주택가를 지나 시골까지.

이 통근 풍경이 싫지는 않다. 그렇지만 자신이 나고 자란 동네를 가로질러야 한다는 점은 기분이 좋다고는 할 수 없었다.

하지만 이제 4개월쯤 지나면서 익숙해졌다.

다행히 졸리지는 않았고, 어제 이상할 정도로 리얼한 악몽을 연속으로 꾼 것은 역시 어쩌다 한 번 그런 걸지도 모른다.

하얀 피부에 날씬한 그 여학생을 떠올린다. 그녀가 옆자리로 다가와 앉아서 말을 건 것도, 전철에 치어 죽는다는 꿈 내용을 들킨 것도, 현실에서 벌어진 일이 아닌 게 아닐까 하는 느낌마저 점점 들기 시작했다.

——오히려 그녀와 대화한 것 자체가 꿈이 아닐까? 하고, 흔들리는 전철에 몸을 맡긴 사이에 긴장이 풀렸는지 목적지 바로 직전 역인 코우즈역을 막 빠져나오는 순간 꾸벅꾸벅 졸고 말았다.

꿈이다. ——이세는 바로 알아차렸다.

이세는 카모노미야역 승강장을 걷고 있었다. 양복 상의와 서류가방을 전부 오른손에 들고 개찰구로 향하는 길이다. 자신이 토카이도선 안에서 잠이 들었다는 사실을 인지하고 있어서인지, 전철에서 내린 뒤 주변을 둘러보자 이상한 기분이 들었다.

꿈속의 이세는 손에 든 휴대전화를 내려다보며 문자

를 입력하고 있었다. 누구한테 메일을 보내고 있는 건지, 'OK'라는 두 글자가 화면에 보였다.

메일을 보내고 고개를 든 순간——눈앞 자동판매기 문이 거칠게 달려들었다.

서둘러 걷던 이세의 몸은 반사적으로 옆으로 피했다.

황록색 작업복을 입은 중년 남성이 뛰쳐나와 굽실굽실 머리를 숙인다. 입 모양으로 보아 "죄송합니다." 하고 사과를 하는 모양이다.

제정신인가, 욕을 하고 싶어졌다.

'잠시 후, 카모노미야, 카모노미야역에 도착합니다. 내리실 문은 오른쪽입니다——'

안내방송이 흐르고 이세가 잠에서 깼다.

코우즈역까지도 보였던 바다가 더 이상 보이지 않았다. 오다와라역 바로 직전 역인 카모노미야역에 다가가자 선로 양쪽 풍경이 뻥 뚫려 분위기가 확 바뀐다. 멀리서 푸른 산이 차례로 늘어서 있고 앞에는 주택이나 공장, 낡은 목조 연립주택 원룸 등이 낮은 위치에 늘어서 있었다. 그 광경을 이세는 앉은 자리에서 등을 기댄 채 멍하니 바라보았다.

묘하게 생생한 꿈이었다. 어젯밤 퇴근길에 본 꿈들과 똑같다. 꿈속의 자신이 현재 꿈이라는 사실을 자각한다. 이런 일이 흔히 있는 걸까?

그보다 더 무서운 것은 하룻밤이 지난 지금도 어젯밤 루시드 드림을 꾸면서 경험한 내용을 상세히 기억하고 있다는 사실이었다. 정신없이 고미부치를 체크무늬 남자에게서 떼어낸 것도, 카스야 타쿠미 옆구리에 나이프를 찌른 것도, 모두 순서대로 정확히 떠올릴 수 있었다.

보통 꿈이라면 말도 안 되는 일이었다. 어느 정도는 기억이 나더라도 인상적이었던 한 프레임이 머릿속으로 떠오른다거나, 대략적인 내용만 어렴풋이 떠오르는 정도 말고는 기억에 남지 않는 법이다.

고개를 갸웃거리며 이세는 전철에서 내렸다. 서류가방과 싸구려 양복 상의를 오른손에 든 후줄근한 회사원 차림새로 평소처럼 승강장을 성큼성큼 걸어간다.

도중에 가슴 주머니 속에서 휴대전화가 진동하는 것을 느꼈다. 꺼내서 확인하자 고미부치가 메일을 보냈다. '전화로 문의사항 안건 몇 개 발생. 오늘이나 내일 중으로 외근 부탁.'이라는 문장에 'OK'라고 적어 답장을 보낸다.

그 순간 눈앞에 벽이 불쑥 튀어나왔다.

"아이고, 미안합니다! 안 보였어요."

벽인 줄 알았는데 활짝 열어놓은 자동판매기 문이었다. 옆에서 작업복을 입은 아저씨가 당황한 얼굴로 몇 번이고 고개를 숙인다. 음료수 보충 작업을 하면서 주변에 사람이 있는지 확인도 하지 않고 활짝 열어놓은 모양이었다. 흰 수건을 맨 이마는 땀에 젖어있었으며 황록색 폴로 셔츠도 마찬가지였다.

제정신인가.

하고 말하려는 순간 입을 다물었다.

이세는 작업 하는 아저씨를 곁눈질로 노려보며, 서둘러 발길을 옮겼다.

이게 어떻게 된 거야? 머리가 혼란스럽다.

코우즈역을 나와 카모노미야역에 도착하는 그 짧은 시간 동안 꾼 꿈에서——방금 전과 똑같은 경험을 하지 않았나?

기분 나쁜 으스스함에 짓눌리면서 이세는 출근길을 서둘렀다.

사무실로 들어가자 창가 자리에서 "왔냐." 하고 밝은 목소리가 들려왔다.

"이세, 어제 괜찮았냐? 전철 멈췄지? 치가사키에서 사람이 죽었다며?"

데스크탑 너머로 고미부치가 쾌활한 얼굴을 힐끗 내보인다. 햇볕에 그을린 고미부치의 얼굴을 보니 순간적으로 심장이 쿵 뛰었다. 어젯밤 루시드 드림 속에서 목격한 피투성이가 된 고미부치가 회사차에 기댄 모습이나, 달려드는 전철을 보며 절규하는 모습이 뇌리에 떠오른다.

이세는 어색한 미소로 고미부치에게 답했다.

"최악이었어. 사고 난 전철에 내가 타고 있었거든."

"진짜?"

"어. 그래서 전철 안에서 한 1시간 갇혀 있었어."

"그게 웬 날벼락이야. 안 그래도 집도 멀잖아. 카와사키 맞지?"

고미부치가 인상을 찌푸리자 옆 책상에서 캔커피를 마시던 코시누마가 "뭐 하러 그렇게 먼 데 살면서 이사도 안 하냐, 이세?" 하고 쳐진 턱살을 떨어가며 웃었다. "카와사키 같은 도회지 보다 오다와라 시내가 훨씬 집값도 싸고 살기 편해. 카모노미야면 출근 걸어서도 하겠다."

"아직은 그럴 생각 없어."

코시누마가 쉽게 말해서 그렇지, 이세처럼 전과가 있는 사람이 거주지를 확보하기란 그리 쉬운 일이 아니다. 카와사키 갱생보호시설에 있었을 때 봉사단체가 알선해 준 지금 집을 놓치고 싶지 않다.

게다가——이세는 자기가 자란 동네와 완전히 다른 곳에서 살고 싶었다.

그런 의미에서 도시가 더 마음이 편하다.

이세가 자기 자리에 앉자 고미부치의 손이 슬쩍 다가와 종이 한 장을 건네주었다. 유망고객 이름과 주소와 전화번호가 인쇄된 목록이다. 오늘은 정보가 3명 분 적혀있다.

"이거 아까 메일로 보낸 자료. 오늘 돌 수 있어?"

"아마도. 수금이랑 상담이 한 건씩 있기는 한데 다 근처거든. 가능하면 오늘 중에 다 처리하게끔 조정해볼게."

"땡큐. 전에 그 기사 꽤나 반응이 좋은 것 같아서. 코시누마가 굳이 전화영업 안 해도 고객 쪽에서 먼저 연락이 오더라고."

"이야, 대박인데."

"빈곤가정 아이들을 돕겠다는 어른이 이렇게 많을 줄이야, 일본도 아직 끝은 아닌가 봐. 나 진짜 이 일 시작하기 잘 한 거 같아."

고미부치가 평소대로 자화자찬을 시작했다. 자화자찬할 만큼 일은 확실하게 처리한다.

반응이 좋았다는 기사는 고미부치가 오다와라시 시장에게 감사장을 수여받았다는 내용이었다. 저번 주에 발행된 무가지*에 실렸다.

'특정비영리 활동법인 커넥티드'는 고미부치 켄스케가 대학시절 설립한 비영리 활동 단체다.

권유를 받았을 당시, 활동내용을 들었을 때는 주저했다. IT기술을 활용해 빈곤가정 아이들을 행복하게 한다는 이념 아래 100% 민간 장학기금을 운영하는 단체라고 한다. 고등학교 때 같이 사고치고 다니던 고미부치가 그런 훌륭한 비영리 활동 법인 대표를 맡고 있다니 믿기지가 않았고, 숭고한 이념을 가진 단체에 자신 같은 인간이 껴서 같이 일을 한다는 상상이 가지 않았다.

고등학교 3학년 이후로 5년 만에 만난, 한때는 같이 양아치 짓을 하던 친구에게 "너 제정신이냐?" 라고 물었을 때 돌아온 대답은 "생각을 고쳐먹었어. 우리도 이제 스물다섯인데 슬슬 정신 차리고 살아야지."라는 지극히 당연한 대답이었다.

---

* 신문사에서, 무료로 나누어 주는 신문.

이세가 높은 벽에 갇혀서 몸부림치고 있는 동안 고미부치는 인생관이 크게 바뀐 모양이었다. 노느라 정신이 없었던 놈이 고등학교 졸업하고 1년 동안 미친 듯이 공부해서 유명한 사립대 경영학부에 들어갔다니 깜짝 놀랐다.

실제로 고미부치는 비즈니스 센스가 있었다.

목돈을 모아놓은 고령자를 중심으로 기부를 모아, 대학 진학을 희망하는 빈곤가정 아이들에게 지급한다는 발상까지는 일반적인 기부형 장학금 제도다. 다른 점이 있다면 "IT기술을 이용해 기부자와 장학생을 1:1로 이어준다."라는 점이었다.

고액을 지급하는 기부자에게는 보답으로 통신기능이 붙은 태블릿 PC를 빌려주고 한 달에 1번, 지원 학생과 영상통화를 할 수 있는 기회를 제공한다. 이렇게 하면 기부하는 쪽은 마치 자기 자식이나 손자 학비를 대는 듯 실감을 느끼기 때문에 기부 의욕도 올라간다.

"기부금 사용 용도를 가시화하는 거지. 원그래프로 정리해서 자료를 공개 한다, 같은 아날로그 방식이 아니라 더 직접적으로. 그게 훨씬 안심되고 재밌잖아?"

고미부치는 열변을 토했다.

이 아이디어로 승부를 보겠다는 고미부치는 훌륭하게

성공을 손에 넣었다. 설립한 지 3년이 지난 지금도 기부금은 점점 확대되고 있고 기부대상자 숫자도 비례해서 늘어갔다.

어제 오다와라시 시장에게 표창장을 받은 것도 지역밀착형 비영리 단체로 성공을 거두었기 때문이다. 이세와 마찬가지로 히라츠카시 출신인 고미부치가 왜 오다와라에서 비즈니스를 시작한 건지는 잘 모르지만, 도심에서 떨어진 지역이 훨씬 고령자 비율이 높기 때문이라는 말은 일전에 얼핏 듣기는 했다.

이세 입장에서는 고마운 일이었다. 사무실이 한 때 살았던 히라츠카였으면 거절했을 가능성도 있기 때문이다.

비영리라는 특성 상, 월급이 적어 생활이 어렵다는 점은 변함이 없으나, 잘 곳이 있는 것도 생활을 유지할 수 있는 것도 전부 여기 덕분이다.

"코시누마, 배너는 다 만들었어?"

고미부치가 고개를 쭉 빼고 코시누마의 모니터를 들여다본다.

"거의 다 됐어. 그런데 솔직히 퀄리티는 장담 못하겠어. 업자한테 맡기는 게 나았을 텐데."

"외부에 하청주면 돈이 들잖아. 줄일 수 있는 만큼 최대한 줄여야지, 안 그래도 예산이 적으니까."

하고, 두 사람은 계속 모니터를 손가락질하며 토론을 시작했다. 그런 고미부치와 코시누마를 곁눈질하며 이세는 소책자 다발과 수금봉투를 가방에 넣고 눈앞의 사무실 전화기를 들었다.

방금 전에 건네받은 리스트를 보면서 전화를 걸고 방문 약속을 잡는다. 한 건은 연결되지 않았지만 나머지 두 건은 약속시간이 정해졌다. 두 건 모두 나긋나긋한 나이 많은 여성 목소리였다.

내근하는 두 사람에게 인사를 건네고 좁아터진 사무실을 나왔다. 건물 바로 옆을 지나가는 토카이도선 선로를 바라보며 외부계단을 내려가 건물 뒷마당 주차장으로 향했다. 도중에 1층에 있는 방문 간호 서비스 업체 직원과 마주쳐 가볍게 목례를 나누었다.

"아, 그거 봤어요."

말을 걸어와서 고개를 뒤로 돌린다.

"오다와라 타임즈 기사. 그쪽 회사의 고미부치 씨 맞죠? 대단한 사람이던데?"

"아, 그거요. 감사합니다."

읊조리듯 대꾸한 이세는 서둘러 그 장소를 벗어났다.

이 2층짜리 낡은 허연 건물 1층에는 방문 간호 업체가, 2층에는 비영리 활동 법인 커넥티드 사무실이 들어서 있다. 1층에는 편하게 인사를 하거나, 잡담을 걸어오는 중년 여성이 많아 이세는 약간 무뚝뚝해진다.

다른 사람에게 사교성 있게 대하는 성격이 못 된다.

고미부치는 그런 자신에게 고령자를 상대해야 하는 영업일을 잘도 맡겼다. 그 뿐만 아니라 "직무상 필요하잖아?"라며 운전면허 취득 비용까지 빌려주었다.

고미부치한테 "진짜 나한테 맡겨도 괜찮겠어?" 하고 몇 번이고 되물었다. 그러자 "까놓고 말해서 네가 좀 난폭한 구석이 있긴 해도 어쨌든 간에 거짓말은 못하는 성격이잖아. 솔직하고 성실한 면이 고령자 상대로 영업하는 데 분명히 도움이 될 거야." 하고 진지한 대답이 돌아왔다.

확실히 거짓말은 싫어한다. 잠적하거나 사기 치는 게 특기라면 그 날, 이세는 분명 순순히 경찰서에 연행되는 일은 없었을 테니까. 진술에 조금만 거짓말을 섞었다면 형기도 꽤 단축되었을 지도 모른다.

건물 뒤쪽에 있는 자갈 깔린 주차장에 발을 들인다. 여기에 회사차 한 대를 주차시켜 놓았다.

하얀색 밴 문을 열려고 키를 든 순간——어젯밤 전철 안에서 꾼 꿈이 갑자기 머릿속에 되새겨졌다.

이 주차장에서 피투성이가 되어 쓰러져 있던 고미부치.

새빨갛게 물든 나이프를 든 카스야 타쿠미.

그 나이프를 빼앗아 카스야의 옆구리를 찌른 자신.

그리고 오늘 아침 카모노미야역 승강장에서 자동판매기 문에 부딪칠 뻔한 일이 생각났다. 어느 여학생이 말한 사망예언도 스쳐지나간다.

——그 꿈은 대체 뭐냐고.

머리에 떠오른 광경을 흔들어 털어버리고 운전석에 올라타 시동을 걸었다. 처음 방문할 곳 주소를 내비게이션에 입력한다. 이 사무실은 카모노미야역에서 3분이면 도착할 정도로 입지조건이 좋지만, 찾아다녀야 할 고객들의 집은 대부분 오다와라시 시내나 주변지역에 퍼져있기 때문에 효율 좋게 영업을 돌아다니려면 대중교통을 이용하는 것 보다 법인차를 끌고 가야한다.

처음 방문할 곳은 코우즈 방향이었다. 차로 15분이면 도착한다.

이세가 하는 일은 크게 두 가지였다. 하나는 기존 고객을 정기적으로 찾아가 수금하는 것. 나머지 하나는 신규 고객을 확보하는 것이다.

오전 중에는 주로 수금업무에 집중하는 편이다. 기본적으로 기부는 전국에서 홈페이지를 통해 받고 있지만, 비교적 상당한 금액의 기부를 하는 고객 중 오다와라시나 주변에 살고 있는 고령자는 이세가 직접 방문을 해서 당월분 기부금을 현금으로 받고 있다. 고령자 가운데에는 인터넷으로 지불하는 데 익숙하지 않은 사람이 많아서 최근 시작한 이 서비스가 상당히 반응이 좋았다.

특히 독거노인의 경우, 이세가 정기적으로 방문하면 환영하는 경향이 강했다. 친척과 친하게 지내본 일이 없는 이세에게 있어서는 차나 과자를 내오거나, 근황을 묻거나 하는 일이 낯설기만 했다.

수금업무가 얼추 끝나면 점심쯤부터 신규고객 확보 업무를 시작한다. 고미부치로부터 받은 리스트에 실린 집을 순서대로 찾아가는 것이다. 신규 확보라고 해도 오다와라시 시내에 사는 고객에게 먼저 전화로 약속을 잡아 유망고객 수를 산출하기까지의 과정은 코시누마가 대신 해주기 때문에 이세가 부담을 크게 느끼는 일은 없었다.

첫 번째 집은 70대 정도 된 여성으로 "생각해 보겠다."라는 대답을 받았다. 두 번째 집은 80세 전후로 보이는 부부로 "매달 5천엔 정도라면." 하고 적은 예산을 생각하고 있기에 홈페이지에서 자동이체 수속 밟는 법을 안내했다.

좋은 반응을 보인 곳은 저녁때가 되서야 방문한 세 번째 집이었다.

오래된 일본식 전통 가옥 집으로 들어간 이세가 명함을 내밀자 부드러운 분위기를 풍기는 고령의 여성이 "사카구치 마사코라고 합니다." 라고 이름을 밝혔다.

"참으로 훌륭한 일을 하고 계시네요."

이세가 장학금 제도의 구조를 설명하는 소책자를 손가락을 짚으며 중얼중얼 설명하는 동안 사카구치 마사코는 몇 번이나 고개를 끄덕이며 감동한 듯이 한숨을 내쉬었다.

"제가 말이죠, 작년에 남편이 세상을 떠났어요. 대장암이었지요. 여든을 넘은 나이였으니 암도 천천히 커지겠거니 했는데, 암이라고 확진을 받고 나서 반 년 만에 세상을 떠버렸어요. 아들은 가족이랑 같이 일을 하기 때문에 상하이로 떠나버렸고, 평소에는 사람이랑 만날 기회도 거의 없어서——"

요약하자면 이런 이야기였던 것 같다. 작년에 죽은 남편은 중소기업 회장이어서 유산과 연금이 충분해 사는 데 지장은 없지만, 외동아들이 해외로 가 버린 바람에 손자랑 만날 일도 없어졌고 외롭던 차에 코시누마가 전화를 해서 일단 이야기를 들어볼까 한 것이다.

"손자가 한 명 더 늘어났다는 느낌이 드실 겁니다."라고 이세가 고미부치한테서 배운 문구를 그대로 입에 담자, 마사코가 방긋 미소 짓는다.

"한 달에 한 번, 대상자인 아이 얼굴을 보면서 대화가 가능하다고 그러셨지요?"

"그렇습니다."

"컴퓨터나 스마트폰이 없는데 괜찮을까요?"

"태블릿 PC를 빌려드립니다."

"어머 다행이네요, 빌려주시나요? 저번부터 태블릿 PC가 갖고 싶었는데. 손가락으로 이렇게이렇게 하는 거 티비 광고에서 보고 멋있어 보였거든요. 그걸로 장학생 분하고 영상통화 하는 거 말고도 다른 용도로 써도 될까요? 상하이에 있는 아들이나 손자랑도 영상통화 해보고 싶은데."

"인터넷 이용은 자유입니다."

"그것까지 포함이면 아주 저렴한 셈이네요. 태블릿 PC 쓰는 법도 가르쳐주시는 건가요?"

"예, 제가."

교육도 업무에 포함된다. 영상통화로 장학생과 기부자를 이어주는 일을 목적으로 하고 있는데 정작 중요한 태블릿 PC가 먼지 앉은 채로 방치되면 무슨 소용이 있겠는가? 납품할 때 매번 조작방법을 가르치면서, 여태까지 만져본 적도 없었던 태블릿 PC도 나름 능숙하게 다루게 됐다.

사카구치 마사코는 그 뒤로 1시간 정도 잡담이나 자기 이야기를 이어갔다. 끈기 있게 참은 끝에 마지막으로 마사코가 만족스러워 하는 모습으로 소책자를 가져갔다.

"새로운 손자가 생기길 기대하고 있을 게요."

하고, 사카구치 마사코는 이세가 제시한 계약내용에 동의했다. 한 명의 대학생에게 매달 5만엔 씩 4년 동안 독점적으로 지원하는 것이다. 총 240만엔. 비영리 활동 법인 운영경비를 빼기 때문에 장학생에게 지급되는 금액도 약간 낮아지기는 하지만, 그래도 큰돈이다. 국공립 대학이면 학비로 쓸 돈을 거의 다 저축할 수 있다.

"제가 지원하는 학생은 남학생? 아니면 여학생인가요?"

"아직은 모릅니다. 하지만 보통 남학생이 많습니다."

"어머, 그래요? 요새는 여학생도 대학진학 희망자가 많다고 생각했는데 말이에요. 좋은 대학을 가고 싶어하는 학생 중에는 남자애들이 아직 더 많은 모양인가 봐요?"

"그럴까요."

이세는 대학에 갈 생각조차 한 적이 없었다. 부모도 기대하지 않았을 것이다. 고등학교를 졸업한 다음에는 적당히 직장 잡아서 생활하면 그걸로 충분하다고 생각했다.

결과적으로 이세는 고등학교도 졸업하지도 못했고 스무살에 사회인이 되지도 못했다.

서류에 날인을 받은 이세는 사카구치 마사코의 집을 나왔다.

시각은 19시를 넘겼다. 고객이 길어질 것 같은 이야기를 시작하면 도중에 끊기가 어렵다. 오늘도 역시나 고객 집에 너무 오래 있었다.

사무실로 돌아와 오늘 하루 영업성과를 보고하자 고미 부치가 눈을 반짝이며 하이파이브를 하자고 손을 뻗었다.

"이번에도 한 달에 5만엔 곱하기 4년짜리냐? 짱인데! 이세, 네가 영업하기 시작하면서 사이즈 큰 기부자가 계속 늘어나고 있어. 진짜 너한테 맡기길 잘한 거 같다."

"그래? 내가 생각할 땐 진짜 안 어울리는 것 같은데."

"그래도 착실하게 큰 건수 물어오잖아? 아무래도 기부

하는 사람 입장에서는 인터넷 수속만 밟아서 바로 큰돈을 기부하는 건 무서울 테니까, 그치? 사무직보다 영업직을 늘리는 게 더 나을 지도 모르겠다. 인원모집 공고 한 번 띄워볼까?"

하고, 전자계산기를 두들기기 시작한다. 학교도 빼먹고 같이 놀던 고등학교 시절 모습은 온데 간데 없고, 완전히 비즈니스맨 얼굴이 다 되었다.

"고미부치, 너는 비영리 활동 단체보다 IT관련 스타트업 하는 게 더 낫지 않을까? 그랬으면 돈 엄청 벌었을 걸?"

쓴웃음을 지으며 한 마디 하자, 고미부치가 "에이, 아냐." 하고 손사래를 치며 부정했다.

"이렇게 잘 풀리는 건 다 자선사업이니까 그런 거야. 세상에는 남을 돕고 싶다고 생각하는 마음 착한 사람이 엄청 많아. 다만 계기가 없으니까 움직이지 않는 거지. 적당한 입구를 만들어주기만 하면 되는 거야. 그러면 돈이 잔뜩 투하되는 거지. 일반적인 비즈니스에서 똑같은 방식으로 돈을 모으려고 하면 지금보다 100배는 고생해야 해."

"너라면 둘 다 잘 할 거 같은데."

"과대평가야. 도내에 폼 잡는 벤처기업 같은 게 막 생기는 거, 다 금수저 도련님들이 세워서 그런 거야. 우리한테는 이런 낡고 좁은 사무실이 딱 맞아. 박봉만세지."

고미부치가 웃으며 "이세 영업부장님, 이대로만 계속 가주세요. 부탁드립니다." 하고 엄지손가락을 세웠다.

오늘 계약한 사카구치 마사코에게 보낼 태블릿 PC 배송을 위한 수속을 마치고, 수금관리표에도 입력을 끝낸 이세는 사무실을 나왔다. 휴대전화를 꺼내들고 시각을 확인하니 벌써 21시였다.

약 4년 전, 소년 교도소에서 하루하루 절망으로 보내던 때 고미부치에게 보낸 편지 한통이 생각났다.

'출소하면 제대로 된 직장 다니면서 똑바로 살고 싶다. 소년 교도소는 지옥이야.'

절대 되돌아갈 마음 따위 없다. 치열한 상하관계, 교도관이 보이지 않는 곳에서 휘두르는 폭력과 괴롭힘, 반나절이 넘는 직업훈련이라는 이름의 단순작업. 강간, 사기나 각성제 같은 저속한 범죄로 잡혀온 놈들과 함께 살아야 하는 하루하루는 고통뿐이었다. 나는 그 놈들과 다른 인간이라고 믿으며 5년을 버텼다.

그 때 쯤에 유명 사립대학교에 입학한 고미부치가 편지를 읽고서는 이세를 받아줄 만한 곳을 만들자고 결심했다고 한다.

고미부치는 취직활동을 하지 않았다. 기업에서 일하기보다도 자기가 조직을 세우는 길을 택했다.

그렇게 만든 비영리 활동 법인이 커넥티드였다.

실제로는 출소하자마자 바로 고미부치와 연락을 못 해서, 이세는 일단 카와사키에서 요식업에 취직했다. 하지만 다른 점원과 싸우는 바람에 두 달 만에 잘렸다. 그리고 바로 고미부치한테 가게 되었다. 전 직장보다 월급은 상당히 적었고 생활하는 것도 힘들긴 해도, 고미부치가 일부러 외근 영업 포지션을 새로 만들면서까지 받아준 사실을 생각하면 고마워서 고개를 들지 못한다.

고미부치가 "떳떳하게 살자."라고 말한 게 이세의 마음을 지지해주었다.

소위 사회공헌을 직업으로 삼는 것에 여전히 부끄러움이나 열등감을 느끼기는 한다. 그렇지만 갱생해서 사회인으로 한 발 내딛을 찬스를 준 친구 고미부치나, 사정을 알면서도 싫은 내색 한 번 없이 받아들여 준 동료 코시누마에게는 아무리 마음 속 깊이 감사해도 부족하다.

카모노미야역 에스컬레이터를 올라가 개찰구를 지났다. 승강장에 도착했을 때 마침 상행선이 곧 도착한다는 안내방송이 나왔다.

——저거 타면 또 꿈꾸는 거 아냐?

평소처럼 도쿄 방향 승강장 가장 끝에서 토카이도선 전철의 맨 앞 차량에 탄다. 자리는 넉넉히 비어있는데 이세는 손잡이를 잡고 서서 탔다.

서 있으면 졸리지 않겠지.

전철이 천천히 출발했다.

——다음역은 코우즈, 코우즈 역입니다.

——다음역은 니노미야, 니노미야 역입니다.

——다음역은 오이소……

작은 밥상 맞은편에 교복을 입은 고미부치가 앉아있다. 담배를 입에 물고 웃고 있다.

고미부치 머리카락이 파랬다. 기억이 떠오른다.

이거 고3때——꿈 인 것 같은데?

여태까지 꾼 루시드 드림과 마찬가지로 이세는 자기 시점으로 눈앞의 광경을 보고 있었다. 시선을 끝자락에는 길고 빨간 앞머리가 슬쩍슬쩍 보인다.

고미부치가 몸을 앞으로 숙이며 다가와 이세의 빨간 머리카락을 만졌다. 이세도 고미부치의 파란 머리카락을 향해 오른손을 뻗었다. 두 사람은 서로의 머리카락을 잡아

당기며 천박한 표정으로 웃었다.

희미하게 고미부치와 자기 웃음소리가 귀에 전해져온다. 하지만 소리는 마치 수영장 속에서 바깥소리를 듣는 것처럼 먹먹해 명료하지 않았다. 두 사람이 무슨 말을 하는지, 에코가 먹혀 전혀 들리지 않는다.

——빨강파랑 콤비가 뭐냐.

——개그 팀도 아니고.

같은 말을 하고 있는 건가? 이세는 상상했다. 상상했다기 보다는 희미하게 그렇게 기억하고 있는 게 더 가까울지도 모른다.

지금 이 꿈은 실제로 겪었던 과거일이다.

낄낄거리며 웃음을 멈추지 않는 고미부치는 하는 짓이 이상해 보였다. 원인은 바로 알았다.

취했다.

눈 앞 테이블에서 빈 추하이*캔이 몇 개 굴러다닌다. 반 정도 빈 위스키 병도 있었다.

고등학생인 고미부치와 이세는 이렇게 항상 술을 마시고 담배를 폈다. 이세네 집은 낡은 목조주택이었다. 식품 공장에서 일하는 어머니는 야근을 나갔고 아버지는 파칭

* 위스키에 소다수를 섞은 하이볼에 사케를 넣어 도수를 낮춘 칵테일.

코가 취미라서 매일 자정까지 집에 오지 않아, 집에서 활개치고 다닐 수 있었다. 어차피 아버지가 담배를 피우기 때문에 집에 냄새가 베여있어 들키지 않는다.

몸이 달아올라 몸살기를 느낀다. 꿈인데도 술에 취한 감각은 마치 현실이나 다름없다.

고미부치와 장난을 치면서 하이 페이스로 술을 들이키는 자신을 스스로의 시점으로 바라본다.

그러는 사이 머릿속에서 사이렌이 울리기 시작했다. 과거의 자신이 아니라 방관하고 있는 현실의 자신이 내는 경고음 같았다.

——가. 당장 돌아가.

고등학생 둘이 집에서 신나게 술을 마신 뒤에 무슨 일이 일어나는지 이세는 잘 알고 있었다. 하지만 꿈 속 자신에게는 통하지 않는다. 고미부치가 테이블에 캔을 쏟는 것도 테이블에 담배를 떨어뜨려 구멍 자국을 내는 것도 과거 그대로 진행되었다.

철컥, 현관문이 열리는 소리가 났다.

——큰일났다!

자기 입술이 움직이더니 말을 했다. 눈앞에 얼굴이 벌겋게 달아오른 고미부치도 황망히 일어났다. 담뱃재가 아버지 재떨이에서 튀어나와 테이블에 쏟아진다.

바로 아버지가 발소리를 내며 방으로 들어왔다.

살이 디룩디룩 찐 몸에 얼굴이 벌겋게 달아오른 꼰대 아저씨다. 옛날하고 똑같은 모습이었다. 생긴 건 이상해도 옛날에 유도선수 출신이라 싸움은 잘했다.

고미부치와 식탁 상태를 본 아버지의 굵은 눈썹이 치켜 올라갔다.

——이 놈들이 지금 뭐하는 거야? 학생놈들이 건방지게.

들리지는 않는다. 하지만 기억하고 있다.

아버지가 바닥에 떨어진 캔을 걷어차고 이세의 멱살을 잡으며 달려들었다. 저항할 틈도 없이 힘껏 떠밀려 식탁 위로 쓰러졌다. 오래된 밥상에다 다리를 접는 방식이라 바깥으로 다리가 부러져 버렸고, 빈 캔이 시끄럽게 바닥에 굴러 떨어졌다.

——머리는 시퍼렇게 그게 뭐야? 날라리 같이.

충혈 된 눈을 한 아버지가 이번에는 고미부치한테 덤벼들었다.

—니가 타쿠미랑 껄렁거리는 놈이구나. 내 집에 어딜 맘대로 쳐 들어와서 건방지게 어른 재떨이를 쓰고있어!

변명하려는 고미부치의 얼굴을 아버지가 때렸다. 바닥에 굴러다니는 위스키 병까지 주어들어 쓰러진 고미부치를 내리친다. 이세가 바로 일어나서 고미부치와 아버지 사이에 끼어들며 병을 빼앗았다.

——야, 고미부치! 도망가!

고함지르며 아버지를 혼심의 힘을 다해 밀어낸다. 발을 헛디딘 아버지는 방구석으로 떠밀려서 바닥에 쌓인 우편물 더미를 흩어놓았다.

고미부치를 일으켜 세우고 그대로 둘이서 현관을 향해 달린다.

——이 자식들, 경찰에 신고한다! 주거침입에 미성년 음주로! 두고 봐라!

등 뒤에서 아버지의 포효가 들려온다.

집 밖으로 뛰어나가 각자의 스쿠터에 올라탔다. 고미부치가 입가에 손을 가져다대자 손에 빨간 피가 묻었다. 바로 시동을 걸고 헬멧도 쓰지 않은 채 출발한다.

——아오, 저 꼰대가!

바람을 가르며 고미부치가 고함쳤다.

——저게 너네 아버지야?

——어. 파칭코에 미친 알코올 중독자라서 자고 일어나

면 하나도 기억 못할 걸?

——저런 놈이랑 맨날 얼굴 보고 살아야 한다고? 진짜 동정한다, 집 나오는 게 낫지 않냐?

스쿠터로 달리면서 고미부치가 불 같이 화를 냈다. 이세도 빨간불이라 멈출 때마다 땅에다 침을 뱉고 발을 구르며 분노를 토했다.

'이번 역은 히라츠카, 히라츠카역입니다——'

전철이 속도를 줄이는 느낌 들어서 이세는 잠에서 깼다. 이세는 마주보는 좌석의 한쪽 좌석 두 개를 점거하는 형태로 새우잠을 자고 있었다. 몸을 일으키자, 반대편 좌석에 앉아 언짢은 눈으로 이세를 쳐다보던 회사원이 황급히 시선을 돌린다.

어느샌가 잠들어 버린 모양이다.

니노미야역을 지났을 때쯤 심하게 졸렸던 게 기억났다. 하지만 좌석에 드러누운 기억은 없었다. 정황 상, 급격히 찾아온 잠을 이기지 못하고 좌석에 쓰러지자마자 의식을 잃고 지금까지 꿈을 꾸고 있었던 게 아닐까?

갑자기 등줄기가 서늘해진 이세는 바닥에 떨어진 양복 상의를 무릎에 얹었다.

——방금 그건 뭐지?

어젯밤과 오늘 아침 꿈과는 달리, 과거 체험 그 자체였다. 꿈을 꾸는 이세 자신의 의사는 개입되지 못한 채 무엇 하나 바꾸지 못했다——이 점은 여태까지 꾼 루시드 드림과 똑같다.

하필이면 그런 꿈을 꾸다니.

이세와 고미부치가 집에서 도망친 직후 아버지는 고미부치와 이세가 다니는 학교로 직접 전화를 걸었다. 이미 22시가 다 되어가는 시각이었지만 재수 없게도 학교에는 야근 중인 선생님이 몇 명 있었다. 미성년 음주와 흡연이 발각되어 고미부치와 이세는 2주 정학처분을 먹었다.

일이 거기서 끝나지 않았다. 고미부치가 취업하기로 예정되었던 자동차 정비공장에서 채용이 취소되는 사태까지로 이어졌다. 아버지가 스쿠터로 음주운전을 한 것까지 학교에 일러 바쳤기 때문이었다.

지금 생각해보면 이때 채용이 취소된 덕분에 고미부치는 정신 차리고 공부해서 유명 사립대에 들어가, 비영리 단체 대표까지 된 게 아닌가 싶다. 하지만 그건 어디까지나 결과가 좋았으니까 합리화되는 이야기다. 그 당시 이세는 한동안 고미부치에게 미안한 마음에 부담감을 지우지 못했다.

아버지가 절친인 고미부치를 때리지만 않았어도——이세는 범죄자가 되지 않고 끝났을 지도 모른다.

전철이 히라츠카역 승강장에 도착해 문이 열린다.

몇 번이고 눈을 깜빡인다. 들어온 손님 몇 명 가운데 본 적 있는 모습이 보였다.

여학생은 슥 다가와 이세 앞에서 가볍게 인사했다. "안녕하세요." 하고 가느다란 목소리로 말하고는 또 이세 옆자리에 앉는다.

잘 생각해보니 이세는 어제와 완전히 똑같은 시간에 전철에 탔다. 차량도 도쿄 방향 승강장 가장 앞쪽 출입문에 탄다고 정해서 탔다. 여태까지 몰랐을 뿐이지 그 동안 몇 번이고 같은 시각, 같은 차량에 탔을 지도 모른다.

"그거, 히라츠카가쿠엔 고등학교야?"

교복을 가리키며 묻는다. 하늘색 셔츠에 회색 주름치마. 어제는 생각이 안 났는데 방금 옛날 꿈을 꿔서인지 갑자기 그 시절 기억이 되살아났다.

"네, 맞아요."

"그럼 후배네."

주제에 안 맞게 선배랍시고 티를 내 보였지만 그녀는 아무 말 없이 고개를 숙이기만 했다. "몇 학년?"하고 묻자 "1학년이요."라는 대답이 돌아왔다.

그녀는 좀처럼 먼저 말을 꺼내려 들지 않았다. 일부러 자기가 옆에 앉았으면서, 이세가 먼저 말을 걸어오기를 기다리는 분위기를 풍겨댔다.

"이번 역은 치가사키, 치가사키역입니다——"

안내방송이 흐르고 이세는 밖을 쳐다보았다. 전철이 속도를 줄이며 치가사키역으로 접근해간다.

"다음 역에서 내리는 거 아냐?"

"아뇨."

"어제는 치가사키역에서 내렸잖아."

"불꽃놀이 축제 간 친구랑 합류하려고 내렸던 거예요. 전 히라츠카에서 아르바이트 하느라 못 갔지만요."

"아, 알바하고 퇴근하느라 이렇게 늦은 시간에?"

"네."

"그럼 오늘은 어디서 내리는데?"

"요코하마역에서요."

"흠. 집이 좀 사나보네."

당시 고등학교가 있는 히라츠카에 살면서, 학교도 스쿠터로 통학했던 이세와는 완전히 다르다.

"이름이?"

"카타오카 사요 입니다."

목소리가 가늘게 떨렸다. 혹시나 해서 원래 아는 사이인지 확인하려고 했을 뿐인데, 협박이라도 당한다고 생각한 걸지도 모른다.

역시나 처음 듣는 이름이다.

"그쪽 분은 이름이……이세 타쿠미, 맞죠?"

"내 이름을 어떻게 알았어?"

이 질문에 카타오카 사요는 답하지 않았다. 고개를 숙인 채 자기 무릎을 내려다본다.

역시 인터넷에서 본 적 있는 건가? 싸늘해진다.

체포된 당시에는 미성년자였으니까 원래는 본명이 비공개 되었어야 했다.* 하지만 공개되고 말았다. 이세를 아는 사람이 인터넷에 얼굴 사진을 뿌려버린 것이다. 같은 고등학교 놈이겠지. 뻔하다.

그 정보를 눈앞의 그녀가 봤을지도 모른다는 생각이 들자 기분이 썩 좋지는 않았다.

"어제 말한 내용 좀 설명해줄래?"

"어제?"

* 일본은 미성년자가 아니면 범인의 얼굴이나 실명이 모두 언론에 공개된다.

사요가 고개를 갸웃거린다. "우리가 둘 다 얼마 안 있어 죽는다고 했잖아. 전철 사고로." 하고 말을 꺼내자, 사요는 "아아." 하고 고개를 든다.

"이세 씨도 요즘 갑자기 꾸지 않았어요? 토카이도 노선 탈 때만 이상한 꿈을 꾸지 않아요? 시간 순서는 뒤섞여있어요. 과거 꿈일 때도 있고, 미래 꿈일 때도 있고……더 먼 미래일 때도 있고요."

"먼 미래 꿈?"

"아, 그건 아직 안 꾸셨구나." 사요가 씁쓸하게 미소 짓는다.

"어쨌든 이상한 꿈이잖아요. 내용이 현실에서 벌어지는 사건처럼 구체적이고, 꿈에서 깨도 내용이 다 기억나고 자기가 꿈을 꾸고 있는 것도 항상 의식하고 있고."

"뭐, 그런 꿈을 몇 번 꾸기는 했는데."

여태까지 본 루시드 드림을 어렴풋이 되새겨 본다. 방금 전 봤던 아버지와 싸우는 꿈은 고등학교 3학년 때 일어난 사건을 다시 경험한 것이다. 또 전철에 치이는 꿈에서 본 날짜는 반년 뒤 미래였다. 사요가 말한 〈과거 꿈〉, 〈미래 꿈〉이라고 말한 게 아마 이런 꿈을 말하는 거겠지.

"과거 꿈은 그래도 괜찮아요. 과거 일을 한 번 더 체험하면 끝이니까요. 하지만 미래 꿈은 곤란하지 않나요? 멋진 미래라면 몰라도……전철에 치여 죽는 건 솔직히 좀 그렇잖아요."

"비슷한 꿈을 꾸었나 보네."

"네. 너무 무서워서——꿈에서 본 일이 그대로 제게 일어날지도 모른다고 생각하면……."

"아니, 잠깐만." 이세가 깜짝 놀라 사요의 얼굴을 쳐다보았다.

"꿈에서 본 일이 그대로 일어난다는 게 무슨 말이야?"

"말 그대로, 예요."

사요의 목소리 톤이 어두워졌다. 의기소침한 말투가 이세를 더욱 긴장하게 만들었다.

"그게 그대로 현실로 이루어진다는 말이야? 전차에 치여 죽는 꿈이?"

"네."

"무슨 헛소리야, 무슨 증거가 있다고 그런 말을 해? 솔직히 까놓고 말해 전철에 치어 죽는 꿈을 꾸기는 했어, 하지만 그게 현실로 이루어진다는 보장은 없잖아. 말도 안 되지."

눈이 내리는 날, 카모노미야역 승강장에서 떠밀려 떨어

지는 꿈을 떠올린다. 주머니에서 꺼낸 휴대전화 대기화면에 표시된 날짜는 딱 반년 뒤였다.

"아뇨, 현실로 이루어져요. 무조건."

사요가 조용히 단언했다.

"죽는 꿈만 그러는 게 아니에요. 다른 꿈도 전부 다요."

"전부?"

"전차에 치여 죽는 꿈 말고도 꾸지 않았어요? 과거 체험한 적이 없는데도 엄청 세세하게 리얼한 내용의 꿈이요. 그건 다 예지몽이에요. 그냥 꿈이 아니에요. 언젠가 반드시 자기한테 벌어지게 되어있어요. 그렇게 꿈이 구체적인 이유도, 정말로 일어날 일을 보고 있기 때문이에요."

라는 말을 듣자, 어제 꿈을 떠올린다. 피투성이가 된 고미부치. 나이프를 든 카스야. 카스야의 옆구리에 칼을 찌른 자신――.

"뭐……거짓말 하지마. 말이 되는 소리를 해."

"이세 씨는 꿈이 똑같이 현실에서 벌어진 적 아직 없었나요?"

"그게."

없다고는 말 못한다. 오늘 아침 자판기 사건. 하지만 착각일 가능성도 없지는 않다.

"사요라고 했나——넌 있어?"
"있어요."
"꿈이 그대로 현실에서 반복된 적이?"
"네."
"있어도 한두 번이겠지. 우연이야."
"셀 수 없이 많아요. 다섯 달 전 부터."
"다섯 달?"
"처음 루시드 드림을 꾼 건 다섯 달 전이었어요. 이세 씨보다 훨씬 긴 시간 동안, 저는 계속 꿈을 꾸고 있어요. 그래서 이것저것 경험한 것도 많아요. 제 말을 그만 의심하고 믿어주세요."
사요가 진지한 말투로 약간 쭈뼛거린다. 사요가 거짓말을 하는 것처럼은 보이지 않았다.
"그러니까, 정리하자면." 이세는 사요를 힐끗 쳐다보았다. "과거든 미래든 간에 좌우지간 그 이상한 꿈 내용이 그대로 현실에서 벌어진다는 거지?"
"네."
"과거 꿈 이외에는, 반드시 미래에 벌어질 사건을 예언하고 있는 거고?"
"바로 그거예요."

"만약 그렇다면, 내 미래는 말도 안 되는 일이 벌어진다는 건데."

"어떤 꿈을 꿨는데요?"

"일어날 리 없는 일만 벌어졌어. 직장 동료가 피투성이로 쓰러지거나, 초등학생 때 같은 반이었던 모범생이 피 묻은 나이프를 휘두른다거나, 그 놈을 내가 반격해서 찔러버린다거나."

갑자기 사요가 헉 하고 숨을 들이키는 소리가 났다.

"사람을 찌르는, 꿈을, 꿨다고요?"

"그러니까 말도 안된다고 그랬잖아."

하고 이세가 말하자, 사요가 슬픈 듯 얼굴을 찌푸렸다.

"그런 꿈을 꿨다면…… 그 미래는 무조건 벌어져요."

"그렇다고 어떻게 단언해?" 이세가 헛웃음을 쳤다. "너가 무슨 사이비 교주라도 돼? 아니면 점쟁이?"

"아니에요. 정말로 제가 체험했다니까요. 똑같은 일이 이세 씨한테도 벌어질 거예요."

사요가 얼굴이 빨갛게 달아오를 정도로 호소했다. 얌전해 보이는 얼굴에서 나오는 어울리지 않는 분위기에 밀려 이세는 입을 다문다.

한동안 두 사람 사이에서 침묵이 흐른다.

"제가 처음에 루시드 드림을 꾼 게 다섯 달 전——중학교 졸업 직전에 토카이도 선을 타고 고등학교 합격발표를 보러 갔을 때였어요."

먼저 입을 뗀 사람은 사요였다. 무릎 위에 얹은 가방을 양손에 꼭 쥐고는, 눈실을 찌푸리며 괴로운 목소리를 짜낸다.

"앞으로 7년 뒤, 요코하마 역 승강장에서 떨어져서 죽는 꿈을 꾸었어요. 하얀 지팡이를 짚은 시각장애인 분이 맞은편에서 다가오는 걸 제가 피하려다가 균형을 잃고 선로로 떨어져 버려요."

"7년 뒤면——"

"스물 넷, 이려나요? 아마 꿈속의 저는 사회인일 거예요. 같이 있던 남자한테 요새 일이 어떻다는 이야기를 살짝 하거든요."

2025년인가, 꽤나 먼 미래 꿈을 꾼 모양이다.

"깜짝 놀란 게, 제 곁에 걷고 있던 남자가 중학교 입학하면서 계속 좋아하던 한 학년 선배였어요."

사요가 살짝 볼을 붉힌다.

"7년 뒤 시점의 꿈속에서 저는 그 선배랑 사귀고 있었어요. 제가 승강장에서 떨어질 때, 그 선배가 필사적으로 손을 뻗었어요. 하지만 손이 안 닿았어요. 꿈속에서 저는 엄청 좋아하는 그 선배 눈앞에서 전철에 치여 죽고 말았어요. 그 꿈은 엄청 무서웠지만——꿈속에서 좋아하는 선배랑 연인사이가 됐다는 게 뭐랄까, 엄청 기쁘기도 했어요."

이세는 속으로 구역질 할 것 같은 기분이었다. 여고생의 순수한 연심 같은, 쓸 데 없는 이야기를 들어도 뭐라 반응해야 할 지 곤란하기만 할 뿐이다.

"그래서, 그게 예지몽이라고 단언하는 이유는 뭐야? 그 선배한테 고백이라도 받았어?"

일부러 놀리려고 묻자, 사요는 휙휙 고개를 가로저었다.

"지금은 제가 일방적으로 짝사랑할 뿐이라서 선배는 제 얼굴도 이름도 모를 거예요, 아마."

"그럼 어떻게 아는데?"

"그 꿈에서 깨고 바로 다시 잠들었는데 루시드 드림을 하나 더 꾸었어요. 제1지망 고등학교 합격발표를 보러가는 꿈이었어요. 말 그대로 그 고등학교로 향하는 도중이었는데, 좀 혼란스러웠어요."

"꿈을 꾸는 게 전철 내 한정인가보군."

"그런 거 같아요." 사요가 끄덕였다. " 꿈속에서 저는 고등학교로 가는 도중에 길에서 몇 명인가 친구를 만났고, 같이 게시판이 있는 곳까지 뛰어갔어요. 합격한 걸 보고 서로 손 잡고 방방 뛰고 그랬는데, 돌아가는 길에 교내에서 그 선배를 발견했어요."

"응? 그 선배도 같은 학교야?"

"아, 네. 저는 그 선배가 다니는 학교로 가고 싶었거든요. 그래서 히라츠카가쿠엔 고등학교를 지망했어요."

"동기가……불순하네."

"사실이니 할 말이 없네요."

사요가 조금 부끄러워하며 말했다. 이세는 속으로 한숨을 내쉬며, 눈앞의 그녀에게서 눈길을 떼고 창밖을 내다보았다. 이세가 어이없어 하는 것도 모르는 건지, 사요는 방금 전과 다름없는 말투로 이야기를 이어나갔다.

"히라츠카역에서 눈을 떠서 서둘러 내렸는데, 히라츠카가쿠엔 고등학교로 향하는 도중에 놀라운 일이 엄청 벌어졌어요. 먼저 꿈을 꾼대로 중학교 때 친구를 만났어요. 친구 손에 이끌려서 게시판으로 뛰어가 봤더니 확실하게 합격자 명단에 실려 있었어요. 집에 가는 길에 좋아하는 선배가 운동장에서 축구부 연습을 하는 것도 보였어요. 꿈에서 본 거랑 똑같은 광경이었어요. 이상한 거예요. 친구들이랑 만나는 부분부터 마지막에 선배 모습을 보는 부분까지 전부 일치했거든요."

그렇게 사요는 다섯 달 동안 꾸었던 여러가지 기묘한 꿈 내용들을 몇 개나 이야기하기 시작했다.

중학교 졸업식이 끝나고 친구로 친하게 지내던 남학생에게 고백을 받았지만, 좋아하는 선배 이야기를 꺼내면서 거절한 꿈.

고등학교 예술과목 선택에서 음악을 희망했는데 학교가 실수로 미술로 처리해버린 꿈.

입학식 날, 폭우가 쏟아져 체육관 입구 바닥이 젖는 바람에 교장선생님이 미끄러져 넘어지는 광경을 어쩌다 목격한 꿈.

꿈은 차례차례로 현실로 변해갔다. 합격 발표 때와 마찬가지로 고백을 받은 장소나, 상대방의 시선, 선택과목이 인쇄된 종이의 형태, 교장선생님이 입은 양복 색 등, 사요가 예측하는 게 불가능한 세세한 디테일까지 완전히 꿈과 일치했다.

자신이 예지몽을 꾸고 있구나――하고 사요는 뒤늦게 깨달았다.

한편, 과거 꿈도 서서히 보기 시작했다. 초등학교 때 친하다고 생각한 친구들로부터 따돌림을 당한 꿈이나, 돌아가신 할아버지와 노는 꿈 등, 과거에 일어난 인상적인 사건을 다시 체험하는 꿈이었다. 그리고 몇 개월에서 몇 년 뒤 정도로 먼 미래를 암시하는 꿈도 잔뜩 꾸게 되었다. 주로 짝사랑하는 선배와 관련된 꿈이었다.

"새 학기 때는 아무 부활동에도 들어가지 않았지만, 여름 도중에 축구부 매니저로 가입하는 꿈을 꾸었어요. 유일했던 2학년 매니저 두 분이 모두 그만두게 되어서 곤란하다는 상황이었거든요. 그리고 얼마 전 꿈에서 봤던 대로 두 분 중 한 분이 정말로 매니저를 그만뒀어요. 그래서 곧 있으면 슬슬 이야기가 나올 것 같아요."

"흠. 정말로 권유를 받는다면 예지몽이었다는 게 증명된다 이 말이군. 다른 건?"

"축구부 매니저가 되고 얼마 지나지 않아, 좋아하는 선배랑 사귀게 되는 꿈을 꿨어요. 제가 좋아한다는 사실을 다른 사람을 통해 들은 모양인지 선배가 먼저 고백해 줬어요. 그 뒤로는 선배가 성적 좋은 학생들이 몰리는 명문대학에 합격하는 꿈이나, 선배가 대기업 식품회사에 취업하는 받는 꿈도 꾸었어요. 그 다음에는 프로포즈를 받는 꿈이나 상견례를 하는 꿈, 그리고——"

"좋은 꿈만 꿔서 좋겠네."

이세가 중얼거리며 비꼬자 사요는 "아니에요." 하고 툭 내던졌다.

"분명 꿈속에서 선배랑 데이트를 하거나 이야기를 하는 게 즐겁기는 했어요. 제 의사로 이야기가 나오는 것도 아니고, 말하는 사람은 분명 미래의 저였지만 마음 속 깊이 행복을 느꼈어요. 그게 모두 예지몽이라고 한다면 저는 중학교 시절부터 계속 좋아해온 선배랑 사귀게 되는 거고 곁에 계속 있게 되는 거니까, 가슴이 두근거려요. 하지만——"

갑자기 사요의 목소리 톤이 어두워졌다.

"전철에 치어 죽는 꿈만큼은 절대 바뀌지 않는 거예요."

사요가 한 말이 거슬려서 이세는 창틀에 팔을 괴고 몸을 똑바로 세웠다.

"못 바꾼다는 말은 무슨 말이야?"

"시도해 봤어요."

"시도……?"

"전철에 치여 죽는다니 너무 싫잖아요. 기껏 선배랑 사귀게 되었는데 더 오래 살고 싶잖아요. 그래서 7년 뒤에 그런 미래가 찾아오지 않도록 현재 제 자신의 행동을 바꾸어 보려고 했어요."

"아하."

사요가 말하고자 하는 바를 이해한 이세가 고개를 끄덕였다.

"7년 뒤에 요코하마역의 토카이도선 승강장에서 죽고 싶지 않으면 그냥 그곳에 가지 않으면 된다――이 말이지?"

"네. 그렇게 생각해서 잊어버리지 않게 메모도 하고 제 방 책상에도 붙여놓았어요. 7년 뒤 몇 월 며칠에는 무조건 요코하마 역 토카이도선 승강장에 가지 않는다, 라고."

기분 나쁜 기억을 떠올리기라도 한 모양인지 사요가 굳게 눈을 감는다. 학교 가방을 잡은 두 손이 미세하게 떨렸다.

토카이도선이 터널로 들어가자 전철 바퀴 소리가 한층 커졌다. 이세는 사요가 하는 말을 놓치지 않으려고 입가로 귀를 가져다 댔다.

"메모를 적은 다음 날, 학교 가는 전철 안에서 루시드 드림을 꾸었어요. 시각장애인 분을 피하려고 하다가 선로에 떨어져서 전철에 치여 죽는다는 맨 처음 꾼 꿈과 비슷한 꿈이었어요. 하지만 전에 본 꿈과는 한 가지가 달랐어요. 제가 죽는 장소――그 직전 역인 토츠카역이었어요."

오싹해진 이세는 사요에게서 몸을 뗐다. 동시에 전철이 터널을 빠져나와, 사요가 말하는 목소리도 명료해졌다.

"꿈속에서 저는 요코하마에서 토츠카까지, 굳이 요코스카선으로 이동해 거기서 토카이도선으로 갈아타려고 한 모양이에요."

"요코하마역과 토카이도선 승강장을 피한다, 라는 행동은 제대로 반영이 되었다는 거네."

"하지만 결말은 바뀌지 않았어요."

사요가 무거운 말투로 말을 잇는다.

"그 꿈을 본 직후에는 제정신이 아니어서 학교에 도착한 뒤로 계속 '토츠카역이 아니라 오후나역에서 갈아탄다'라고 수첩에 막 적었어요. 그랬더니 하굣길 전철에서 이번에는 오후나역 승강장에서 떠밀리는 꿈을 꾸었어요. 그 뒤로도 필사적으로 몇 번이고 온갖 패턴으로 시험해 봤어요. '애초에 역에 가지 않으면 된다'라고 정하면 부모님이 태워주신 차가 선로 건널목에서 차단기가 내려가서 전철에 치이는 꿈을 꾸었어요. '집에서 한 발자국도 나가지 않는다'라는 식으로 작전을 바꾸면 유괴범이 집에 침범해오는 꿈을 꾸었어요. 납치되는 도중에 역시 선로 건널목에서 죽고 말아요."

"그 말은, 그러니까——"

"아무리 노력해도 7년 뒤에 전철에 치여 죽는다는 미래를 바꾸지 못한다는 말이에요."

사요가 고개를 들어 이세를 쳐다보았다.

"바꾸기는커녕, 미래를 바꾸려고 초조해하면 할수록 미래는 점점 비참하게 바뀌어버렸어요."

처음 이야기를 꺼냈을 때와 변함없는, 빛이 반짝이는 눈동자였다.

'잠시 후 도착역은, 요코스카, 요코스카역입니다. 내리실 문을 왼쪽입니다——'

전철이 감속을 시작했다. 사요는 문 위쪽 전광판을 보고 다시 몸을 돌려 이세를 향했다.

"실은 이렇게 이세 씨랑 전철에서 만나는 것도 며칠 전부터 알고 있었어요. 미래 꿈을 꾸었거든요."

"혹시?" 팔짱을 끼며 잠시 생각에 잠긴다.

"그래서 내 이름도 알고 있었던 거야? 내가 때마침 루시드 드림을 봤다고 맞춘 것도?"

"그런 셈이죠."

사요가 힘없이 미소 지으며 학교 가방을 어깨에 걸쳤다. 사요가 일어남과 동시에 전철이 넓은 요코하마역 승강장으로 들어간다.

"저는 왜 이런 일이 벌어지는 지 생각했어요. 아마도 승객 모두가 그런 꿈을 꾸지는 않을 테니까요."

"그건 그렇겠지."——만약 그랬다면 다들 난리가 났을 테니까.

"저나 이세 씨는 얼마 뒤에 전철사고로 죽는다는 무거운 운명을 등에 졌어요. 그래서 이렇게 된 게 아닐까요?"

"전철에 치여 죽을 예정인 사람만 루시드 드림을 꾼다는 말이야?"

"네. 죽기 직전에는 과거의 기억을 주마등처럼 떠올린다고 하잖아요. 우리가 보는 루시드 드림은 뭔가 착오가 일어나 일찍 시작해버린 인생의 주마등은 아닐까? 하는 생각이 들어요."

"주마등……이라."

"전철에 치일 때는 분명 엄청난 충격을 받을 거 아니에요? 그 순간에 시간의 흐름이 뒤섞여 버린 건 아닐까 싶어요. 보통 죽기 직전에 다시 체험하는 건 과거의 추억일텐데, 우리들은 미래 사건도 〈다시 체험〉하게 되어 버린 것일지도 몰라요. 조건은 언젠가 자기 목숨을 앗아가는 게 이 전철에 타고 있을 때만 신비한 루시드 드림을 꾸는 형태로."

요코하마역에서 문이 열렸다. 사요는 "다음에 봐요." 하고 손을 흔들며 전철에서 내렸다.

——다음에 봐요, 라는 건 앞으로도 만날거란 건가?

머리가 아파오려고 한다.

오늘 아침 자판기 하얀 문이 날려들었을 때를 떠올려 본다.

아직 반신반의한 상태다.

어쩌면 사요가 말한 게 사실이고, 이세에게도 똑같은 일이 일어난다고 한다면 반년 뒤에 전철에 치여 목숨을 잃는다는 말이 된다.

——누구 맘대로.

소년 교도소라는 지옥에서 5년을 버틴 끝에 겨우 정정당당한 일을 찾아 평범하게 살려고 하고 있는 참이다. 그런데 왜 내가 이제와서 죽어야 한단 거야?

어젯밤 전철 안에서 본 루시드 드림 두 개를 떠올린다.

카모노지마역 승강장에서 고미부치와 몸싸움을 하던 체크무늬 코트를 입은 남자. 이세는 고미부치를 남자에게서 떼어내려다가 승강장 안전선을 밟고 넘어서 몸이 반 바퀴 돈 사이에 등을 떠밀려 선로로 떨어졌다.

그 체크무늬 코트를 입은 놈은 도대체 누구야?

그리고 사무실 뒤 자갈 깔아놓은 주차장에서 피투성이 나이프를 손에 든 카스야 타쿠미도 문제다. 카스야와 마지막으로 본 게 분명 고등학교 3학년 초 때니까 벌써 6년도 더 됐다.

초등학교를 졸업한 다음 카스야는 중고등학교가 하나로 연결된 사립 고등학교를 진학했고 이세는 동네 중학교로 들어가 점점 사이가 멀어졌다. 그래도 1년에 몇 번은 카스야가 보자고 해서 만났는데, 고미부치랑 어울리기 시작하면서 연락을 무시하게 되었다. 어떻게 알았는지 소년교도소에 있을 때도 몇 번이고 편지가 왔지만 뜯어보지도 않고 버려버렸다.

문득 역광으로 얼굴이 보이지 않았던 체크무늬 코트를 입은 남자의 모습이 뇌리를 스친다. 키가 크지도 작지도 않은 날씬한 체격의 남자였다.

그 실루엣이 꿈에서 본 카스야 타쿠미와 조금 닮은 느낌이 들었다.

이세는 멀어지는 의식 속에서 문득 생각을 떠올렸다.

운명의 2월 4일이 다가오면 자동차로 통근 하면 되는 거 아닌가? 하고. 그러면 카모노미야역 승강장에 갈 일 없잖아?

맞아, 그렇게 해야겠어——

요코하마역에서 카와사키역까지 한 구간 사이에 갑자기 꿈의 세계로 빨려 들어갔다.

꿈속에서 이세는 카모노미야역 승강장에 섰다.

밖은 비가 내렸다. 승강장에 사람은 없다. 어슴푸레한 가운데 승강장에는 차가울 것 같은 바람이 불고 있었다. 이세는 겨울용 검은 코트를 입고 있다.

자신의 손이 주머니에 들어가더니 휴대전화를 꺼냈다.

펼쳐진 대기화면에는 '2019년 1월 4일 (금)'이라는 문자가 보였다.

옆에는 고미부치가 서 있었다. 아무래도 멀리 떨어진 곳을 손가락질로 가리키고 있는 모양이다. 이세도 고개를 빼고 가리키는 방향으로 눈을 찌푸려가며 유심히 봤다.

그 순간, 뒤에서 강한 힘으로 누군가가 떠밀었다.

이세 뿐 아니라 고미부치까지 선로에 떨어졌다.

밖은 비가 내렸다.

고미부치가 내지르는 절규가 울려퍼진다.

몸이 비에 젖을 새도 없이——승강장으로 달려든 전철

이 이세를 치었다.

2018년 8월 20일 (월)

승강장 밖에는 함박눈이 내렸다.

막 내리기 시작한 모양인지 쌓이지는 않았다.

'2019년 2월 4일 (월) 16시 54분'

주머니에서 꺼낸 휴대전화 화면에는 익숙한 문자열이 보였다.

기척을 느끼고 뒤를 돌아본다.

고미부치와 체크무늬 코트 입은 남자가 몸싸움을 한다.

두 사람쪽으로 달려가 고미부치 어깨를 잡아 끈다.

누군가가 등을 떠민다.

몸이 빙글 돌면서 선로로 떨어진다.

급속히 다가오는 전철 헤드라이트, 같이 떨어지는 고미부치의 절규, 내려다보는 체크무늬 코트 입은 남자, 보이지 않는 얼굴을 비추는 형광등 빛──

이세는 온몸을 떨면서 벌떡 일어섰다.

전철 문이 열린다. 문 위 전광판에는 '카모노미야'라는 오렌지색 문자가 떠 있었다.

가방을 잡고 황급히 뛰어서 승강장을 빠져나온다. 등 뒤에서 소리 내어 문이 닫혔다.

승강장 가장자리에는 아무도 없었다. 숨을 깊게 들이쉬고 가늘고 길게 내쉬며 기분을 가라앉힌다.

꽤 자주 보는 광경인데도, 자기가 죽는 순간을 목격했다는 사실이 주는 정신적 부담을 줄여주지는 못했다. 냉방이 잘 된 차량에서 있다가 왔는데도 등이 땀으로 젖었다.

겨우 마음을 가라앉히고 에스컬레이터를 향해 긴 승강장을 가로질러 걸어간다.

——벌써 몇 번 째 꾸는 거야?

요즘에는 2–3일에 한 번씩 꾼다. 집에 들어가자마자 욕실로 들어가 변기에 구토한 적도 있다.

똑같은 꿈을 단기간에 반복해서 꾸는 일이, 사요에게서 이야기를 듣고 자극을 받아 자신의 죽음을 회피하려고 시도했기 때문이다.

죽음의 결말을 바꾸어 보려고 행동을 시도할 때 마다 내용이 갱신된 꿈을 꾸었다.

결과는 사요가 말한 대로였다.

한 달 전 부터 차로 출퇴근을 해보자고 결심하자 1월에 죽는 꿈을 꾸었다. 두 달 전 부터 해보자고 계획을 변경하면 12월에 죽는 꿈을 꾸었다. 바로 차를 사자고 중고차 판매점에 들르자 내일 죽는 꿈을 꾸었다. 겁나서 모든 계획을 폐기하자 꿈 속 날짜가 다시 2월로 돌아갔다.

카모노미야로 이사해서 도보로 출퇴근하려고 부동산을 알아보자, 건널목에서 치이는 꿈을 꾸었다. 선로를 지나지 않는 경로로 다니면 된다고 생각해 눈이 빠져라 부동산을 뒤져보자 지하도 천정이나 육교가 붕괴하는 꿈을 꾸었다. 아니면 커넥티드에 출근 안 하면 된다고 사직서를 내자, 선로 변에 있는 사무실 건물로 기차가 탈선해 박혀서 산산조각 터지는 꿈을 꾸었다.

거스르지 말자고 포기해버리면 꿈 내용이 원래대로 돌아갔다.

요즘에는 휴대전화 대기화면에 보이는 '2월'이라는 하얀 글자를 보고 꿈속에서 안도하고 만다. 이세는 그런 자신을 의식했다.

그 뒤로 카타오카 사요와는 만나는 일이 없었다. 이세는 혼자서 꿈을 꾸고, 혼자서 저항해봤지만 괴로워서 일단 휴전했다. 아직 반년이나 남았으니까, 하는 생각도 있었고 겨우 반년 밖에 안 남았잖아, 하는 초조함도 있었다.

하늘이 청명하다. 멀리서 소나기 구름이 보인다. 이세는 햇살에 눈을 찌푸리며 선로 주변 길을 걷자 사무실이 들어서 있는 2층짜리 하얀 건물에 도착했다.

외부계단을 올라가 입구 문을 열자 이미 고미부치와 코시누마가 업무 중이었다. 이 두 사람은 항상 이세보다 먼저 출근해서 업무를 시작한다.

"좋은 아침."

"응, 안녀——"

인사를 하다 말고 문득 말을 끊는다.

——오늘이구나.

사무실의 자기 책상 위를 본 이세는 자신도 모르게 마른 침을 삼킨다.

며칠 전, 전철 안에서 짧은 루시드 드림을 꾸었다. 이렇게 평소와 다름없이 사무실로 출근해 책상 위에 놓인 하얀 봉투를 발견하는 꿈이다. 다가가 봉투를 뒤집어 보니 잘 알고 지내던 초등학교 동창생 이름이 눈에 들어오는——

이세는 성큼성큼 자기 책상으로 다가가 봉투를 들고 뒷면을 보았다.

역시나 봉투에는 '카스야 타쿠미'라는 정갈한 글씨가 적혀있었다. 주소는 카나가와현 후지사와시로 되어있다.

꿈은 여기까지였다.

이제는 예지몽에 놀라는 일도 없어졌다. 카모노미야역 승강장에서 자동판매기 문에 부딪칠 뻔한 꿈을 필두로, 꿈 꾼 당일로부터 며칠 뒤에 현실화 되는 꿈을 몇 번이나 꾸었다. 영업처에서 손님이 꽃병을 쓰러뜨리는 꿈이나, 집 전등이 나가는 꿈, 근처 편의점이 망했다는 사실을 알게 되는 꿈. 어떻게 보면 지금 이 순간도 이러한 예지몽과 비슷한 순간이었다.

그러나 소년 교도소를 나온 뒤, 이세의 일상에 카스야 타쿠미의 그림자가 비춘 것은 처음이었다.

"이거 뭐야?"

이세가 고개를 들어 컴퓨터로 일하고 있는 두 사람에게 물었다. 고미부치가 수상쩍어 하는 얼굴로 봉투를 쳐다보는 사이 코시누마가 "아하." 하고 턱살을 떨면서 고개를 끄덕인다.

"오늘 아침에 편지함에 들어있었어. 이세한테 편지가 다 오네? 손님한테 온 거야?"

"아니. 일 때문에 온 편지가 아니야. 초등학교 동창이야."

"초등학교? 여기 주소는 어떻게 알은 거야?"

"그러게."

코시누마와 대화를 나누는 사이 고미부치가 "응?" 하고 팔짱을 꼈다.

"너 초등학교 동창이면 혹시 걔냐? 카스야 타쿠미?"

"맞는데, 너가 어떻게 알고 있어?"

어떻게 고미부치가 카스야를 알고 있는거지? 하고 생각했는데 순간, 두 사람 사이에 아주 약간 접점이 있다는 사실을 기억해냈다.

"고등학교 때 몇 번이나 우리학교 찾아온 걔 맞지? 너랑 친한 친구랍시고 '담배 피우지 마'라거나 '학교 땡땡이 치지 마'라면서 꼰대 짓 했잖아. 명문사립학교를 다니셔서 그런지, 범생이에 오지랖 넘치는 도련님 느낌이었지."

고미부치가 대놓고 얼굴을 찌푸렸다. 고미부치는 카스야 타쿠미를 인상 좋게 기억하고 있지는 않는 모양이었다.

이세가 고미부치와 어울려 다니면서 카스야와 연락하지 않고 지내게 되었을 쯤, 분명 몇 번이나 카스야가 고등학교를 찾아왔다. 지겹게 설교를 늘어놓아서 결국 연을 끊어버렸던 기억이 났다.

카스야는 마음에 상처를 받은 얼굴을 했다. 초등학교 때는 같이 '타쿠미 콤비'라고 불리며 공부도 운동도 반에서 1-2등을 다투었던 옛 친구가 머리를 빨갛게 물들이고 스쿠터를 타고 돌아다니면서 술과 담배를 하며 밤늦게까지 놀러 다니는 불량학생이 되어버렸다는 사실을 믿기 어려운 모양이었다.

어쩌겠어, 카스야 타쿠미와 이세 타쿠미는 자라온 환경이 다르다.

"그러고 보니까, 너 아냐? 나 카스야랑 대학 동기야."

"뭐라고?"

"진짜로, 캠퍼스 안에서 몇 번 봤어. 재수한 나 보다 학년은 하나 위였겠지만."

고미부치가 콧방귀를 뀌었다.

"누가 봐도 범생이라고 해야 하나, 좋은 집안에서 잘 자란 티를 낸다고 해야 하나, 주는 것도 없으면서 짜증나는 놈이였지. 나는 그런 손에 흙 한 번 묻힌 적 없는 자식이랑 가장 안 맞거든. 카스야 같은 금수저가 우리 같은 사람을 어떻게 이해하겠냐? 니가 그 자식이랑 친했다는 거 자체가 의외였어."

이세에게 있어서는 초등학교 때 반에서 반장을 맡았던 카스야와 고등학교 날나리 친구였던 고미부치가 같은 대학에 다녔다는 사실 자체가 의외였다. 그 카스야 수준까지 따라잡았다는 말은 고미부치가 얼마나 피눈물을 흘려가며 노력했는지 잘 알 수 있다.

"그래서 그 자식이 지금 와서 뭐래?"

빈정거리는 고미부치 목소리가 날카롭다. 자신이 마음에 안 드는 인간이, 자기 직원이자 친구인 이세한테 연락을 취해온 게 짜증나는 모양이었다.

"나중에 읽어볼게. 오늘은 9시 반 약속이 있어서."

"그래? 뭐, 그냥 무시하는 게 나을 거야. 어차피 소년교도소에서 막 나온 널 걱정하는 내용이겠지, 그 놈은 너에 대해 아는 게 하나도 없어. 입장이 다르니까. 우리랑 다르다고. 우리는 가정환경도 그렇고 막장이었던 고교시절도 그렇고, 뿌리가 같잖아."

고미부치 말은 듣기 편했다. 코시누마도 옆에서 끄덕인다.

이렇게, 있는 그대로의 자신을 받아주는 장소가 있다는 사실이 감사했다.

카스야 타쿠미 이름이 적힌 봉투를 아무렇게나 가방에 쑤셔 넣고, 이세는 벽에 걸린 회사차 키를 들고 사무실을 나왔다.

열기가 사방에서 몰려든다.

그러고 보니 얼마 전에 한여름 꿈을 꾸었지, 기억이 떠오른다. 미래를 암시하는 꿈이 아니라 과거를 다시 체험하는 꿈이었다.

꿈속에서 이세는 초등학교 같은 반 친구와 수영장에서 자유형 경주를 했다. 물이 뺨을 건드리는 감촉이나 손바닥이 수면을 때리는 저항감, 호흡할 때 폐의 수축까지 기분 나쁠 정도로 생생히 느껴졌다.

그 때 공동 1등이 역시 카스야 타쿠미와 이세 타쿠미 두 사람이었다. 반 애들이 축하하는 가운데 어린 시절 카스야와 이세는 굳게 악수하며 서로를 칭찬했다.

꿈을 꾸고 있다는 자각이 있는 이세는 묘하게 마음이 식어있다. 카스야 타쿠미와 같은 출발선에서 겨루는 자신이 같잖고 우스꽝스러워 보였다.

이미 한참 전 이야기다——외부 계단을 다 내려간 이세는 먼 소나기 구름을 바라보았다.

첫 방문이 오래 걸린 탓에 차 안에서 쉴 틈도 없이 다음 약속 장소로 향했다. 이세는 방문과 수금을 한 건씩 끝낸 뒤에 겨우 한숨을 돌릴 수 있었다.

주차를 하고 편의점에서 점심밥을 산다. 차 안으로 돌아오자마자 이세는 가방에서 편지를 꺼냈다.

봉투 안에는 세로쓰기로 된 하얀 편지지가 한 장 들어있었다. 빵을 한 손에 든 이세는 카스야 타쿠미의 꼼꼼한 글씨를 눈으로 읽어갔다.

이세 타쿠미에게

오랜만이다. 잘 지내?

갑자기 편지 보내서 미안. 오다와라에 사시는 할머니 집을 찾아갔는데 네 명함을 찾았어. 깜짝 놀랐다. 이런 식으로 네 소식을 알게 되리라고는 상상도 못했거든.

학생들 진학을 지원하는 단체에서 일하고 있다면서? 듣기로는 우리 할머니에게 기부를 부탁한다는 전화가 왔고 나중에 설명을 하러 온 사람이 너였다니. 할머니는 아직 신청은 하지 않은 모양이지만 "젊은 사람이 이런 사업을 진지하게 하다니." 하고 감격해 하셨어.

이런 걸 인연이라고 말하는 거겠지? 슬슬 출소할 때가 되었겠구나 하고 생각하면서도 너한테 연락을 취할 방법도 없어서 아쉬웠는데 이렇게 연락이 닿아서 정말 기쁘다.

오랜만에 얼굴이라도 한 번 볼까? 휴대전화 번호를 아래에 적어 놓을게. 연락 주면 정말 기쁠 것 같아. 물어보고 싶은 것도 있거든.

카스야 타쿠미 보냄 080-XXXX-XXXX

전화번호를 보고 이세는 슬쩍 편지를 접었다. 봉투까지 한꺼번에 꾸겨서 가방에 던져 넣었다.

이제 와서 카스야를 볼 낯도 없었다. 소년 교도소 시절, 몇 통이나 온 편지를 모두 읽지도 않고 버린 것은 카스야와 관계를 끊고 싶었기 때문이었다. 고미부치가 말한 대로 엘리트 탄탄대로를 걸으며 자란 카스야가 자신이 처지를 이해하리라고는 믿기 어려웠고, 동정 따위도 받고 싶지 않았다.

카스야는 대기업을 다니며 유복한 가정에서 자란 사람들과 어울리며 특별히 큰 고민이나 괴로움 없이 하루하루를 보내고 있을 것이다.

그렇게 복 받아서 사시는 분이 왜 자신에게 이렇게 집착하는지 이세는 좀처럼 이해가 되지 않았다.

——그냥 좀 내버려둬.

하고, 다 내던지고 싶기도 했지만, 신경이 쓰이는 점도 있었다.

——설마 함정인가?

이세가 예지몽에서 본 카스야 타쿠미는 새빨간 피로 물

든 나이프를 손에 쥐고 있었다. 옆에는 중상을 입은 고미부치가 쓰러져있다. 그리고 이세는 주저 없이 카스야 옆구리에 나이프를 찔렀다.

이유나 경위는 모르겠지만 가까운 장래에 카스야 타쿠미와 자신이 적대관계에 빠지게 된다.

그런데 방금 읽은 편지는 이상할 정도로 우호적이었다.

——말하고 싶은 게 뭘까?

어느새 깊이 생각에 빠졌었나보다. 정신을 차리고 보니 시간이 12시 반이 넘어갔다.

손에 든 빵을 서둘러 입에 쑤셔 넣고 차키를 돌려 시동을 건다. 오다와라 타임즈에 기사가 실린 뒤로 먼저 지원을 신청하는 고령자가 계속 이어져서 이세는 쉴 틈 없이 영업 방문을 이어갔다. 입소문이나 인터넷으로 사업 내용이 퍼져나갔는지 다른 지역에서도 문의가 많이 들어왔다.

오후에만 세 건의 신규고객 방문을 하고 나서야 이세는 겨우 퇴근길에 올랐다.

사무실에 도착했을 때는 역시나 19시가 넘어가고 있었다. 이제 서류작업을 시작하면 퇴근 시간은 21시 전후가 될 것이다.

"수고했어."

고미부치 목소리가 이세를 맞이했다. 코시누마 모습은 자리에 없었다.

"응. 코시누마는?"

"벌써 갔어."

"웬일이야? 항상 이 시간까지 남아있으면서."

"오늘은 고등학교 친구랑 오다와라 역에서 한잔 한다더라고. 방금 나갔어."

호오, 하고 맞장구를 친다. 그러고 보니, 코시누마는 오다와라에 있는 고등학교를 다녔다고 했다. 진짜인지 아닌지는 모르지만 '내신 점수가 너무 낮아서 히라츠카 시내에서 갈 수 있는 고등학교가 없었다' 라는 게, 고미부치가 코시누마를 놀릴 때 항상 입에 올리는 말이었다.

고미부치와 코시누마는 같은 중학교를 다녔다고 한다. 이 비영리 활동 단체는 대표 고미부치의 인맥을 중심으로 구성된 셈이다.

"아, 맞다. 사카구치 세이코 씨한테서 전화 왔었어."

"사카구치 씨? 클레임 전화는 아니지?"

이세는 눈살을 찌푸렸다. 이번 달 상반기에 매달 5만엔씩 지원을 약속한 사카구치 세이코와는 그 뒤로도 몇 번이나 만나서 일을 진행했다. 태블릿도 납품했고, 조작방법도 제대로 가르쳐 주었다. 지원 대상 학생의 매칭과 첫 영상 통화도 무사히 끝낸 참이었다.

"고맙다는 전화였어. 지원하기로 한 학생이 성실하고 우등생이라서 안심한 모양이야."

"그거 가지고 일일이 전화까지 한 거야?"

"엄청 기뻐하더라고. 이세, 네가 아주 마음에 든 모양이야. 태블릿 쓰는 법도 꼼꼼하게 설명해줘서 고맙다고 하더라고. 너도 참 물건이야. 역시 영업에 소질이 있다니까? 생긴 건 겁나 무섭게 생겼지만."

"마지막에 쓸데없는 말 붙이지마."

"막상 이야기 해보니까 의외로 괜찮은 사람이었구나, 같은 패턴인지도 모르지. 첫인상이 지나치게 좋은 것보다도, 발전 가능성이 유망한 편이 더 나은 걸지도 몰라. 아니면 실제보다 나이가 들어 보이는 관록이 오히려 플러스 작용을 한 건지도 모르지."

자기가 말한 말이 웃겼는지 고미부치는 실실 거리며 이세의 얼굴을 쳐다보았다.

사카구치가 지원하기로 한 학생은 이 근방에서는 대학 진학률이 가장 좋은 고등학교를 다니는 남학생이었다. 최근 아버지가 심부전증으로 급사하여 학비가 곤란해지는 바람에 고민에 빠져있었다고 한다. 코시누마가 관리하고 있는 장학생 프로필 데이터에는 도쿄대를 한 번에 합격하는 것을 목표로 하는 전도유망한 학생이라고 기록되어 있었다.

세이코 씨가 기뻐한다는 말을 듣고 기분이 나쁠 리는 없었다. 이세는 자기 같은 인간도 남 부끄럽지 않게 감사를 받는 일이 있구나 싶었다.

매일매일 책상에 앉아 단순작업을 강요받고 조금만 잘못해도 바로 욕을 먹는 소년 교도소와는 환경이 천지차이다. 스스로가 보기에도 신기할 정도지만——최근에는 이 일을 하는 데 아주 조금씩 보람과 성취감이 싹 트는 기분이 들었다.

"내가 진짜 미안하다. 이렇게 열심히 일하는데 월급을 쥐꼬리만큼 밖에 못 줘서."

고미부치가 미안해하며 눈썹 꼬리를 축 늘어뜨리더니 뒤통수를 긁었다.

"운영자금은 되도록 줄이고, 조금이라도 많은 돈을 장학금으로 돌려야만 하거든. 조금만 더 사업규모가 커지면 기본급 올릴 수 있도록 검토해볼게."

"아냐, 됐어. 나 때문에 일자리까지 만들어 준 것 만으로도 고마운데. 애초에 기부금에서 월급이 나온다는 시점에서 괜히 부담스럽기도 하고."

"그렇게 생각하지 마. 네가 고생한 덕분에 지원 받는 애들도 계속 늘어나고 있으니까."

"뭐, 그건 그렇지."

몇 마디 주고받는 사이, 오늘 아침 전철 안에서 본 꿈속 광경이 머리 뒤에서 되살아났다.

——고미부치도 반년 뒤에 죽고 마는 걸까?

자신은 그렇다 치더라도 반년 뒤에 고미부치까지 목숨을 잃는 것은 매우 큰일이다. 이 비영리 단체는 대표 고미부치 없이는 돌아가지 않을 것이다. 급여형 장학금을 받기로 되어 있는 많은 학생들이 길거리에 나앉게 된다. 고미부치가 지금 죽었다가는 사회에 큰 손실이 온다.

고개를 들어 슬쩍 건너편 자리를 넘어본다. 고미부치가 다시 일하는 모습을 보고 이세도 노트북 전원을 켠다.

고미부치만이라도 살아야 할 텐데, 라고 생각한다.

작은 사무실 안에서 고미부치가 키보드를 두들기는 소리가 물 흐르듯 울린다. 이세가 어설픈 손짓으로 숫자 키패드를 두들기는 소리가 그 위에 더듬더듬 겹친다.

24시 10분이 지났을 쯤 이세가 재빨리 짐을 정리하고 자리에서 일어났다.

“요즘은 맨날 이 시간에 퇴근하네.”

고미부치가 컴퓨터 화면에서 고개를 들고 벽에 걸린 시계를 쳐다보았다. 자기도 모르게 뺨을 꿈틀 거린 뒤 “그랬나?” 하고 대답한다.

별 사소한 한 것까지 다 챙겨보는구나, 하고 감탄한다. 최근 이세는 매일 같은 시간 전철을 타고 귀가했다.

“들어간다.”

“수고했어.”

짧은 인사를 나눈 이세가 사무실을 나섰다.

선로변 길을 따라 걸어가자 카모노미야역 앞 작은 로터리가 바로 보인다. 이 시간은 도쿄나 요코하마 방면에서 돌아오는 회사원이 많이 걸어 다닌다. 회사원들과 스쳐지나가며 이세는 개찰구를 통과해 승강장 끝으로 향한다. 전철을 기다리는 사람은 거의 없었다.

10분 뒤 도착한 상행선에 올라타고 마주보는 좌석 창가자리에 앉는다.

서있든 앉아있든, 졸음이 오든 안 오든, 결국 바뀌는 것은 없다. 꿈을 안 꾸겠다고 손잡이를 잡고 버텨봐도 정신을 차리고 보면 이미 루시드 드림 안이었고, 좌석에 쓰러져 누운 채로 자다가 깬다. 이 현상을 저항해 봤자 일절 소용이 없다는 사실을 이세는 최근 2주일 동안 배웠다.

전철 안에서 울리는 출발을 알리는 멜로디 신호가 갑자기 페이드 아웃 했다.

이세는 꿈속에서 눈을 떴다.

전철이 천천히 정차한다. 창문 너머로 승강장에서 남색 가방을 들고 선 카타오카 사요의 모습이 보였다. 그 위에는 '히라츠카'라는 오렌지색 글자가 표시되어 있다.

소리도 없이 문이 열렸다.

전철에 올라탄 사요에게 한 손을 들어 인사했다. 오랜만이다, 자신의 입이 움직인다.

사요가 긴 속눈썹을 움직였다. 작게 입을 열고 무언가 중얼거린다.

이세는 보이는 광경에서 힌트를 얻으려고 했다.

——이게 오늘 벌어질 일인 건가?

——내일? 아니면 더 먼 미래?

그 순간 이세의 의식이 현실로 돌아왔다.

출발한 기억은 없지만 전철은 이미 달리고 있었다. 아무래도 카모노미야역에서 출발 멜로디가 채 다 울리기도 전에 잠이 들었던 모양이다. '다음역은 코우즈역'이라는 표시가 문 위에 나타난다. 아직 출발한 지 1, 2분밖에 지나지 않은 듯 했다.

이번 꿈은 꽤 짧은데?

다만 카타오카 사요와 다시 만난다는 사실은 좋은 소식이었다. 매일 밤, 같은 시각에 전철을 탄 보람이 있다고 할까? 2주 전에 이틀 연속으로 만났던 이래로 사요의 모습은 보이지 않았다. 앞으로 두 번 다시 만나는 일 없을지도 모른다, 라는 생각도 들었다.

최근 보름 동안 이세는 여러 꿈을 꾸었다. 이 꿈이 차례차례 현실이 되어가는 모습이나, 결과를 바꾸려고 수를 쓰면 예지몽 내용이 더욱 악화되는 모습도 목격했다. 이제는 제대로 알지도 못하면서 부정부터 하는 일 없이 사요가 하는 말을 진득하게 들을 준비가 되었다.

——오늘 사요가 나타나려나?

하고 생각한 순간, 다시 한 번 눈앞에 보이는 녹색 좌석이 뿌옇게 흐려졌다.

새로운 꿈이었다. 과거 꿈도 아니고 그렇다고 이미 봐온 미래 꿈도 아니다.

이세는 사무실 입구에 우뚝 서 있다.

눈앞에는 코시누마와 고미부치가 서 있다. 그 뒤로 보이는 창문 밖은 이미 깜깜한 밤이다. 밤늦은 시간인지 근처 선물 전기들이 다 꺼져 있있다.

자신이 성큼성큼 앞으로 다가가더니 거칠게 코시누마 멱살을 잡는다. 코시누마 셔츠가 찢어질 정도로 휘감켰고, 출렁이는 이중턱을 이세의 왼손이 짓누른다.

이거 놔, 코시누마의 입이 움직였다.

무시한 이세가 주먹을 세차게 휘둘렀다.

오른손으로 코시누마의 뺨을 제대로 후려치자, 커다란 몸이 벽까지 날아간다. 순간적으로 주먹 관절뼈가 코시누마의 볼살 속으로 파고들어간 게 똑똑히 보였다.

책상 위에 놓아둔 자료더미가 무너져 바닥에 다 흩어졌다.

이세는 거친 숨을 내쉬며 바닥에 쓰러진 코시누마의 입에서 피가 흘러나오는 모습을 바라보았다.

그 사이 문득 고개를 든다.

고미부치가 차가운 눈으로 이세를 쳐다봤다. 어이가 없다는 듯한, 업신여기는 듯한——그런 시선이 이세의 가슴을 찌른다.

——또……폭력이냐?

경멸하는 말이 고미부치의 입술에서 흘러나왔다.

절망적인 기분으로 잠에서 깼다.

"코시누마……."

자기도 모르게 작은 목소리로 중얼거린다. 어느새 맞은편 좌석에 앉은 중년 남자가 슬쩍 이세를 쳐다봤다.

창문 밖을 보니 전방에 건물이 밀집한 모습이 보였다. 꿈속에서 체감한 시간보다, 훨씬 긴 시간 동안 의식을 잃고 있었던 모양이다. 전철은 히라츠카역에 도착 직전이었다.

방금 그 꿈은 뭐였지, 하고 생각한다. 승강장에서 떨어져 죽는 꿈이나, 카스야 타쿠미가 든 나이프를 빼앗아 찔러버리는 꿈과 비슷할 정도로 이해가 되지 않는 꿈이었다.

코시누마를 때릴 이유를 전혀 짐작할 수 없었다.

애초에 코시누마와 이세는 교집합인 친구이자 직장 리더가 고미부치라서 아는 사이일 뿐, 서로에 대해 딱히 아는 것은 없다. 고객 발굴을 위해 약속을 잡거나 장학생 정보를 정리하는 관련 업무를 코시누마가 담당하고 있지만, 유망고객 리스트나 장학생 프로필 데이터를 이세에게 건네주고 지시를 내리는 사람은 언제나 대표인 고미부치라서, 코시누마와 이세 사이에 직접적으로 커뮤니케이션이 발생하는 일은 거의 없었다. 사무실에서 얼굴을 보고 인사하거나 잡담을 하는 게 고작인 사이다.

영문을 모르겠다.

카스야를 찌르고, 코시누마를 때린다.

소년 교도소에서 석방되었을 때, 다시는 그 지옥 같은 곳에 돌아가지 않겠다고 속으로 맹세했는데, 또 범죄를 저지른단 말인가?

갑자기 창문 밖이 밝아졌다. 들여다보니 전철이 히라츠카역에 막 들어선다. 이세가 탄 선두차량은 계단이나 에스컬레이터를 차례로 지나쳐 승강장 가장 끝 쪽까지 나아간다.

전철이 속도를 늦추고 정차하는 사이, 창문 너머로 교복을 입은 그녀가 보였다. 학교 가방을 쥐고 있는 카타오카 사요의 모습이 눈에 들어왔다.

방금 전 꿈에서도 완전히 똑같은 광경을 꾸었다.

저도 모르게 자리에서 일어섰다. 문이 열리고 사요가 안으로 들어오자마자, 이세는 손을 들어 사요를 불렀다.

"오랜만이네."

꿈속에서 말한 그대로, 똑같은 말을 입에 올린다. 다른 대사를 쳐도 괜찮았겠지만, 다른 적절한 대사가 생각이 나지 않았다.

사요는 이세를 알아차리고 놀란 얼굴로 멈추어 섰다.

"이세 씨."

가느다란 목소리가 들린다. 이세는 옆자리에 둔 가방을 치우고 앉으라고 손짓했다. 사요는 동요하는 모습으로 "실례합니다." 하고 머뭇거리면서 자리에 앉았다.

저번에 만났을 때와는 어딘가 분위기가 다른 느낌이 들었다. 하얀 피부가 오늘은 아픈 듯이 창백하게 보였다.

"요즘은 집에 가는 시간이 바뀌었나봐? 2주는 못 본 거 같은데."

전철이 움직이자마자 이세는 사요에게 말을 걸었다. 전철이 달리는 소리 때문에 잘 들리지 않은 모양인지 "네?" 하고 사요가 되묻는다.

"처음 본 날이 불꽃놀이 날이었잖아? 그 때 이후로 벌써 보름이야. 이틀 연속으로 봐서 매일 이 차량을 타는 줄 알았는데, 아니었나 싶어서."

순간 머뭇거린 사요가 "네." 하고 짧게 대답한다. 사요는 말을 이을 기색도 없이, 고개를 숙인 채 무릎에 얹은 가방을 지긋이 바라보았다. 걱정이 되어 곁눈질로 사요의 얼굴을 관찰한다.

"무슨 일 있어? 알바하다 혼났어?"

"아, 아뇨."

"그럼 부활동? 그러고 보니, 축구부 매니저 권유를 받을 거 같다고 그랬었지?"

사요가 당황한 모양인지 고개를 가로저었다. 더 이상 입을 열려고 하지 않는다.

"혹시 열차에 치여 죽는 꿈말고 다른 꿈이라도 꾼 거야?"

사요가 다시 절레절레 고개를 저었다.

'이번 역은 치가사키, 치가사키 역입니다——'라는 안내방송 목소리가 부담스러운 침묵을 힘겹게 채워주었다. 전철이 사가미강을 건너기 시작 할 때 쯤, 창밖으로 보이던 건물의 전등불이 갑자기 사라졌다.

사요를 옆자리에 앉으라고 권한 이상, 나란히 앉아만 있기에는 부담스러웠다.

"죽는 꿈은 여전히 피하지 못하고 있는 거야?", "좋아한다는 선배랑은 진전이 있었어?", "축구부 매니저 되어 달라는 권유는 받았어?" 등, 저번에 들었던 이야기를 바탕으로 연달아 근황을 물어보았다.

그러나 사요는 입을 다문 채 고개를 가로젓기만 할 뿐, 무슨 질문을 해도 대답하려고 들지 않았다. 오히려 구역질을 참기라도 하듯, 고개를 숙인 채 입술을 꽉 다물어 버렸다.

"아무리 봐도 좀 이상한데. 어디 아프니?"

"아니……에요."

저번에 만났을 때는 술술 루시드 드림에 대해 지론을 펼쳐놓았으면서 오늘은 사람이 변해버린 것만 같았다.

"혹시 화났어? 전에 봤을 때 기껏 설명해 줬는데도 내가 안 믿는 눈치여서?"

"아뇨, 그런 게 아니라——"

"그 루시드 드림, 정말 예지몽이더라고. 그 뒤로 여러 가지 패턴으로 꾸고 나서 완전히 체감하게 되었어. 그런데 그 중에는 아직 실현화 되지 않은 꿈도 있더라고. 아까 직장 동료를 진심으로 때려서 다치게 만드는 꿈을 꾸었거든. 이런 꿈이 다 예지몽이라고 한다면 나 경찰한테 바로 잡혀갈 거 같아."

"세상에." 사요가 입을 막으며 끙끙 댔다.

"사람을 때리다뇨."

"훨씬 심한 꿈도 꾼 적 있다고 말하지 않았나?"

사람을 찌르는 꿈을 꾸었다, 라고 이세가 말했을 때 사요가 지었던, 형언할 수 없는 표정을 떠올린다.

"뭐, 가장 심한 꿈은 전철에 치어 죽는 꿈이지만. 네 말대로 사고가 나지 않게끔 피해보려고 했는데, 하면 할수록 결말이 심해지더라고. 죽는 날이 점점 앞당겨지거나, 많은 사람을 휘말리게 만든다 거나. 전부 네 말대로였어."

말을 잠깐 끊은 다음,

"정말 죽는 거 말고는 방법이 없는 걸까." 하고 중얼거린다.

얼마 전부터 머릿속에서 계속 맴도는 말이었다.

——우리 결국 죽고 말 거예요.

——바꾸고 싶은데 바꾸지 못해요. 아무리 노력해도.

처음 만났을 때 사요가 남긴 말이 귓속에서 재생된다.

"죽기는 싫은데."

한숨을 내쉬며 이세가 목 막힌 소리로 말하자 옆에서 사요가 작게 고개를 끄덕인다.

문득 이세 안에서 작은 충동이 일어났다.

“전에 말했나? 내가 죽는 꿈 말인데, 그냥 사고로 그렇게 되는 게 아니야. 승강장에서 누군가한테 떠밀려서 죽는 꿈이야.”

사요가 깜짝 놀라 고개를 들고는 눈을 크게 떴다.

“떠밀……렸다고요?”

“어. 살해당해.”

“말도 안 돼.” 사요의 안색이 점점 안 좋아진다.

“살인이라니, 누구였나요?”

“몰라. 얼굴은 잘 안 보였거든.”

“세상에. 끔찍해.”

사요가 울음을 터트릴 것만 같은 표정을 짓는다. 앞으로 7년 뒤에 죽을 자신의 처지가 떠올라 공감한 걸지도.

“그래도 뭐, 인과응보라고 해야 하나? 이제 와서 누가 날 죽이려고 하는 건데, 그게 누구인지 전혀 짐작조차 가지 않지만……애초에 나는 그런 원한을 사도 이상할 게 없는 사람이니까.”

“무슨 말이에요?”

사요가 어물어물 조심스레 묻는다.

이세는 문득 이야기하고 싶지 않은 일을, 충동적으로 이야기 하기 시작했다.

"처음 봤을 때 '어디서 본 적 있지 않나요?'라고 물어봤었지? 그때 솔직히 좀 당황했거든. 19살 때 인터넷에 얼굴이랑 이름이 유출된 적이 있어서. 그걸 봤나 싶어서."

"유출, 이요?"

"어. 원래는 공개 되서는 안 되는 정보지만, 같은 고등학교의 멍청한 놈들이 재미삼아 뿌려버렸어."

"개인정보였나요?"

"어떻게 보면, 그런 셈이지."

이세는 작게 숨을 들이쉬었다.

"고등학교 3학년 때, 아버지를 죽게 만들었어."

"네……?"

"친아버지를 때려서 죽이고 말았어. 상해치사 사건 범인으로 지금도 인터넷을 뒤지면 내 이름이랑 얼굴 사진이 나와. 미성년 범죄자는 실명이 유출되지 않도록 되어있는데 말이지."

죽일 생각은 없었다. 평소대로 싸우던 와중이었다. 하지만 잘못 때리는 바람에, 아버지가 머리에서 출혈과다를 일으켜 사망했다.

법원에서 내린 판결은 징역 5년이었다. 집행유예는 붙지 않았다. 이세가 살의를 품지 않았다는 사실은 겨우 인정을 받았지만, 아버지의 부상 정도가 심해서 정상참작 여지는 없다는 판단이었다.

실제로도 혼신의 힘을 다해 때렸다는 느낌은 있었다. 꼴사납게 부풀어 오른 아버지의 배나, 술을 너무 마셔서 검붉은 얼룩이 진 얼굴에 몇 번이고, 몇 번이고 주먹을 내리찍었다. 아버지가 뒤통수를 부딪쳐 치명상을 입은 것은 운이 나빠서였지만, 넘어지게 만든 계기는 자신이 만들었다는 것은 사실이다. 그래서 이세도 판결에 별다른 저항을 하지 않았다.

“19살부터 24살까지 사이타마현에 있는 소년 교도소에 있었어. 그 사이에 어머니는 마음에 병이 들어 자살했고. 하나뿐인 아들이 남편을 때려 죽였다는 현실을 견디기 어려웠던 거겠지.”

더듬더듬 말을 잇는다. 옆에 앉은 사요는 이세의 얼굴을 응시한 채 입술을 작게 떨었다.

사요의 얼굴은 새파랗게 질려있었다.

분명 지금쯤 사요는 경계하는 기색도 없이 이세에게 다가간 일을 후회하고 있을 것이다. 카타오카 사요라는 학생에게서는 좋은 환경에서 자란 느낌이 풍겨온다. 사람을 죽인 적 있는 범죄자가 바로 옆에서 걸어다니거나, 같은 차량에 올라타 있으리라고는 상상도 하지 못했을 것이다.

“인과응보라고 한 게, 그 일을 말하는 건가요?”

“어. 아버지 뿐 아니라 어머니도 내가 죽인 셈이나 마찬가지니까. 5년을 버티고 겨우 사회로 나오자마자 이상한 루시드 드림을 꾸게 된 것도 돌아가신 부모님이 저주를 내린 건지도 모르지.”

이세가 자조적으로 웃었다. 사요는 아무 말 없이 가방 손잡이를 꼭 쥐었다.

그런 사요 옆에서 이세는 혼잣말처럼 이야기를 이어갔다.

소년 교도소에서 출소한 게 올해 3월이었다는 것. 소년 교도소 출신이라 사회생활을 시작한 지 아직 반년도 되지 않았다는 것. 지금은 고등학교 때 친구의 연줄로 계약직으로 비영리단체 법인에서 일하고 있다는 것.

전철이 츠지도역을 지나 후지사와역을 지났다. 오후네역을 떠날 때쯤에는 이세의 이야기도 대강 끝났다. 벌써 몇 번째인지 모를 정적이 두 사람 사이를 흘렀다.

‘잠시 후 도착할 역은, 요코하마, 요코하마역입니다. 내리실 문은, 왼쪽입니다——’

사요가 겨우 보랏빛 입술을 뗀 것은 전철이 요코하마역

에 다와가며 속도를 줄였을 즈음이었다.

"이세 씨는 아직 과거랑 미래 꿈 말고는 안 꾸었죠?"

"말고……는?"

이세는 눈살을 찌푸리며 살짝 젖은 채로 자신을 바라보는 사요의 눈을 똑바로 쳐다보았다.

"무슨 말이야?"

"아직이구나." 사요는 살짝 눈을 감고 가슴에 손을 얹었다.

"분명 얼마 안 있어 시작 될 거예요……〈사후(死後) 꿈〉을 꾸는 게."

"사후 꿈? 뭐야 그게?"

사요는 자리에서 일어섰다. 전철이 밝은 요코하마역 승강장으로 들어가면서 천천히 속도를 늦추어 정차한다.

"그 때가 오면 알게 될 거에요. 아주 이상하고 신비한 꿈이니까요."

가방을 어깨에 메고 사요는 전철에서 내렸다.

그 뒷모습을 배웅하려고 상반신을 돌려 창밖을 본다.

사요의 모습이 보이기도 전에, 끌려가는 감각이 들었다.

뺨이 창문유리를 만진다. 그 서늘함이 녹아 사라져 간다.

그날 꿈이구나, 하고 확실하게 알아챘다.

방금 전 까지 과거를 생각하고 있었기 때문에 무의식적으로 그 기억을 되살려 버린 것인지도 모른다.

이세는 본가 근처 공원에 서 있었다. 그다지 크지 않은 부지 한 가운데 가로등이 하나 서 있었고, 노란 빛이 흐릿하게 빛난다. 그 빛의 원 가운데에 떨어져 있는 자갈을 이세는 다운 점퍼 주머니에 손을 꽂은 채로 축구선수처럼 하나하나 멀리 걷어찬다.

눈앞에는 담배를 피우는 고미부치가 서 있었다. 무슨 말을 하는지는 모르겠지만, 가로등에 기대고 서서 새카만 하늘을 올려다보면서 유쾌하게 웃었다. 이미 밤이 늦은 시각이라 주변 길에 행인은 없었다.

고등학교 3학년 겨울. 1월 말쯤이었다.

항상 둘이서 어울리며 밤늦게까지 집에도 안 가고 밖에서 잡담을 했다. 이 때 고미부치가 뭐라고 말했는지, 이세는 전혀 기억하지 못했다. 그 뒤로 일어난 사건이 모든 것을 긁어서 지워버렸기 때문이었다.

공원 입구에 검은 그림자가 나타난다.

걸어오는 그림자의 정체를 알아채고 이세는 발을 멈춘 채 크게 혀를 찼다. 물론 꿈을 보고 있는 이세의 의도는 아니다. 모든 게 과거에 벌어진 사건 대로 진행되고 있다.

"——."

가로등이 만든 노란 빛의 원 가운데로 이세의 아버지가 들어왔다. 이세와 고미부치를 업신여기는 눈으로 쳐다본다. 그 눈빛은 흐릿하고 초점이 맞지 않았다.

——쓰레기 자식들이.

하고, 아버지가 말했다. 꿈속에서는 치밀어오르는 갈라진 쉰 목소리가 들리지 않았지만, 기억이 뚜렷하게 남아 있다.

——학교에서 그러더라. 취업 할 곳이 없다던데?

——앞으로 열심히 살아 이 자식들아. 뭐, 너희 같은 사회부적응자 놈들한테 일자리 주는 곳이 있기는 하겠냐만은.

——어차피 네놈들은 사회 인간쓰레기거든. 죽을 때까지 밑바닥이나 기다가 가면 되는 거야.

자기 몸의 정수리부터 발끝까지 열을 뿜어져 나오는 게 느껴졌다. 이세는 아버지에게 달려들었다. 멱살을 잡고 있는 힘껏 끌어당겼다.

——전부 네 탓이잖아!

——돈 벌면 죄다 술에, 파칭코에 쏟아부으면서 그런 소

리를 해!

하고 질렀을까? 자기가 뭐라고 말했는지 잘 기억이 나지 않는다.

이세 오른손이 아버지 뺨에 파고들었다. 멱살을 잡은 손을 놓지 않고, 바로 무릎차기를 꽂아 넣는다. 아버지 입이 헤벌레 벌어지고 두 손으로 명치를 붙든 채, 뒤로 획하고 쓰러졌다.

바로 올라타서 주먹을 몇 대 찍어 넣는다. 아버지 손이 뻗어와 뺨을 세게 긁었다. 뺨이 뜨거워지고 상처에서 흐른 피가 입으로 들어갔다. 미세하게 쇠 맛이 느껴진다.

서로 계속 두들겨 팼다. 수세에 몰린 사람은 술로 떡이 된 아버지였다. 이세가 주먹으로 계속 공격하는 사이, 아버지는 방어만 했고 신음소리를 토하기 시작했다. 그 커다란 얼굴에는 코피가 튀었다.

"——."

귓가에 누가 말을 걸면서 어깨에 손을 얹었다.

——그만하면 됐어. KO야.

돌아보니 고미부치가 서 있었다. 공원 구석을 손가락질했다.

——너 지금 얼굴이고 손이고 다 피투성이야. 수돗물로

씻고 와.

이세는 시키는 대로 일어났다. 양복도 다 구겨진 아버지는 완전히 기절한 상태로 바닥에 대자로 뻗었다.

공원 구석으로 달려가 수도꼭지를 튼다. 쏟아지는 물에 직접 얼굴을 가져다 대고, 손에 묻은 아버지 코피를 씻어냈다.

피는 좀처럼 씻겨나가지 않았다. 더러웠다. 꿈속 이세도 같은 생각을 한 모양이다. 몇 번이고 문지르고 손을 비벼서 붉은 기를 씻어낸다.

문득 고개를 들자, 고미부치가 이세를 향해 전속력으로 달려왔다.

확 바뀐 표정으로 허둥지둥 달려온 고미부치가 허둥대는 손짓으로 공원 한 가운데를 가리킨다.

"——."

고미부치가 하는 말을 채 다 듣기도 전에, 손이나 얼굴에 묻은 물도 털지 않은 이세가 고미부치와 함께 아버지한테 달려갔다.

——큰일 났어! 네 아버지, 정신 차리고 일어나다가 또 자빠졌거든? 근데 바닥에 뒤통수를 제대로 박았어.

가로등 불빛 아래에는 믿을 수 없는 광경이 보였다.

드러누운 아버지 머리 주변에 붉은 얼룩이 생겼다. 피가 울컥울컥 쏟아져 나와 얼룩이 커지면서 웅덩이가 되었다.

아버지는 눈을 까뒤집고, 허연 거품을 입에 물고 있었다.

이세는 한동안 그 자리에 멍하니 서 있었다. 온 몸의 혈관이 수축하고 혼란이 폭발하면서 머리속을 세차게 맴돌았다.

도망가, 이세가 겨우 고미부치한테 말했다. 주저하는 모습을 보이는 고미부치 등을 떠밀며, 공원 출구를 가리킨다.

——너 공범이라고 의심 받아. 경찰 오기 전에 도망가, 빨리!

고미부치는 눈을 굳게 감고 고개를 한 번 끄덕인 뒤 밖으로 뛰쳐나갔다.

'잠시 후 도착할 역은, 카와사키, 카와사키역입니다——'

전철 안내방송이 이세를 토카이도선 차량 안으로 다시 돌려놓는다.

흐리멍텅한 머리로 이세는 경찰에 체포 되었을 때를 떠

올렸다.

공원에서 아버지와 둘이 남자, 이세가 서 있는 모습을 근처 주민이 지나가다 보고 비명을 질렀다. 중년 여성이 허둥지둥 공원을 뛰쳐나간 뒤, 10분도 안 되서 경찰차가 차례로 도착해 이세를 그 자리에서 현행범으로 체포했다.

왜 이렇게 되어버린 걸까, 생각이 채 쫓아가지 못했다. 맨 손으로 때렸을 뿐이었는데. 항상 하던 싸움이었는데.

왜 뒤통수에서 피가——.

빙글빙글 도는 붉은 라이트 불빛에 공원이 비추어진 것이 눈에 선하다. 붉은 라이트에, 붉은 피 웅덩이. 양쪽으로 경찰에게 붙잡혀, 아무 말 없이 차 안으로 끌려 들어가자 겨우 눈앞에서 빨간 색이 사라졌다. 그게 이세가 마지막으로 본 바깥세상이었다.

아버지가 쓰러진 땅바닥에 날카롭고 주먹만 한 돌이 놓여있었다는 사실을 나중에 경찰한테서 들었다.

운이 나빴네——라는 경찰관의 무책임한 말을 이세는 지금도 생생히 기억한다.

2018년 9월 3일 (월)

이세가 '사후 꿈'을 꾼 것은 그로부터 2주 뒤였다.

쿠오오, 하는 큰 소리에 이세가 고개를 들었다.

순간 자기가 어떤 광경을 보고 있는 지, 잘 알아채지 못했다. 이세는 넓은 승강장 가운데 있는 벤치에 걸터앉아, 눈앞을 힘차게 지나가는 화물열차를 멍하니 바라봤다.

열차가 역을 다 지나간 뒤에야 선로 너머로 커다란 쇼핑몰이 보인다는 사실을 깨달았다. 내린 적은 없지만 여태까지 토카이도선을 타면서 몇 번이고 본 적이 있는 풍경이었다.

——츠지도역 인가?

바람은 부드러웠고, 따뜻해 보이는 햇살이 푸른 하늘에서 쏟아져 내린다. 기온은 확실히 느껴지지 않았지만 주변을 걸어다니는 사람들 옷을 보니 계절은 봄인 듯했다.

항상 꾸는 루시드 드림과 똑같은 거 같은데, 감각은 사뭇 완전히 달랐다. 이세는 지금, 자신의 의사로 시선을 돌아보고 주변 풍경을 바라봤다. 소리도 똑똑히 들리고, 바람에는 바다에서 풍기는 소금향이 섞여있다는 것도 알 수 있었다.

시험 삼아 "아." 하고 소리를 내어보자, 그대로 성대에서 빠져나갔다. 손과 발도 원하는 대로 움직일 수 있었다.

——내가 왜 이런 곳에 앉아있는 거지?

미래 꿈인 걸까, 하고 생각하자 곧바로 위화감이 느껴졌다. 지금은 9월이고 이세가 죽는 날은 5개월 뒤인 2월이다. 모든 게 예지몽대로 진행된다면 봄이란 계절은 이세에게는 더 이상 찾아오지 않아야 했다.

"이세?"

뒤에서 깜짝 놀란 목소리가 들렸다.

돌아보니 그 자리에는 남색 양복을 입은 청년이 서 있었다. 늘씬한 체구가 눈길을 끈다. 한 손에는 서류가방을 들고 있고 우아한 파란색 넥타이를 매고 있었다.

카스야 타쿠미가 보낸 봉투에 적힌 주소가 카나가와현 후지사와시였던 게 떠올랐다. 초등학교 졸업과 동시에 히라츠카시에서 이사를 간 뒤, 지금도 계속 그 주변에서 사는지도 모른다.

"이세 맞구나. 또 만났네."

"또……?"

이상하게도 생각한 대로 말이 나왔다. 카스야가 말하는

소리도 명료하게 들려왔다.

꿈속에서 만난 인물과 자기 의사로 능동적으로 대화를 나누는 일은 처음 있는 일이었다.

"대화도 가능한 건가?" 카스야가 눈을 빛냈다.

"기억 안 나? 얼마 전에도 여기서 만났는데." 라고 말하며, 카스야는 이세 옆자리에 앉았다. 이세가 아무 말 없이 앉아있는 모습을 힐끗 본 카스야가 어딘가 쓸쓸한 표정을 짓는다.

"그렇구나, 죽었다는 자각이 없구나."

"죽어?"——역시나, 하고 마음속으로 중얼거린다.

"오늘 며칠이지?"

"4월 4일이야. 2019년."

연도까지 덧붙이는 게 역시 카스야 다웠다.

"이세가 죽은 지도 벌써 두 달이 돼."

카스야가 살짝 한숨을 내쉬었다. 복잡한 감정과 생각을 억누르는 것처럼 보였다.

이 장소에서 너랑 만나는 게 두 번째야, 카스야는 말했다. 이세는 첫 번째 만난 기억이 없다.

눈앞에서 토카이도선 쾌속전철이 지나갔다.

"처음 발견했을 때는 깜짝 놀랐어. 내가 영감이 있다고 생각한 적은 없었으니까. 게다가 유령 치고는 너무 뚜렷하게 보이기도 했고."

"유령, 이라."

지금 카스야와 대화하고 있는 자신은 죽지 않았다. 2018년 9월에 살아있는 이세 타쿠미다. 그러니 엄밀하게 말해서 유령은 아니지만, 일단 부정하지 않았다.

카스야의 눈에 어떻게 보이는지는 둘째 치고, 2019년 4월 시점에서 이세는 이미 이 세상에 존재하지 않는다. 이는 분명한 사실인 듯 했다.

"뭔가 할 말이 있어서 나한테 온 거야?"

"아니, 딱히."

"그래. 미련이 남아서 성불을 못한 건 아닌 듯하네."

퉁명스레 대답한 이세의 대꾸에도 카스야는 순순히 받아들이는 얼굴로 고개를 끄덕였다.

"나는 이세 너한테 아무 것도 못 해줬어. 이런 식으로 세상을 떠나리라고는 생각도 못했어."

"딱히 뭘 해주고 뭘 받고 할 것도 없잖아."

저도 모르게 본심을 입에 올리자, 카스야는 놀란 표정을 지었다. "그런가?" 하고 카스야는 골똘히 생각에 잠기며 고개를 숙인다.

“나는 이세 너한테 항상 너무 일방적이었어. 혼자 헛수고만 했지.”

카스야가 말을 멈추자 불편한 침묵이 찾아왔다. 승강장에서 여성 목소리로 안내방송이 나온다.

――정말 이게 내가 죽은 뒤의 광경인 건가?

양복 입은 카스야를 앞에 두고 이세는 곤혹스러워 했다.

“기억해? 초등학교 때 일인데.”

침묵을 견디지 못했는지 카스야가 쇼핑몰 하얀 건물을 바라보며 말을 걸어왔다.

“엄청 재미있었지. 매일매일 이세 너랑 다른 애들이랑 어두워질 때까지 놀거나, 공부도 하고, 운동으로 경쟁도 하고 말이야……더 이상 그 때로 돌아가지 못한다는 게 너무 마음이 아프다.”

츠지도역 승강장으로 도쿄행 전철이 들어왔다.

“같이 탈래?”

“됐어.”

따라갈 마음은 없는 이세가 고개를 가로저었다.

카스야가 “그럼 저 세상에서도 건강히 지내.” 하고 한 손을 들어 인사한 뒤 전철을 향해 걸어갔다. 호리호리한 뒷모습을 보며 문득 생각했다.

역시 체크무늬 코트를 입은 그 남자랑 닮았다.

이런 꿈이었다.

카모노미야역에서 내린 이세가 사무실로 걸어갔다. 벌써 19시가 지나, 주변은 어슴푸레 저녁 어둠에 휩싸여갔다.

오늘은 요코하마에 사는 유망고객의 문의가 있어서, 낮에 전철을 타고 방문했다. 부유해 보이는 60대 미망인으로 매달 7만엔 지속지원을 가볍게 승낙했다. 일부러 시간을 들여 왕복한 보람은 있었지만, 덕분에 전철을 타는 시간이 늘어서 루시드 드림을 몇 개 꾸게 되었다.

그 중 하나가 자기가 죽은 뒤 카스야 타쿠미와 재회하는 꿈이었다. 꿈속에서 일어난 사건을 그저 보고만 있던 평소 꾸는 루시드 드림과는 달리, 마치 현실에서 카스야와 대화를 나누는 감각이 드는 차이점이 불길했다.

——사요도 비슷한 꿈을 꾼 건가?

외부계단을 오르며 사무실 문을 열자 "오, 수고했어." 하는 명랑한 고미부치 목소리가 울렸다. 그리고 발음이 안 좋은 코시누마가 인사하는 소리가 들려왔다.

"이세, 대박 사건이야. 전국구 신문에서 취재의뢰가 들어왔어."

고미부치가 벌떡 일어나 자기 컴퓨터 화면을 손가락으로 가리켰다. 이리 와봐, 하고 이세에게 손짓한다.

가까이서 보니 화면에는 이메일 한 통이 띄어있었다. 이름만 들으면 누구나 아는 전국구 신문 이름과 소속 기자가 보낸 취재의뢰가 적혀있다.

"이야, 대단한데? 홍보 찬스네."

"그치?"

"근데 고미부치 이 자식이 취재를 거절한다는 거야." 라며 코시누마가 입에서 침을 튀겨가며 끼어들었다.

"왜?"

좋아하더니만, 하고 의아해 하자 고미부치가 뒤돌아본다. 고미부치는 쓴웃음을 지으며 "남들 눈에 띄는 게 항상 좋은 것만은 아니잖아?" 하고 이세 어깨를 두들겼다.

"나는 지역에 공헌하고 싶어서 이 사업을 시작한 거라고. 오다와라 타임즈나, 지역 신문이라면 몰라도 전국구 신문에 실리면 리스크가 커. 문의가 세 명이서 소화가 안 될 만큼 커져서 펑크 날 게 뻔 해. 사람을 더 구해서 폭넓게 지원 사업을 진행하려고 해도 애초에 준비기간이 필요한 일이라 우리가 공유하는 이념이 커다란 조직 전체에 침투 가능한지도 모를 일이고. 제대로 구석구석 꼼꼼하게 확인 가능한 소규모 경영이 내 이상이야."

"그런가?"

"뭐, 너랑 코시누마랑 작달만하게 시작한 일이 전국구 신문 기자가 주목할 정도로 성장했다는 사실 자체는 즐거운 게 솔직한 심정이지만."

고미부치가 "그치?" 하고 코시누마를 돌아봤다. "그럼." 하고 코시누마가 호응하자, 두 사람은 세게 하이파이브를 했다. 이세보다 먼저 함께 있어서 그런지 두 사람의 인연의 끈은 단단해 보였다.

"그래도 슬슬 사토랑 히키모토한테도 같이 하자고 권할 거잖아?"

"그러려고. 그리고 이번에 면접 보기로 한, 나카하라 라는 아저씨도 말이지."

코시누마의 말을 고미부치가 긍정하는 모습을 본 이세는 고개를 갸웃거렸다.

"응? 직원을 늘리려고?"

"그럴 예정이야. 내근 담당을 두 명, 너랑 같이 외근 영업담당을 한 명. 구직공고는 외근만 냈어. 사토랑 히키모토는 중학교 때 나랑 코시누마랑 같이 놀던 친구라서 성격을 잘 알거든. 다음 주 목, 금쯤부터 와서 일할 것 같으니까, 잘 부탁한다. 회사차가 한 대 밖에 없어서 새로 오는 영업 담당한테는 전철로 다닐 수 있는 범위만 다니라고 할 예정이야."

"잘 됐네."

이세는 후, 하고 한숨을 쉬었다.

최근 들어 오다와라시 부근 이외에서 들어오는 문의도 많아서 곤란해 하던 참이었기에, 영업 직원이 한 명 더 늘어난다는 말은 좋은 소식이었다.

"내근으로 일하는 두 사람은 어떤 일을 해?"

"서포트 체제를 강화하거나, 다이렉트 마케팅 시책 추진 같은 거? 실은 꼭 해야 하는데 지금 못하고 있는 게 잔뜩 있으니까 그런 과제를 하나하나 처리하고 넘어가려고. 나중에는 내가 지금 하고 있는 업무를 인수인계 하고, 나는 대표로써 경영판단이나 대외교섭에 주력을 쏟을까 해."

"그래. 3명에서 6명으로 늘어난다면, 가능한 사업 규모도 배로 늘겠다."

"그러게. 기대 되는데?"

고미부치가 승리 세리모니를 취했다.

가방을 책상 옆에 두고 의자에 앉았다. 앉은 채로 오늘 방문 성과를 보고한다. 요코하마시에 사는 미망인이 매달 7만엔 씩 지원하는데 동의했다고 말하자 "잘 했어." 하고 고미부치는 기쁘게 손뼉을 쳤다.

고미부치는 매번 자기가 장학생 입장이 되기라도 한 듯 기뻐한다. 고등학교에 입학 당시부터 이미 "저 놈은 조심해야 돼." 하고 소문이 돌았을 정도로 히라츠카시에서는 유명한 양아치였던 고미부치가, 지금은 가정형편이 어려운 집안 아이를 위해 몸이 가루가 되도록 일하고 있다는 사실이 신기했다. 다만 납득이 가는 부분도 있다. 고미부치 자신이 편모가정이었기 때문에 항상 돈 문제를 신경써야만 하는 환경에서 자라서, 같은 처지에 놓인 학생을 도와주고 싶다는 기분이 싹 튼 거겠지.

"아, 맞다. 깜빡했다."

각자가 자기 업무로 돌아간 지 30분이 지났을 때 쯤 코시누마가 문득 책상 위에 놓인 하얀 봉투를 꺼냈다.

"또 이세 앞으로 편지가 왔어. 카스야 타쿠민가 하는 놈한테서."

코시누마가 봉투를 내밀었다. ――문득, 저 살집이 두

퉁퉁한 볼을 있는 힘껏 때리는 영상이 뒷머리를 스친다.

순간 몸서리를 치고 코시누마의 얼굴에서 눈을 뗐다.

"고마워." 하고 몸을 내밀어 한 손으로 봉투를 받아든다.

"야, 너 아직도 그 자식이랑 연락하냐?"

건너편 책상에서 고미부치가 어이없다는 말투로 소리친다.

"아니. 일방적으로 보내는 거야."

"아주 마성의 남자구만."

봉투 안에 들어있는 건 A4용지 한 장이었다. '히라츠카 제1초등학교 2006년도 졸업생 동창회 안내'라는 제목이 프린트 되어있었고, 작은 메모지가 클립으로 붙어있다. 보아하니 카스야한테 온 동창회 초대장을 일부러 복사해서 보낸 모양이었다.

"동창회 한대."

"초등학교? 웬일이야?"

"이제 와서 거길 어떻게 가겠냐. 무슨 낯짝으로 가서 옛날을 추억하고 오겠어."

교도소에서 막 나온 인간이 동창회에 가 봤자 수치만 당하고 올 뿐이다. 카스야가 정말 개념 없는 짓을 했다고 여긴 이세는 화가 나서 책상 옆 쓰레기통에 초대장 복사한 것을 그대로 버렸다.

카스야가 무슨 생각으로 이세에게 연락을 취하려 하는 건지, 이세는 도무지 알 수 없었다.

"고등학교 막 들어갔을 무렵에는 이세가 공부를 잘했지."

고미부치가 반쯤 장난치는 어투로 코시누마에게 귓속말을 한다.

"무슨 소리야. 보통이었어." 하고 부정하자, "적어도 나랑은 완전 다른 스타일이었잖아." 하고 고미부치는 단언했다.

"고등학교 2학년 때부터였나? 나랑 놀기 시작한 게. 이세 아버지랑 싸운 뒤로, 집에 놀러가지 못하게 됐지. 모르는 집에 폭죽 집어넣고, 편의점 앞에서 중학생 삥 뜯고, 별 짓 다했다. 그치?"

"그랬지." ──모든 스트레스에서 해방되는 신나는 시간이었다.

"고미부치가 사람 앞길 하나 망쳤구나. 기껏 공부 잘하는 애를 바닥으로 끌어 내리는 짓이나 하고."

코시누마가 큰 입을 떡 벌리며 웃음을 터트렸다. 보통

보다 조금 높은 수준의 고등학교지만, 코시누마에게는 입시 명문고로 보이는 모양이다. 실제로 고미부치 같은 불량학생은 학교에서도 붕 뜬 존재였으니, 그런 인상을 가져도 틀렸다고 말하기에는 어려웠다.

"뭐, 결국 이런 일을 하게 되었으니까 우리도 다 결국은 범생이 일지도 모르지."

고미부치가 동의를 바라자, 이세는 "그럴지도." 하고 맞장구를 쳤다.

정신을 차려보니 벌써 20시 50분이 다 되어간다. 서둘러 태블릿 PC를 담은 박스에 택배전표를 붙이고 가방과 양복 재킷을 들고 자리에서 일어난다. 고미부치와 코시누마에게 인사한 후, 이세는 항상 나가는 시간에 사무실을 나섰다.

잰 걸음으로 역까지 걸어가, 승강장에 도착한 전철에 뛰어든다.

좌석에 앉아 옆 자리에 서류가방을 올려놓았다. 히라츠카역에서 사요가 탈 때, 옆에 앉게끔 요즘은 매일 자리를 맡아둔다.

출발 안내를 알리는 음악이 꺼지고 전철 문이 닫힌다.

달리기 시작한 전철이 흔들리는 대로 몸을 맡기는 사이

이세는 자연스레 눈을 감았다.

시야가 확 밝아지고, 어느새 이세는 또 한 번 츠지도역 승강장에 있었다.

벤치에 앉은 채, 멍한 머리로 눈앞에 멈춘 전철을 바라본다. 낮에 본 꿈과는 다르게 토카이도선 전철 문에는 회사원이 잔뜩 몰려들었다. 아침 출근지옥 시간대 같았다.

눈앞에 보이는 문으로 수많은 양복 입은 회사원들이 빨려 들어간다. 차량 내 밀도가 올라가면서 안에서 삐져나오기 직전인 마지막 몇 명은, 자신들의 등으로 사람들을 밀어가며 안으로 비집고 들어갔다.

그 중 한 명과 문득 눈이 마주쳤다.

카스미 타쿠미였다. 검은 회색 양복을 입은 카스야가 눈을 최대한 부릅뜬다.

——이세, 너 이세 맞지?

그의 입술이 가늘게 움직였다. 그 순간, 전철 문이 닫히고 말았다. 자신도 모르는 사이에 몸이 앞으로 튀어나왔는지 가방이 문에 낄 뻔 하자, 카스야는 당황하며 몸을 내뺐다.

카스야를 태운 전철이 멀어지는 모습을 바라보는데, 바

닥에 떨어져있는 스포츠 신문이 눈에 들어왔다. 몸을 숙이고 주워서는 날짜를 확인한다. '2019년 3월 18일 (월)'이라는 문자가 인쇄되어 있다.

저번 꿈속에서 카스야가 "또 만났네."라고 말했던 게 이래서였구나, 하고 처음으로 깨닫는다.

과거나 미래 꿈과 마찬가지로, 사후 꿈도 시간순서가 뒤죽박죽인 모양이었다. 카스야에게 있어서는 이게 사후의 이세와 '첫 번째'로 조우한 순간이었던 것이다.

——잠시 후 도착할 역은, 치가사키, 치가사키역입니다.

차량 안내방송이 귀에 들어와, 이세는 눈을 떴다.

이미 히라츠카역을 지나쳤다는 사실을 깨닫고 서둘러 몸을 일으킨다. 그러자 옆 자리에 교복을 입은 그녀가 앉아있다는 사실을 깨닫는다.

"안녕하세요."

사요가 겸연쩍은 듯 미소를 지으며 고개를 꾸벅 숙였다.

오늘은 안색이 꽤 좋아보였다. 미용실에라도 다녀왔는지 머리카락이 조금 짧아졌고, 분위기도 부드러워진 느낌이 든다.

"헤어스타일 바뀌니까 어른스러운 느낌이 드는데?"

"그런가요?"

찰랑찰랑한 흑발을 손으로 쓸어 넘기며 사요가 쓴웃음을 지었다. 사무실에서 고미부치나 코시누마와 일을 하고 있을 때나, 두 평이 채 안 되는 원룸으로 돌아가 깜빡깜빡 점멸하는 형광등을 올려다볼 때에는 느끼지 못한 무언가가, 이세의 가슴 속 깊은 곳을 간지럽힌다.

"사후 꿈, 결국 봤어."

히라츠카에서 요코하마까지 오는 데 걸리는 30분 남짓한 시간은 결코 길지 않다. 이세는 바로 정보를 공유했다.

"정말요?" 사요가 몇 번 눈을 깜빡였다.

"어떤 꿈이었나요?"

"초등학교 동창과 다시 만나는 꿈이었어."

"동창 분……이요? 그래서요?"

"딱히. 유령으로 착각하더라고. 꿈속인데 자유롭게 말을 하거나 움직일 수도 있었고, 이상하게 리얼한 꿈이었어."

"이상하죠. 과거나 미래 꿈이랑은 또 달라서."

먼 곳을 바라보는 눈을 하고 "제 사후 꿈도 그랬어요." 하고 사요는 조용한 목소리로 말했다.

"사요, 너도?"

자기도 모르게 성이 아니라 이름으로 부르고 말았지만,* 이미 엎질러진 물이니 말을 이었다.

"비슷한 꿈을 꿨어?"

"네. 이세 씨랑 마찬가지로 자기가 이미 죽은 상태인 세계를 보는 꿈을 꾸었어요. 그리고 저는 선배를 만났어요."

"전에 말한 그 남자친구 말이지. 지금은 같은 학교 선후배 사이지만 나중에 사귀게 되고 프로포즈도 받는다고 했던가?"

"네. 그 선배와 대화를 하는 꿈이었어요. 선배는 제가 갑자기 죽어버려서 아주 슬퍼하는 모양새였어요."

"그야 그렇겠지. 결혼하기로 한 사람이 눈앞에서 전철 사고로 죽었으니까."

이세가 한 말에 대해 사요는 씁쓸한 미소를 지었다. 전철 사고 꿈을 떠올리고 만 것인지, 표정 위로 문득 그림자가 드리운다.

"이세 씨의 친구 분도 똑같이 슬퍼하고 있던가요?"

"글쎄."

꿈속에서 카스야가 짓고 있던 적적한 표정을 떠올린다.

* 일본은 친밀한 정도에 따라 호칭이 다양해진다. 친밀한 사이가 아니면 이름으로 잘 부르지 않는다.

"후회하고 있는 것 같이 보이기는 했는데. 잘은 몰라도 자기가 너무 일방적으로 접근한 것 같다나 뭐라나."

그렇게 말함과 동시에 갑자기 마음속에서 의문이 떠오른다.

"왜 하필 그 녀석을 만나는 꿈을 꾼 거지?"

"죽은 뒤에도 만나고 싶을 정도로 가장 소중한 사람이었기 때문에, 가 아닐까요?"

"사요한테 있어 그 남자 선배는 그런 사람이었겠지. 하지만 나한테 있어 그 녀석은 그런 존재가 아니야. 연락도 안하고 지낸지도 엄청 오래됐다고. 죽어서 가장 먼저 만나고 싶은 사람은 아니야."

현재 이세에게 있어서 가장 친한 사람은 고미부치다. 고미부치가 이세와 함께 목숨을 잃는다 하더라도, 몇 년이나 얼굴도 본 적 없는 카스야 보다는 차라리 같이 일하는 코시누마랑 더 친하고 마음도 맞는다.

——애초에, 카스야는.

체크무늬 코트의 모습이 소름 끼치게 눈꺼풀 안쪽에서 깜빡인다.

"사요 너는——. 사후 꿈을 자주 꿨어?"

"네. 아주 많이."

“매번 그 선배가 나와?”

사요가 입을 다물고 고개를 끄덕였다. 흐음, 하고 이세는 작게 탄식하고 머리를 창문에 기댔다.

“아직 사귀지도 않은 고등학교 선배가 〈사후 꿈〉 속에서는 어엿한 사회인이 되어서 연인인 네 죽음을 슬퍼하고 있다는 말이잖아? 느낌 되게 이상하네.”

7년이라는 세월의 흐름이 머릿속을 맴돈다. 타개책을 찾지 못하는 한, 이대로 7년이라는 긴 시간 동안 사요는 루시드 드림과 마주해야만 한다. 그 사이에 사요는 아마도 대학에 들어가 사회인이 될 것이다. 반년 밖에 남지 않은 이세보다 장대한 미래를 사요는 직면하고 있을 게 분명했다. 미래 꿈을 꿀 때마다 느끼는 공포는 이세와 비교하지 못할 정도로 클 것이다.

“최근에 루시드 드림 현상에 대해 생각해봤잖아? 전철 사고를 계기로 시간의 흐름이 교차해서 전철에 타고 있는 동안에만 과거나 미래 광경을 주마등으로 볼 수 있게 된 건 아닐까, 하고 말이야.”

“네.”

“그렇다면 사후 꿈은 도대체 어떤 원리로 꾸게 된 걸까?”

"그거에 대해서도 계속 생각해봤는데요."

사요는 순간 입을 다물고 눈살을 찌푸렸다.

"우리들은 꿈속에서 과거나 미래 사건을 다시 체험하고 있잖아요? 그래서 단순히 그 '미래'의 범위가 길게 뻗어버린 게 아닐까요?"

"죽은 뒤 까지도?"

"네. 우리가 죽은 뒤 현실세계에는 우리가 존재하지 않으니까 다시 체험한다고 하기는 어렵겠지만……우리는 자기가 죽은 뒤에 일어나는 사건을 꿈속에서 보는 게 가능해졌는지도 몰라요."

무슨 말을 하고 싶은지는 알겠다. 하지만 납득이 안 가는 부분도 있었다.

"그래도 이상한데? 미래를 보기만 하는 것 치고는 내 몸이 통째로 시간 여행한 것 같은 기분이었는데? 꿈속에서 만난 상대방도 내가 선명하게 보이는 모양이었고."

"보통 사람하고 똑같이 보이는 모양이에요. 그 선배도 저한테 '살아있었구나?'하고 진지한 얼굴로 물어봤으니까요. 아무리 그래도 지금 저랑 7년 뒤의 제 모습은 다를테니까, 뭐 바로 이상하다고 알아차린 모양이기는 했지만요."

사요가 생각에 잠긴 얼굴로 말하며 가방 위로 두 손을

깍지꼈다.

"사후 꿈속에서 만난 사람에게만 보이는 환각 같은 게 만들어지는 걸지도 모르겠어요."

"환각, 그러네. 말 그대로 유령 같은 거 말이지."

"이상하죠? 현재 살아있는 우리 모습이나 목소리를, 죽은 뒤 미래에 있는 선배나 친구가 어떤 방법으로 느끼는 건지 말이에요."

보통은 이런 말을 믿는 것은 불가능하다. 하지만 그렇게 카스야가 생생하게 반응하는 모습을 본 이상, 그 꿈이 이 세의 뇌가 만들어낸 가공의 이야기라고 치부하지 못하는 것도 사실이었다.

'잠시 후 도착할 역은, 츠지도, 츠지도역 입니다——'

타이밍이 좋다고 해야 할지, 나쁘다고 해야 할지, 안내 방송이 츠지도역에 곧 도착한다고 알린다. 아마도 카스야는 지금도 거기 살고 있을 것이다.

"사후 꿈속에서 좋아하는 선배랑은 무슨 이야기를 했어? 데이트라도 했어?"

"아뇨."

사요 표정이 갑자기 어두워졌다.

"그게——선배도 루시드 드림을 꾸었어요."

"뭐?"

혼란스러워진 이세는 등받이에서 몸을 뗐다.

"우리랑 똑같은 꿈을? 7년 뒤에 그 선배도 똑같은 현상을 경험한다는 거야?"

"맞아요. '사요가 죽은 뒤에 전철 안에서 예지몽을 꾸게 되었어.'라고 했어요. '그 꿈에 의하면 나는 곧 죽는 모양이야. 전철에 뛰어들어 자살한대.'라고."

"자살……을?"

"네. 안 그래도 일 때문에 정신적으로 몰려있었는데, 설상가상으로 약혼자가 죽고 말아서 인생에 절망한 바람에 자살하고 만다고 그랬어요. 저를 눈앞에서 죽게 만들었다는 사실에 깊은 책임을 느끼고 있는 모양이었어요. 그래서 저를 따라 자살하고 만다고."

"끔찍한 이야기네. 하필이면 커플이 줄줄이."

"그러니까 말이에요." 사요가 눈물 섞인 목소리로 말했다.

"선배까지 죽을 필요가 뭐가 있다고."

그 목소리를 듣고서 처음으로 사요의 눈이 젖어있다는 사실을 깨달았다. 놀라며 얼굴을 바라보자, 사요는 한 손으로 눈가를 가렸다.

꿈 내용을 떠올리기만 했는데도 이 정도로 흐트러지는 모습을 보이는 것으로 보아, 사요는 그 선배라는 사람을 마음 속 깊이 좋아하는 모양이었다.

"하지만 사인이 자살이라면 자기 마음을 어떻게 갖느냐에 따라 아직 방법이 있지 않을까? 사요가 죽는 건 어쩔 수 없는 상황이라 하더라도 일이 힘들면 직장을 옮기던가, 방법은 여러가지 있을텐데. 선배라는 사람이 그 꿈에는 저항할 생각을 못한 건가?"

"저도 그렇게 생각했어요. 그래서 설득해서 해보라고 시켰어요. 하지만 안 됐어요."

사요가 고개를 좌우로 저으며 회색 치마 천을 꼭 잡았다.

"선배가 몇 번이나 이직하려고 해도, 결과는 마찬가지였어요. 과로시키는 회사나, 노동착취가 심한 이사 업체나, 그런 데만 취직하는 꿈을 꾸게 된다고 했어요. 심지어는 벗어나려 하면 할수록 상황이 악화 돼서, 자살에 이르는 기간이 짧아진다고 했어요."

"아하……아무래도 그 선배에게는 직장 운이 없는 모양이네."

"정말로요."

사요가 힘없이 어깨를 축 늘어뜨린다.

"그러고 보니까 저번에 봤을 때 기운이 없어 보였던 건, 혹시 사후 꿈을 꿔서 그런 거야?"

문득 머릿속에서 앞뒤가 맞아 떨어지길래 물어보았다. 사요가 고래를 갸웃거리자, "2주 전에 말이야. 아픈 사람 같은 모습을 하고 있었잖아." 라고 덧붙였다.

사요는 한참동안 생각에 잠기더니 "아하, 그건." 하고 고개를 든다.

"저……."

하고 입을 연 순간, 사요의 두 눈에서 커다란 눈물방울이 넘쳐흘러 뚝뚝 치마 무릎 부근에 떨어졌다. "괜찮아?" 하고 이세가 놀라서 묻자, 사요는 눈을 감고 고개를 가로저으며 "죄송해요." 라고 말한 뒤 고개를 숙였다.

견디기 힘들었는지, 사요는 입가를 막았다.

"너무 힘든 결정을 내렸어요."

사요가 한 말에는 심각한 느낌이 풍겼다. 뺨에 몇 줄기로 갈라질 정도로 쏟아지는 눈물이 말해준다.

"어떤 결정?"

"사후 꿈──선배가 제 죽음을 슬퍼하는 꿈을 몇 번이고 꾸다 보니까, 더 이상 참을 수가 없었어요. 선배랑 친해져가는 과정을 꿈에서 볼 때 마다 전철 안에서 울면서 잠에서 깼어요. 고등학교 운동장에서 부활동 연습하는 선배를 살짝 보기만 해도 눈물이 끝없이 펑펑 쏟아져서, 친구가 너무 걱정을 하는 거예요. 7년 뒤에 저 때문에 선배까지 죽고 만다는 사실이 도저히 받아들이기가 어려웠거든요. 그래서 어떻게 하면 선배가 죽는 미래를 바꿀 수 있을까를 진지하게 고민하기 시작했어요."

고백을 안 하거나, 사귀고 나서 헤어지자고 하면 되지 않을까? 하는 생각도 해봤다고 사요는 말했다.

하지만 그 정도로는 예지몽 내용이 꿈쩍도 하지 않았다. 호의가 있는데도 사귀지 않는다는 모순을 잘 설명하지 못하는 바람에, 우유부단한 사요는 선배나 주변 친구들의 압박을 이기지 못한다. 결국 사요의 행동은 잠깐 주춤하는 정도로 영향력을 발휘할 뿐, 사요가 전철 사고로 죽은 뒤 선배가 뒤따라 자살한다는 결말까지는 바꾸지 못했다.

"그래서 깨달았어요. 그렇다면 애초에 내가 선배랑 만나지 않으면 되는 게 아닌가 하고. 선배가 저를 모르는 채로 있으면 제가 죽어도 슬퍼할 리도 없고, 스스로 죽음을 선택한다는 슬픈 결과도 맞이하지 않는 게 아닐까, 하고. 그래서 충동적으로 실행해 버렸어요."

"혹시." 이세는 전에 들었던 사요 이야기를 머릿속으로 곱씹었다.

"축구부 매니저 권유를 거절한 거야?"

"네……맞아요."

사요는 어깨를 떨면서 쥐어짜듯 말했다.

사요는 연상의 남자랑 사귀는 꿈을 꿨다. 부활동에서 주장도 맡고, 어려운 대학에도 들어갔고, 대기업에 취직하자마자 사요에게 프로포즈를 하는 그런 남자——그런 눈부신 인생을 살아야 할 좋아하는 선배를 대신해서, 전혀 모르는 남자가 그대로 선배가 살아야 할 인생을 실현해 나가는 꿈이었다.

한편 좋아하는 선배의 인생은 크게 전락한다.

"제가 매니저 권유를 거절한 게 저번 달 초인데, 그 뒤로 한참동안 학교도 알바도 안 나갔어요. 집에 있는 동안 예지몽을 꾸는 일도 사라져서 뭐가 어떻게 변했는지 전혀 몰랐어요. 그래서 2주일 전에 오랜만에 학교를 갔는데, 선배가 부활동을 안 나온다면서 축구부 남자애들이 난리였어요. 그리고 하굣길 전철 안에서 루시드 드림을 꿨죠. 그 꿈은——"

사요는 결국 참지 못하고 숨을 급히 들이키며 말을 멈추었다.

"――정말 끔찍한 꿈이었어요. 꿈속에서는 말도 안 되는 일이 벌어졌어요. 그렇게 멋있고 모두가 믿고 따르는 선배가――"

목이 메인 사요가 괴로워하며 몸서리를 쳤다.

사요는 바로 말을 잇지 않았다. 전철이 달리는 소리와 옆 좌석에서 들려오는 학생들의 대화 소리가 귀로 전해온다.

한동안 침묵이 이어졌고, 사요는 초조한 모습으로 말했다.

"제가……경솔한 행동을 한 게 잘못이었어요. 미래를 바꾸려고 억지로 선배를 멀리한 탓에 톱니바퀴가 다 어긋나버렸어요. 제가 선배 인생을 망쳐버린 거예요. 선배가 서 있어야 할 장소를 제가 빼앗아버린 거라구요."

더 자세한 사정은 캐묻지 않는 편이 낫겠다고, 순간 이세는 생각했다.

"그러니까 정리하자면."

괴로워하는 사요 대신 말을 잇는다.

"억지로 미래를 바꿔버려서 상상도 못할 사태가 터지고 말았다는 거지? 그래서――최종적으로 결과는 바뀌기는 했어? 좋아하는 선배는 7년 뒤에 죽지 않는 거야?"

"그게, 안 바뀌었어요. 전혀, 아무 것도."

"그래……."

묵직한 무언가가 가슴 속을 깊이 짓누른다. 자신들의 행동여부에 따라 운명이 변하는 게 아닌가 하고 일말의 희망을 품었는데, 사요가 그렇게까지 했는데도 선배의 죽음을 막지 못했다는 것은 좋지않은 소식이었다.

"어차피 선배가 죽어버린다면 변하기 전의 미래가 훨씬 나았어요. 저와 만나서 사귀고, 약혼하고, 제 죽음으로 슬퍼서 자살하는 운명 쪽이 차라리 각각 따로 죽고 마는 인생보다는 훨씬 나았어요. 저는 다른 남자와 사귀고 싶지 않았어요. 저는 선배랑 사귀고 싶었어요. 선배와 함께 행복하게 지내는 미래가 훨씬, 훨씬훨씬 더 나았다구요."

이세는 무너져 울음을 터트리는 사요를 다독이려고 "잠깐만 좀 진정하고 생각을 해보자." 하고 말을 걸었다.

"아직 꿈으로 본 것뿐이잖아? 그러면 일단 다시 원래대로 되돌리면 되는 거야. 지금이라도 축구부 매니저가 된다거나, 선배한테 말을 걸 기회를 만들어 본다거나, 방법은 얼마든지 있어."

"하려고 했어요. 하지만 안돼요."

"안된다고?"

"축구부 매니저는 다른 여자애로 결정이 나 버렸어요.

선배한테 말을 걸러 가려고 해도 학교에 나오지 않게 되서 기회를 만들 수가 없어요. 용기를 내서 2학년 교실로 가 연락처를 물어봤는데도 아무도 연락이 되지 않는 상태라고 곤란해 했어요. 집 주소를 아는 사람도 없었어요."

"선생님한테 물어보면 되잖아."

"그렇게 생각해서 담임 선생님께 물어봤는데, 이상하게 생각하셨는지 진학상담실로 부르시고는 '요새 좀 이상한데, 무슨 일 있니?'하고 심문만 당했어요. 그래도 선배랑 만나보려고 여러 정보를 찾아봤는데 친구들한테도 '사요, 너 요새 좀 이상하다? 스토커 같은 짓 좀 그만해.' 하고 혼났어요. 그리고 결정타로, 새로운 꿈에 나타난 남자가 등장해버린 거예요."

"선배 대신 사귀게 된다는 그 남자?"

"네. 여태까지 예지몽에서 한 번도 나오지 않았던 그 남자가 제 앞에 나타나서는 거리를 좁히려 들었어요. 이거는 이미 운명이 〈덮어쓰기〉로 바뀌어버리고 말았다는 거잖아요? 저랑 선배가 만나서 사이가 좋아진다는 선택지는 이미 사라져 버렸다는 말이잖아요?"

사요는 두 손으로 얼굴을 가리고 오열했다. 어떻게 하면 좋을지 몰라서, 이세는 아무 말 없이 옆자리에 앉은 고등학생 소녀를 지켜보았다.

한참이 지나 사요는 눈물을 닦고 고개를 들었다. 눈가가 빨갛게 변해 하얀 피부와 대조적인 게 인상적이었다.

"이세 씨."

"응?"

"제발 저처럼 되지 말아주세요. 꿈에서 본 사실을 억지로 바꾸려고 하지 말아주세요. 바꾸려고 하면 할수록 미래는 점점 안 좋은 방향으로 향해가요. 정신을 차리고 나면, 더 이상 돌이킬 수 없는 지경이 되고 말아요. 우리는 꿈에서 본 날에 죽는다는 사실을 받아들이고, 남은 생을 살아가지 않으면 안 되는 거예요. 예지몽대로 된다는 건 억울하지만, 그게 가장 올바른 길이에요. 목숨을 잃는 그 날까지 어떻게 살 것인가, 저는 지금 오직 그것만을 생각하면서 하루하루를 보내고 있어요."

이세는 그 비통한 부탁을, 말문이 막힌 채 들었다.

사요는 울면서 요코하마역을 내렸다.

제2부

선택

2018년 9월 14일 (금)

"——자, 우리 커넥티드의 무궁한 발전과 영광을 기원하며, 건배!"

고미부치가 맥주잔을 든 손을 높이 들어 올리는 동시에 코시누마, 사토, 히키모토 세 명이 "예이!" 하고 고함을 지르며 맥주잔을 서로 부딪쳤다. 이세와 나카하라도 어물어물 동참한다.

신입 세 명 가운데에서도 고미부치와 코시누마, 두 사람과 중학교 때부터 친하게 지내던 사토나 히키모토와는 달리 구인광고를 보고 지원 한 영업경력직 나카하라는 상당히 다르다. 탈색한 머리에 피어스를 몇 개나 뚫은 사토와 금색 용이 커다랗게 그려진 티셔츠를 입은 히키모토. 수수하고 무뚝뚝한 중년 아저씨 나카하라와는 대조적인 생김새다.

“이 녀석들이 생긴 건 날라리 같지만, 괜찮은 놈들이야.”

생맥주를 원샷한 고미부치가 옆에 나란히 앉은 사토와 히키모토를 손가락질하며 말했다.

“사토는 중학교 졸업하고 토목공사장에서 건실하게 일했고, 히키모토는 고등학교 졸업하고 여태까지 장거리 트럭 운전사를 했어. 체력이랑 기력만큼은 멀쩡하지.”

“체력이랑 기력은, 이니까 머리 쪽은 기대하지 말아줘.”

사토가 자기 머리를 손가락질하며 낄낄 웃더니 “우리 4명 중에서는 고미부치만 머리가 좋았지.” 하고 고미부치 어깨를 툭 친다.

“아, 맞다. 머리 하니까 생각났는데, 사토랑 히키모토, 너네 검은색으로 염색하고 와라.”

“엑! 진짜?”

“당연하지, 자식아. 오늘은 첫날이니까 그냥 넘어가는데, 그 모습들이 지금 사회인답다고 생각하냐?”

"아, 진짜. 염색한지 얼마 안 됐단 말이야."

"나도. 돈 괜히 썼네."

고미부치에게 지적받은 사토와 히키모토가 자기 머리를 잡아당기며 과장되게 좌절한 흉내를 냈다.

"이세는 수염 길렀는데, 저건 오케이고?"

사토가 이세를 손가락질한다. 동갑이라는 사실을 알자마자 바로 말 놓고 이름을 막 불렀다.

"뭐 어때. 좀 세 보여도 불결한 느낌은 안 들잖아."

"나카하라 씨 머리는? 좀 옛날 스타일 아냐?"

"이대팔 가르마가 어디가 문젠데? 어르신들은 오히려 좋아하시거든?"

"그럼 코시누마 배때기는?"

"그건 아웃."

고미부치가 진지하게 대답하자, "야, 날 왜 끼워 넣어?" 하고 코시누마가 싹 비운 맥주잔을 흔들며 두 사람을 위협한다.

환영식을 위해 코시누마가 예약한 가게는 오다와라역에서 바로 뒷골목으로 들어가면 나오는 작은 술집이었다. 큰길가에는 프랜차이즈 가게가 많지만 여기는 겉만 봐도 자영업자다. 방금 코시누마가 종업원이랑 친한 듯 이야기를 나눈 걸 보면 아는 사람이 하는 가게인 모양이다.

"이세, 고미부치랑 고등학교 때 같은 반이라고 했지?"

히키모토가 물어보자 "어." 하고 대답한다. 그러자 "이야아, 의왼데?"라는 대답이 돌아왔다.

"고미부치가 막 입학했을 때, 고등학교 분위기가 완전 안 맞는다고 계속 짜증냈었거든. 친하게 지내던 친구가 있다는 말은 처음 들었어."

"뭐, 처음에는 아는 사이도 아니었으니까."

이세가 대답하자, 고미부치가 "맞아, 맞아." 하고 덧붙인다.

"내가 수업 땡땡이 까고 놀러 다니는데 이세가 따라다닌 셈이니까. 한 번 같이 노니까 의외로 죽이 잘 맞아서, 평일 대낮부터 노래방 가거나 바이크 면허 따서 동네에서 타고 다니거나, 별 짓 다 했지."

"고미부치 웬일이야? 얌전하게 놀았네?"

"그 정도만 해도 히라츠카가쿠엔 고등학교에서는 완전 양아치 취급이거든? 자칭 입시명문이니까."

고미부치가 자조적으로 웃었다. 그 옆에서 사토가 대화에 끼어든다.

"히라츠카가쿠엔, 거기 여자애들 교복 이쁜 데 아냐? 히라츠카역에서 자주 봤는데. 애니메이션에 나올 법한 빨간 체크무늬 치마 입은 여고생 애들."

"응? 교복이 그랬다고? 아닌데, 그치?"

고미부치가 묻자, 이세는 고개를 끄덕인다.

"하늘색 셔츠에 회색 주름치마. 재킷은 남색."

이세가 카타오카 사요가 입은 교복을 떠올리며 대답하자, "뭐야, 평범하네." 하고 사토는 불만스런 표정을 지었다.

"나, 중졸이잖아. 그래서 그런 게 좀 타입이란 말이지. 이쁜 교복 입은 여고생."

"미안한데 우리 학교 아니야."

고미부치가 한쪽 입술 끝을 비틀어 올렸다. 종업원을 불러 생맥주 네 잔을 추가한다. 아무래도 고미부치 친구들도 고미부치처럼 술이 센 모양이었다.

이세도 고등학교 때는 고미부치와 같이 자주 술을 마셨다. 하지만 5년간 교도소 생활을 한 탓인지, 출소 한 지 반 년 밖이 지나지 않아 술이 잘 받지 않는다. 알코올이나 약물의존 치료에는 교도소가 가장 좋다는 정보를 주어들은 적이 있는데 그렇게 틀린 말은 아닌 모양이다.

화제가 한동안 각자 고등학교 때 이야기로 이어졌다. 코시누마와 히키모토는 같은 고등학교를 다녔기 때문에 중학교 때와 비슷한 학교생활을 한 모양이었다. 띠동갑 정도로 나이가 차이나는 나카하라도 홀짝홀짝 맥주를 마시면서 당시 학교행사나 소속했던 탁구부에 관한 추억을 이야기했다.

——고등학교라.

다른 사람들이 신이 나서 풀어놓는 이야기에 기분이 조금 무거워졌다.

이세에게 있어 고등학교 시절은 자기 인생이 크게 틀어진 시기였다. 1학년 때는 주변 상황에 휩쓸리면서도 하루하루를 충실히 살았고, 2학년이 되서는 자극을 찾아 고미부치와 어울려 다니기 시작했다. 그 탓에 아버지와 사이가 안 좋아졌고, 3학년 말에는 집 근처 공원에서 그 사건을 일어났다. 의도치 않게 죽인 거라고 해도 상해치사죄다. 그 때부터 이세는 일반하고는 완전히 다른 세계에서 살게 되었다.

물론 고미부치와 만난 사실을 후회하지는 않았다. 고미부치가 없었다면, 이세는 고등학교 생활이 전혀 즐겁다고 느끼지도 못한 채로, 짓눌리고 갇혀있다는 느낌만 받으며 매일 학교와 집을 왕복했을 것이다.

다만——.

그 때, 그 타이밍에, 집으로 돌아가는 도중에 아버지가 딴 길로 새서 자기 앞에 나타나지만 않았더라면.

아버지의 의식이 혼탁해지기 전에 그만 때렸더라면.

지면에 툭 튀어나온 뾰족한 돌만 없었더라면.

오랜 교도소 생활 동안 그런 생각을 한 번도 안했다면 거짓말이다. 직업훈련이나 작업이 끝난 밤이 되면, 사이가 나쁜 수형자들 사이에서, 막말이 오고가는 창고 같은 방에서 벽에 기대어 무릎을 끌어 앉은 채, 몇 번이고 그 사건을 되짚고 곱씹었다.

"저기."

나카하라의 옛날 이야기가 끊나려는 타이밍에 이세는 고미부치를 향해 턱짓했다. 화제를 억지로 바꾸었다는 느낌이 들지 않게끔, 아주 자연스러운 목소리를 내려고 주의를 기울였다.

"너네 중학교 때는 어땠는지도 좀 들려줘."

"우리? 에이, 여기서 할 만한 이야기는 아냐, 죄다 하나 같이."

"경찰 올 걸?"

"약 하는 거 빼고는 거의 다 했으니까."

고미부치 사인조가 일제히 웃음을 터트렸다. 사토나 히키모토가 신이 나서 중학교 때 무용담을 늘어놓는다.

솔직히 신입으로 들어왔으면서 고참처럼 구는 사토와 히키모토에게 별로 좋은 인상을 갖기는 어려웠다. 고미부치 중학교 때 친구라니까 할 수 없기는 하지만, 특정 커뮤니티 출신 인간이 늘어나면 이세는 일단 있기가 부담스러워졌다.

——앞으로 일하기 좀 힘들겠네.

하고 이런저런 생각을 하면서 이세는 맥주잔에 든 맥주를 들이켰다.

"이세 씨."

"네?"

도중에 나카하라가 중얼중얼 말을 걸어왔다. 이세와 마찬가지로 분위기나 화제에 따라가지 못하고 있었으리라. 경력자 치고는 분위기도 축 쳐져 있고 목소리 톤도 낮았다. 눈가가 움푹 꺼져 다크서클이 진하게 드리워져 있어, 인상을 어둡게 만드는데 일조하고 있는 건지도 모른다.

"내일부터 인수인계 잘 부탁드립니다. 빨리 일처리를 익히도록 열심히 하겠습니다."

"아, 아닙니다. 저도 아직 반년 밖에 안 돼서요. 경력자

시니까 바로 저보다 성과를 내실 겁니다."

"아니에요, 그러기 힘들 겁니다. 전 직장에서 한 일은 의자 영업이었기 때문에 결이 다르거든요."

"의자요?"

"사무용 의자입니다. 엔지니어 같은 사람들은 하루 종일 앉아서 일을 하잖아요? 그러니까 의자라고 해도 종류가 아주 많거든요. 가격대도 다 다르고."

나카하라는 누런 이를 드러내며 웃더니 전에 있던 직장에서 무슨 일을 했고, 이번에 어떻게 채용되었는지를 설명해주었다. 18년 동안 일했지만, 몇 개월 전에 사장이 야반도주해서 회사가 망했다고 한다. 직장을 잃고 할 게 없어 시간만 보내던 와중에 취업 알선으로 이곳의 구직정보를 얻을 수 있었다고 한다.

동정해 달라는 말투였다.

눈앞의 남자가 반 년 전에 교도소에 수감됐던 몸이라는 사실을 알면 나카하라는 과연 어떤 표정을 지을까――같은 상상을 하면서 이세는 묵묵히 술을 들이켰다.

"그럼 슬슬 1차는 마무리할까? 우리 6명 다 같이 힘을 합쳐 잘 해내가기를 바라니까, 앞으로 잘 부탁하고! 그럼 사토랑 히키모토가 회사 상식을 좀 알기를 바라면서 마지막은 잇폰지메*로 마무리하자."

완전히 술에 취해 말이 잘 나오지 않는 고미부치가 "하앗!" 하고 선창하고, 마지막에 다시 "합!" 하고 선창하여 환영식을 마무리 지었다. 고미부치, 코시누마, 이세, 3명은 신입사원이 먹은 것까지 더해서 회식비를 낸다. 가격대가 합리적인 가게라고는 하지만, 돈을 두 배로 내는 것은 뼈아팠다. 지금 월급의 실수령액에서 몇 분의 1이 날아간 거야, 하고 자기도 모르게 암산하고 만다.

다만 불만은 입 밖으로 내지 못한다. 아무리 대표라고 해도 고미부치 호주머니 사정도 딱히 다르지 않을 것이다. 기부금 가운데 운영자금을 빼고 있는 이상 어쩔 수 없는 문제였다.

가게를 나와 좁은 도로로 나와 퍼진다. 얼굴이 빨갛게 변한 코시누마가 주먹을 치켜들면서 "2차 가자!" 하고 고함친다.

"오, 찬성!", "가자!" 하고 사토와 히키모토가 바로 대답한다. "그럼 저도. 불금인데." 하고 의외로 나카하라도 작게 손을 들었다.

"할 수 없네, 나도 가야지. 그래도 까먹지 말라고, 우리는

* 모임이나 행사를 마무리하기 위해 3-3-7 박수를 치는 의식.
박수를 1세트하면 잇폰지메(一本締め), 3세트하면 산본지메(三本締め)라고 한다.

화, 수 휴일이야. 내일은 아침 9시부터 업무 시작이라고."

"에이, 그건 대표권한으로 어떻게 좀 넘어갑시다."

"뭘 넘어가." 고미부치가 어이없다는 얼굴로 코시누마를 쳐다보고, 이세를 쳐다보았다. "이세, 넌 어떻게 할래?"

"미안, 난 들어가 볼게. 취했어."

살짝 손을 흔들며 "들어갑니다." 하고 등을 돌린다. 그대로 어슴푸레한 뒷골목을 빠져나와 오다와라역 앞 큰 로타리로 나왔다.

그대로 성큼성큼 잰걸음으로 나아간다. 술 마시고 집에 들어가는 회사원 무리를 몇 개 추월하여 에스컬레이터 위로 올라가 역 구내로 들어갔다.

혼자만 2차에서 빠진 게 마음에 걸리기는 하지만 할 수 없었다. 고미부치나 코시누마와 다르게, 오랫동안 소년교도소에 들어가 있었던 이세는 돈도 없고 아무 것도 없다. 며칠 분 식비가 날아가는 것 보다, 어울릴 줄 모른다는 평을 듣는 게 차라리 낫다.

벌써 밤10시가 넘어서 그런지, 오다와라역 안은 생각보다 조용했다.

대낮에는 관광객이 잔뜩 있는데 지금은 거의 없다. 개찰구 주변에 있는 선물가게도 문을 닫았다. 천장 부근에 떡하니 자리잡은 거대한 명물 오다와라 초롱*을 올려다보며 이세는 자동개찰구를 통과했다.

토카이도선 상행선 승강장으로 향하면서 훅 한숨을 내쉰다. 이렇게 대규모 역에서는 꿈에 관한 생각을 하지 않아도 된다. 신칸센 탑승 안내 표지판도, 넓직한 역내 분위기와 신품 에스컬레이터도, 모두 카모노미야역과는 달랐다.

밝은 승강장으로 내려와 보니 마침 오다와라역에서 출발하는 전철이 대기 중이다. 출발 안내음악이 흘러나오는 소리를 듣고 눈앞의 차량으로 서둘러 올라탄다. 사람이 드문드문 앉은 차량 안을 걷기 시작하자마자 문이 닫히고 전철이 출발했다.

그래도 취하긴 한 모양인지 몸이 비틀비틀 거렸다. 좌석 팔걸이를 잡으면서 도쿄 방향쪽 선두차량까지 이동하려고 차례로 미닫이문을 열어 다음 차량으로 나아간다.

비틀비틀 걸어가는 도중에 문득 떠올랐다.

――며칠 전에도 이런 광경 보지 않았나?

물론 꿈속에서 봤다는 말이다.

---

* 오다와라 전통명물로, 휴대가 편하도록 아코디언처럼 접는 초롱불.

이세는 전철 안에서 혼자 걷고 있었다. 다음 차량, 다음 차량으로 문을 난폭하게 열어간다.

갑자기 누군가 뒤에서 어깨를 두들긴다.

뒤돌아보려고 하자, 바로 눈앞의 광경이 사라지고 꿈에서 깨어났다.

그런 루시드 드림이었다.

전동열차 안에서 말을 걸어오는 사람은 카타오카 사요 말고는 없다고 생각했다. 다만 사요가 전철을 타는 히라츠카역까지는 아직 20분 더 가야하는데, 애초에 지금은 너무 늦은 시각이었다.

——그럼, 누구야?

등줄기가 오싹해졌다. 발을 멈추려고 한 순간, 뒤에서 발소리가 들려왔고 누군가가 어깨를 두들겼다.

바로 뒤돌아본다.

"역시 이세 맞구나. 겨우 만났네."

남색 양복을 입은 남자가 놀라움과 흥분이 뒤섞인 얼굴로 서 있었다. 이세 어깨에서 천천히 손을 떼고 "오랜만이다. 한 6년 됐나? 계속 찾아다녔어." 하고 겸연쩍은 웃음을 짓는다.

"머리, 짧아졌네. 수염 기른 것도 처음 보니까 혹시 착각한 건 아닌가 싶어서 걱정했다니까."

루시드 드림 속에서 몇 번이고 봐온, 누가 봐도 호감 가는 청년다운 외모다. 나이는 이세와 동갑인 24살일 텐데도, 다른 사람이 보면 카스야가 훨씬 젊어보이겠지. 좋은 집안에서 곱게 자란 도련님, 고미부치가 형용한 표현도 이해가 간다.

카스야 타쿠미가 주는 인상은 마지막에 만났을 때와 별로 다르지 않았다.

이세는 작게 혀를 차고, 근처 손잡이를 잡았다. 일방적으로 감동을 밀어붙여봤자 부담스럽고 기분만 나쁘다. 자리는 텅 비어있지만 편하게 자리를 잡고 앉아서 이야기를 나눌 생각은 들지 않았다.

"왜 이런 데 있는 거야?"

"말했잖아, 찾아다녔다고. 오늘은 일이 빨리 끝나서 집에 가는 길에 카모노미야까지 가서 명함에 있던 사무실을 방문했어. 하지만 불이 다 꺼져 있고 아무도 없더라고."

"아……오늘은 모두 다 밖에 나갔거든."

"기껏 여기까지 왔는데 헛걸음을 한 게 아쉬워서, 온 김에 오다와라에 있는 할머니 댁에 들렀다 온 참이야. 설마 이런 데서 만날 줄이야."

“용건이 뭔데?”

단도직입적으로 묻는다. 카스야 타쿠미의 모습을 눈으로 발견한 순간부터 술이 확 깨서 제정신이었다.

“교도소에 편지를 몇 통이나 보냈는데, 못 받았어?”

“받기는 했어. 근데, 안 읽었어.”

하고 대답하자, 카스야는 누가 봐도 낙담한 표정을 지었다. “불편했나 보구나.” 하고 의기소침해 한다.

“너 같은 엘리트가 이제 와서 나한테 무슨 볼일이야.”

“무슨 말이야. 아니야.”

“미안한데, 편지는 안 읽고 그냥 버렸어.”

“그랬……구나.”

카스야는 긴 속눈썹을 내리깔고 시선을 아래로 돌리며 “전화를 안 받은 것도 마찬가지인가 보네.” 하고 고개를 좌우로 저었다.

“전화?”

“할머니 댁에서 이세 명함을 발견하자마자 바로 기록된 회사전화로 걸어 봤어. 고미부치가 받아서 깜짝 놀랐지만. 걔, 지금은 비영리 활동 일을 하고 있다면서.”

“고미부치랑 말했어?”

“응. 그쪽도 날 기억하고 있는 모양이었어. ‘개인적인 목적으로 직장에 전화 걸지 마.' 하고 바로 끊겼지만." 카스야는 분한 모양인지 입술을 삐죽였다.

"이세가 일하는 곳이 어떤 곳인지 좀 더 알아보고 전화를 할 걸 그랬나 봐. 고미부치가 날 안 좋게 생각하고 있는 건 고등학교 때부터 나름 짐작하고 있었거든. 뭐, 나는 이세 너를 고미부치랑 떨어지게끔 하려고 했으니, 싫어하는 게 당연하겠지."

초등학교 때 우등생이 순수한 마음 그대로 성장했구나, 하는 감상을 품었다. 조금도 꼬인 구석 없이 어른이 된 지금도, 어릴 때 배운 선악 구분을 그대로 유지하고 있다.

불량소년이었던 고미부치로부터 이세라는 어릴 때 친구를 되찾는 것이 자신의 사명이라고, 그 시절 카스야는 마음 속 깊이 믿고 있던 모양이었다.

아주 한 순간, 열등감이 마음 속 깊은 곳에서 번뜩인다.

"이세야, 나중에 천천히 이야기 좀 할 수 없을까? 내가 계속 물어보고 싶었던 건, 이세 네 아버지와 관련된 거야. 아무리 그래도 지금 여기서 이야기하기는 좀 그러니까. 언제 한번 날 잡아서."

카스야가 가방에서 수첩과 펜을 꺼내 무언가 적은 뒤, 페이지를 찢어 내밀었다. 종잇조각에는 이세가 그 동안 쓰레기통에 버렸던 카스야의 휴대전화 번호가 적혀있었다.

"아버지가 죽은 사건 말하는 거면, 너랑 할 말 없어. 너 재미있으라고 질문 받아줄 마음은 없거든. 곤란해."

일부러 차갑게 말했지만, 카스야는 "그게 아니야." 하고 슬쩍 흘려 넘기고는 종이를 이세 옷 주머니에 억지로 쑤셔 넣는다.

"마음정리가 다 되고나서도 좋으니까, 꼭 연락 줬으면 해."

"보장은 못해."

"알았어, 그리고 충고 하나만 하고 싶은데."

이세가 하는 말을 제대로 듣지도 않고 카스야는 검지를 세웠다.

"고미부치 밑에서 일 안하는 편이 더 좋을 것 같아."

"왜?"

"내가 고미부치랑 같은 대학 다닌 건 알고 있어? 대학교 때 제대로 된 소문을 들은 게 없었어. 여자 여럿을 동시에 만나면서 바람피우고, 기둥서방 노릇을 하거나 학교 캠퍼스 안에서 폭력사태를 일으키거나, 교수님에게는 학생들이 보는 앞에서 시비를 걸고 다녔어. 물론 수업도 거의 나오지 않았고. 고등학교 때부터 그랬을 거라고 생각하지만, 위험한 놈이야. 겨우 교도소에서 나왔는데 그런 놈이랑 같이 어울리면, 이세 너한테 좋을 게 없어."

"나는 정반대 의견을 고미부치한테서 들었는데? 카스야랑 놀지 말라고."

"그런 말 믿지 마."

"돈 뜯는 것도 싸움질 하는 것도, 고미부치한테는 늘 상 있는 일이야. 딱히 별난 짓이 아니라고. 너는 그런 사람을 보면 나쁜 놈으로 만들려고 혈안이 되어있는 지는 모르겠지만, 고미부치가 어떤 놈인지는 내가 제일 잘 알고 있고 애초에 나도 똑같은 놈이야. 그런 짓이 재밌어서 고등학교 때부터 같이 노는 거라고."

"다시 한 번 생각해 봐. 이세 넌 고미부치랑은 달라. 새로운 일이라면 아는 분에게 소개를 부탁할 수 있으니까, 일단은 고미부치와는 떨어져서 내 쪽으로 와주지 않을래?"

"됐다니까."

이세는 짧게 대꾸하며, 제 멋대로 풍파를 일으키려는 카스야를 향해 날카로운 시선을 보냈다.

"분명 고미부치가 옛날에는 이런저런 사고를 치고 다녔

겠지만 지금은 멀쩡한 사업을 하고 있어. 네가 뭔데 그런 소릴 하는 거야?"

"그치만."

카스야는 불만스러운 얼굴로 일단 입을 다물고, 결심한 듯 고개를 들었다.

"애초에 이세, 네가 이렇게 된 것도 다 고미부치 때문이잖아, 아니야? 고미부치가 널 이상한 방향으로 끌고 가지만 않았어도 아버지랑 문제 일으킬 일도 없었을 거고——"

"너 헛소리도 작작해라."

은인인 고미부치를 욕하다니, 이세는 결국 폭발했다. 크게 숨을 들이켜고 "난 더 이상 옛날의 내가 아니야." 하고 말을 내뱉는다.

"온실 속 화초처럼 자란 네가 나에 대해 뭘 안다는 거야? 지금 몇 살인데 아직도 초딩처럼 구냐고."

"그런 게 아니라."

"네가 소개해준다는 일은 빌딩 청소나 공장 제조업 같은 거 그런 거 아냐? 빨간 줄 그인 놈이 취직할 수 있는 곳이라고는 그런 데 밖에 없어. 장학금 지원 모집활동 같은 고상한 일을 나 같은 놈한테 믿고 맡겨주는 사람은 고미부치 뿐이라고."

하고 마지막 말을 내뱉자, 카스야는 고개를 숙이고 입을 다물어버렸다.

——정곡이구나.

실망감이 이세의 가슴 속에 퍼져나갔다. 카스야는 머리가 좋을 거라 생각했지만, 이세의 처우나 고생을 제대로 알지도 못한 모양이다.

두 사람 사이에 긴 침묵이 흘렀다.

전철은 이미 니노미야역을 출발해 오이소역으로 향하고 있었다. 카스야가 아랫입술을 깨물며 생각에 잠겨있는 모습을 곁눈질하며, 이세는 몸을 창가 쪽으로 아예 돌려버렸다. 컴컴한 유리창에 이세와 카스야의 모습이 선명하게 비쳤다.

문득 초등학교 6학년 때 수학여행을 떠올렸다. 전세 낸 전철로 닛코(日光)로 향하는 도중, 반 친구 두 명이 멀미할 것 같다고 했다. 이세와 카스야는 바로 자리에서 일어나 두 사람이 누울 자리를 만들어 주었다. 그 결과 이세와 카스야는 앉을 자리가 없어져, 목적지까지 1시간도 넘게 서서 가면서 이야기를 나누었다.

터널에 들어갔을 때 창문에 비친 자신과 카스야의 모습

을 보며 왠지 모르게 자랑스러운 느낌이 들어서 서로 얼굴을 쳐다보았고, 쑥스러운 웃음을 지었던 기억이 있다.

그로부터 12년이 지나, 또 이렇게 나란히 전철에 타게 될 줄은 생각치도 못했다.

오이소역을 지나쳐 히라츠카역을 지났다. 치가사키역을 떠나 어느 정도 시간이 지나자, 카스야가 "저기, 있잖아." 하고 주저하며 입을 열었다.

"오랜만에 만났는데, 이것저것 잘난 듯이 함부로 말해서 미안해."

대답 없이 시선만 카스야를 향한다. 카스야는 진지한 눈으로 이세를 똑바로 쳐다봤다.

"이세, 넌──범죄를 저지를 만한 인간이 아니잖아, 그치?"

"……뭐?"

"계속 묻고 싶었던 게 그거야. 원래는 제대로 시간을 내서 묻고 싶은 거였는데."

하고, 변명하듯 빠른 말투로 중얼거린 카스야가 "아버지 말이야." 하고 말한다. 목소리에 분노가 어린다.

"이세는 사람이 죽을 때까지 때리는 그런 잔혹한 짓을 할 만한 사람이 못 돼. 그건 정당방위였잖아, 아니야? 아버지가 폭력을 휘두르니까 자기를 지키려고 한 것뿐이잖아. 그런데 경찰이나 검찰이 진술 내용을 왜곡해서 조서를 꾸며서 이세가 일방적으로 아버지를 때렸다는 식으로——"

카스야가 말하고자 하는 바를 이해하는 순간과 동시에 주변 소리가 하나도 머릿속으로 들어오지 않았다.

정당방위.

카스야가 한 말이 머릿속에서 메아리친다.

——정말 그랬더라면, 얼마나 좋았을까.

"카스야, 이제 됐어."

이세가 목을 쥐어짜며 소리를 냈다.

"내가 그랬지, 나 변했다고."

이세가 숨을 삼켰다. 절묘한 타이밍으로 전철이 츠지도역 승강장으로 들어간다.

"이제 직장으로 편지 보내지 마. 전화도 걸지 마. 그리고 난 초등학교 동창회 같은 데 안 가. 너랑 나랑은 아예 다른 세상 사람이야. 옛날 추억을 품고 사는 건 이제 그만 해주라."

"어떻게 그렇게 해. 이세, 너한테 말하고 싶은 것도 묻고 싶은 것도 아직 잔뜩 남아있는데."

"너랑 이야기하고 싶은 게 생기면 내가 연락할 테니까."

"꼭 연락해줘. 꼭이야."

"장담 못한다고 했잖아."

전철이 천천히 정차했다. 얼굴을 찡그리며 문 방향으로 몸을 돌린 카스야가 "그럼, 간다." 하고 아쉬움을 남기며 손을 든다.

"진심으로, 만나서 반가웠고 기뻤다."

승객 몇 명과 함께 카스야는 츠지도역 승강장에 내렸다.

동시에 이세는 빠른 발걸음으로 차량 안을 이동하기 시작했다. 도쿄행 선두차량 방면으로 나아간다. 가능한 한 빨리, 카스야가 보지 못하게끔 하고 싶었다.

전철 문이 닫히고 천천히 달리기 시작했다. 겨우 선두차량 쪽에 도착한 이세는 빈 좌석을 찾아 헤맸다. 사람이 없는 차량에 타고 싶어서 일부러 끝 칸까지 이동해 왔는데, 하필이면 모든 좌석에 사람이 둘씩 앉아있다.

쳇, 혀를 찬다. 잘 풀리지 않는 상황이 하나같이 마음에 들지 않는다.

출입문 근처 손잡이를 잡고 흘러가는 바깥 풍경을 멍하니 쳐다본다. 선 채로 한참 동안 꾸벅꾸벅 조는 사이 문득 종이 울리는 소리가 들렸다.

"이세 씨."

놀라서 고개를 들자, 오른쪽 좌석에서 카타오카 사요가 손을 흔들었다. 오늘은 교복이 아니라 하얀 블라우스에 무릎까지 오는 베이지색 치마를 입은 모습이었다. 작은 숄더백은 무릎 위에 올려두고 있었다.

엷은 화장을 한 듯하다. 붉은 기가 도는 볼이 평소보다 어른스러워 보여서, 자기도 모르게 그 얼굴을 그저 아무 말 없이 쳐다보고 말았다.

"오늘은 츠지도에서 탄 거예요?"

"아니, 그런 건 아닌데."

"히라츠카에서 탔는데 없길래, 못 만나나 싶었어요. 다행이네요."

딱히 인정하고 싶지는 않았지만, 카타오카 사요와 만나자 삭막했던 기분이 갑자기 밝아지는 것은 부정할 수 없는 사실이었다. 반대도 마찬가지다. 사요가 이 차량에 타지 않은 날이 계속되면 점점 기분이 우울해진다.

"그러고보니, 오늘은 사복차림이네?"

창가 쪽으로 자리를 옮겨준 사요 옆에 앉으면서 이세는 사요의 옷차림을 바라보았다.

"학교가 오전 수업만 했거든요, 그래서 오후에는 친구들이랑 놀았어요."

"호오, 부모님이 뭐라고 안 해? 11시 넘어서 집에 들어가는데?"

"노느라 시간이 좀 늦기는 했죠. 혼날지도 모르겠네요."

사요가 부끄러워하면서 미소 짓는다. 귀엽다, 라는 느낌을 품는 것과 동시에, 이제 고작 16살 남짓한 고등학생을 매력적으로 느끼는 자신을 의심한다.

"괜찮아 보이네. 저번에 봤을 때는 꽤나 힘들어 했잖아."

"그 땐 죄송했어요. 오늘은 괜찮아요."

"그 뒤로 좋아한다는 선배랑은 어떻게 됐어?"

표정을 살펴보며 물어보자 사요는 "역시 안 되는가 봐요." 하고 슬픈 표정을 지었다.

"선배는 여전히 학교에 안 나오고 있어요. 소문으로는 학교를 아예 안 나오게 된 것 같대요. 그 뒤로 예지몽도 원래대로 돌아갈 낌새도 없고……바뀐 뒤 내용 그대로 굳어버렸어요."

"다른 남자랑 사귀는 꿈 말이야?"

사요를 손에 넣은 남자가 부러워질 것만 같아, 이세는 서둘러 말을 잇는다.

"새로운 남자랑은 최근에 처음 만났다고 그랬지? 관계는 진전이 있었어?"

"아니요, 한 번 만나서 이야기를 했지만 그 이상은."

"어떤 사람인데?"

"선배 친구인데 다른 학교 2학년이에요. 하지만 예지몽에 따르면 저희가 사귀게 되는 건 고등학교를 졸업한 뒤 같아요. 아직 조금 시간이 남아있어요."

"그렇구나."

저번에 만났을 때와 비교해서 사요는 포기한 기색이 역력한 말투였다. 아마도 지난 10일 동안 몇 번이고 시행착오를 반복했으리라. 예지몽이 원래대로 돌아오지 않을 거라 확신하게 되어 실망한 게 분명하다.

"앞으로 7년 동안 어떻게 살고 싶은데?"

"네?"

"정해진 길을 따라 가는 인생은 재미없잖아. 미래 꿈 내용을 바꾸려고 하면 할수록 더욱 비참한 사태가 된다고 했지만, 그렇다고 해서 꿈으로 본 대로만 살려고 억지로 맞추는 것도 이상한 말이야. 계속 좋아했던 〈오리지널 선배〉를 포기하고, 그냥 흘러가는 대로 〈선배의 친구 선배〉랑 사귄다——정말로 그걸로 괜찮아?"

"그게."

사요는 순간 어물어물 거리더니 어깨에 힘을 빼는 듯이 작게 숨을 토했다. "그렇게 부르는 거, 괜찮네요." 하고 적적하게 웃는다.

"물론 저는 〈오리지널 선배〉랑 사귀고 싶었어요. 중학교 때부터 지금까지 선배를 너무너무 좋아했으니까요. 하지만 〈선배의 친구 선배〉도 나쁜 사람 같지는 않아 보여요. 〈오리지널 선배〉와 이렇게 서로 스쳐지나가기만 한다면, 저를 진심으로 좋아해주는 〈선배의 친구 선배〉와 일단은 진지하게 마주 대하는 게 더 좋지 않으려나? 하는 생각도 들어요."

"하긴 그렇지. 그것도 한 가지 선택지니까."

"하지만 7년 뒤에 죽을 걸 뻔히 알면서 사귄다는 게 무책임하지 않은가 싶기도 하고. 제가 죽은 뒤에도 남자친구를 슬프게 하는 건 상대가 누구든 간에 절대 싫거든요."

"아냐아냐, 7년 길다. 지금부터 인간관계를 좁힐 필요는 없어."

앞으로 사요가 살아갈 7년이라는 시간을 생각하자 아득해질 것만 같다. 의사가 시한부 인생으로 남은 시간이 7년이라고 선고를 받은 것이나 다름없는 것 아닌가.

"루시드 드림 내용을 그대로 받아들여야겠다고 마음먹은 뒤로는 조금 마음이 편해졌어요."

사요가 아주 살짝 눈가를 적셨다. 그 새하얀 얼굴을 바라보다 그만, 확하고 시선을 돌렸다. 창 밖에 흘러가는 주택가 불빛을 보며 살짝 눈가에 손을 가져간다.

'잠시 후 도착역은, 오후나, 오후나역입니다――'

익숙한 차내 안내방송이 흘러나왔다. 이 음성을 듣는 것도 이제 몇 번 남지 않았구나, 하는 생각이 들자 괜히 센티멘탈한 기분이 든다.

아무래도 사요는 자기가 앞으로 어떻게 행동해야 할지를 완전히 정한 모양이다. 루시드 드림에 굴하지 않고 운명을 받아들여 살아간다. 앞으로 만나서 함께 인생을 걸어갈 운명이었던 〈오리지널 선배〉에게 미련을 남기면서도, 바뀌기 전의 미래 일은 다 잊어버리자고 마음먹고, 새로운 연인과 환경에 적응하자고 결심하고 능동적으로 나아간다.

한편, 반년 밖에 유예기간이 남지 않은 이세에게는 시간이 없었다. 루시드 드림을 보게 된 지 얼마 되지도 않았는데 벌써 한 달 반이 지났는데도 뭐 하나 확실히 아는 것도 없이 시간만 흘러간다. 카모노미야역 승강장 선로에 떠밀려서 죽는 꿈도, 사무실에서 코시누마를 때리는 꿈도, 주차장에서 카스야의 나이프를 빼앗아 찌르는 꿈도, 왜 그런 일이 벌어지는 지 힌트 하나 제대로 얻은 게 없다.

——왜 나는 자꾸 사람을 때리거나 다치게 만드는 거지?

——나랑 고미부치를 죽이려고 하는 건 대체 누굴까?

매일 방 안에서 곰팡이 쉰내 나는 이불에 들어 누워, 잠들기 전까지 혼자 생각한다. 하지만 아무리 고민해도 답은 보이지 않는다.

"나는 무슨 수를 써서라도 나를 죽이려는 범인을 잡아낼 거야. 그래서 죽음을 피할 수 있다면 피해야지. 만약 미래를 바꿀 방법을 찾게 되면, 사요, 너한테도 알려줄게."

하고 말을 걸자, 창밖을 보고 있던 사요가 고개를 돌렸다. "그렇군요." 하고 중얼거렸다.

"무리만은 하지 말아주세요." 하고 젖은 눈으로 이세 얼굴을 올려다본다.

"사요, 넌 앞으로 7년 남았으니까. 후회 없도록 살아."

"네."

사요가 보이는 적적한 미소가 눈꺼풀 안쪽에 들러붙어

한동안 사라지지 않았다.

사요는 평소랑 똑같이 요코하마역에서 내렸다.

그 뒤로 한 8분 정도 전철에 몸을 맡기고 카와사키역에서 내린다. 집까지 걸어가면서 이세는 주머니에서 휴대전화를 꺼내 고미부치에게 전화를 걸었다.

"어. 왜? 무슨 일이야?"

고미부치는 신호음이 세 번 정도 울린 뒤 전화를 받았다. 전화 너머로 시끌시끌 소란스럽다. 아양 떠는 여자 목소리와 아마도 코시누마가 껄껄대고 웃는 듯한 소리가 들렸다.

"재밌게 노는데 미안하다. 방금 좀 신경 쓰이는 일이 있어서."

"신경 쓰여? 뭐가?"

"집에 돌아가는 전철에서 카스야 타쿠미랑 마주쳤어."

"뭐어? 미쳤군. 그 자식 너 만나려고 잠복한 거 아냐? 완전 스토커네."

"그럴 수도. 걔가 나한테 경고하더라고."

카스야가 고미부치에 대해 이야기한 사실을 이세는 숨김없이 이야기했다. 일을 소개해주겠다는 말도 전했다.

"카스야 그 자식, 뚫린 입이라고 아무 말이나 지껄이

네.” 고미부치는 화가 머리끝까지 난 모양인지 욕을 퍼부었다. “그래, 솔직히 말해서 그 때는 나도 별 짓 다하고 놀았다. 근데 지금 와서 내가 어쩌니 저쩌니, 그 자식이 뭔데 나한테 그래? 이 사업에 내가 얼마나 생고생하고 있는데, 그 자식이 뭘 안다고.”

“그러니까.”

“아, 진짜 열 받네. 그 자식은 뭐 깨끗한 줄 알어?”

고미부치가 목소리를 깔면서 “말 나온 김에 다시 한 번 말하는데, 그 자식 조심해.” 하고 속삭였다.

“학교 다닐 때 지인한테 들은 건데, 그 자식 집에 빚이 장난 아니게 쌓였다고 하더라. 등록금 낸다고 여기저기서 돈 빌리고 별 짓 다 했다더라고. 카스야는 입장이 곤란한 너한테 접근해서 이런저런 식으로 호의 베푸는 척 하고 돈 빌리려고 하는 건지도 몰라.”

“그래?”

“어. 내가 아는 애 중에도 그 자식이 돈 빌려달라고 구걸했다는 사람 몇 명 있었어.”

카스야네 집이 빚더미를 떠안고 있다니 의외였다. 그러고 보니, 분명 카스야 아버지는 부동산 회사를 경영하고 있었는데 도산했는지도 모른다.

"그러니까 괜히 그 자식한테 뒤통수 맞지 말고. 정신 바짝 차려."

"그래, 알았어."

"그리고 이세, 네가 일 그만두면 진짜 곤란해. 넌 나나 회사한테 있어 중요한 전력이라고."

"안 그만둬. 걱정 마."

"다행이다. 고맙다."

몇 마디 더 말을 나눈 뒤 통화를 끊고 휴대전화를 주머니에 넣었다.

아직 집까지는 20분 정도 거리가 남았다. 편의점 앞에 모여서 노는 동남아계 젊은 애들을 곁눈질하면서 도로 가로등에 비춘 큰길가 인도를 걸어간다. 트럭이 몇 대 연달아 곁을 지나가면서 배기가스를 뿜어댄다.

얼마 전까지만 해도 밤까지 더웠는데, 오늘은 서늘한 바람이 불었다. 여름이 끝나고 가을이라는 계절로 넘어가려고 하는 순간을 여실히 느낀다.

——이제 여름을 경험하는 일은 더 이상 없는 걸까?

냉방시설이 없는 방에서 한없이 더위를 참아 온지 어느덧 3개월째였다. 그 생생한 열대야마저 지금은 왠지 그립게 느껴졌다.

2018년 9월 20일 (목)

빛을 느꼈다.

눈앞이 몽롱하다는 사실을 깨닫고 초점이 안 맞는 현미경을 들여다보는 것 같았다.

점점 시야가 맑아진다.

이세가 보는 시선 끝에는 커다란 모니터가 있었다.

무언가 하고 있는 건가보다, 하고 생각했다. 자기가 나무로 된 목제 데스크 앞에 앉아, 오른손으로 데스크 위에서 마우스를 만지고 있다는 사실을 겨우겨우 알았다.

온 몸에서 힘이 빠져나간다.

——말도 안 돼.

모니터에 표시된 무언가를 바라보면서 입이 제멋대로 움직여 말을 내뱉는다.

말은 분명이 그렇게 했는데 자기 목소리는 들리지 않았다.

괴로움을 느껴 잠에서 깼다.

아침햇살이 쏟아져 들어오는 토카이도선 좌석에서 이세는 창문에 머리를 기대고 있었다. 멀리서 푸른 바다가 보인다. 전철은 니노미야역과 코우즈역 사이를 달리고 있었다.

이렇게 예지몽 내용이 전혀 이해가 안 가는 것도 오랜만이었다.

——뭘 보고 있었던 거지?

사진이나 동영상은 아닌 것 같고, 기사 같은 걸 읽고 있었던 게 아닐까. 하지만 불투명한 시야 속에서 보인 모니터로는 헤드라인조차 보이지 않았다.

데스크탑 컴퓨터는 가지고 있지 않다. 직장에서 사용하는 컴퓨터는 노트북이고 꿈속에서 나온 목제 데스크도 직장에는 없다. 일부러 어디 남의 컴퓨터를 쓰러 갔다는 사실만 추측할 수 있다.

거긴가? 카와사키 시립도서관을 떠올렸다. 마침 어제 처음으로 방문한 장소다.

일이 없는 수요일에 굳이 도서관까지 발걸음을 옮긴 이유는 정보 수집을 위해서였다.

인터넷을 무료로 쓸 수 있는 장소라고 하면 도서관 말고는 생각이 나지 않았다. 평소에는 필요할 때 사무실에서 노트북을 사용하지만, 이번에 조사할 건 다섯 명이나 되는 동료 눈길 아래서 찾아보기 어려운 내용이었다.

1회 30분, 하루 2회로 이용제한이 있는 도서관 컴퓨터로 이세는 검색창에 사람 이름을 하나하나 입력했다. 카스야 타쿠미, 사토 마나토, 히키모토 타이요, 나카하라 와타루. 루시드 드림에서 본 체크무늬 코트 입은 남자와 닮은 체형을 한 4명과 얼굴을 때리는 꿈에서 본 코시누마 류이치, 피투성이가 되어 하얀 라이트 밴에 기대고 있던 고미부치 켄스케에 대해서도 혹시 모르니 정보를 모아봤다.

인터넷에서 조사하는 정도로 바로 범인을 특정해내리라는 생각은 하지 않았다. 애초에 소년 교도소에서 5년 수감되어 있던 탓에 이세가 가진 정보가 적었다. 일단은 그들의 정체나 경력을 아는 데서 시작할 생각이었다.

신입 세 명에 대해서는 딱히 정보가 없었다.

사토는 본명으로 등록해놓은 SNS 개인 프로필 페이지 말고는 나오지 않았다. 첫 날에 봤던 밝은 금발로 염색한 모습으로 서핑보드를 한 손에 들고 V사인을 한 사진을 프로필 사진으로 설정해 놓았다. 히키모토에 관해서는 누에 띄는 정보가 전혀 나오지 않았다. 나카하라는 동성동명이 너무 많아서 정보를 찾는 데 고생했다. 겨우 찾아낸 것이 나카하라가 전에 다니던 사무용 의자 회사 홈페이지였다. 전직이 의자 판매 영업이라고 한 것은 거짓말은 아닌 모양이었다.

카스야 타쿠미는 상상대로 엘리트였다. 대학입학 안내용 소책자에 적힌 '졸업생 메시지' 페이지에 간단한 경력이 기재되어 있었다. 카나가와현 안에서도 유명한 중고등 일체형 명문사립학교를 졸업한 뒤, 유명사립대학 경제학부로 진학. 졸업 후에는 제1금융권 은행에 취직하여 법인영업을 담당.

문자 그대로 순풍에 돛 단 듯 지낸 인생이었다. 고등학교 때 영어작문 대회에서 1등을 한 적도 있는지, 그 내용이 고등학교 홈페이지에 남아있다.

SNS에는 수백 명이나 되는 지인, 친구와 이어져있는 모양이었다. 대학 졸업식에서 가운을 걸치고 있는 사진이 프로필 사진으로 설정되어 있었다.

고미부치가 말한 카스야의 부모님이 진 빚에 대한 정보는 역시나 나오지 않았다.

마이너스 정보가 일절 없는 검색결과를 보면 볼수록 가슴 속에서 짜증이 치밀었다.

한편 고미부치는 인터넷에서 거의 이름이 나오지를 않았다. SNS에 흥미가 없는 모습은 옛날이나 지금이나 똑같은 모양이다. 한 가지, 여자 문제로 보이는 블로그 글이 하나 발견되었다. 4년 전 날짜로 '고미부치켄스케어떻게그냥쌩까고튈수가있어?나가죽어버려진짜짜증나.'라는 무시무시한 한 마디가 적혀있었다.

대학생 시절에 여럿 여자애들과 만나면서 기둥서방 노릇을 했다고, 카스야가 한 말로 미루어 볼 때 아마도 이 여성도 버림받은 사람 중 한 명일 거라고 추측했다. 고미부치 같은 남자가 잘 생긴 얼굴과 좋은 머리를 타고 났다는 게 여성에게는 불행한 일이다.

——원인은 고미부치인 건가?

조사하면서 그런 생각을 했다.

생각해보면 루시드 드림 속에서 격자무늬 코트를 입은 남자와 처음에 드잡이를 하던 사람은 고미부치였다. 부모님을 죽게 만든 뒤, 5년 동안 바깥 세계와 격리되어 있던 이세보다, 대학시절에도 폭력과 여자문제로 소문이 돌던 고미부치 쪽이 살해 대상에 오를 가능성이 높을 것 같기도 하다. 어쩌면 이세는 고미부치가 원인인 트러블에 휘말렸을 뿐인지도 모른다.

그런 생각을 하면서 마지막으로 코시누마 이름을 입력한다.

검색결과 대부분은 커뮤니티 사이트 게시판이였다. 전

자경매 사이트에서 랜덤박스를 대량으로 올려놓은 사기꾼 '코시누마 류이치'라는 남자 이름을 고발하는 글이였다. 1만엔부터 시작해 판매한 랜덤박스 안에 들어있는 물건이 아무리 봐도 구제가게에서 적당히 골라서 산 듯한, 싸구려 밖에 없어서 수지가 전혀 맞지 않다고 인터넷에서 큰 난리가 났었던 모양이다. 하지만 인터넷 경매는 자기책임 범주에 들어가는 개인소매업이기도 하고, 구매자 중에는 자기는 만족스러운 물건을 받았다는 사람도 있었기 때문에 피해자는 억울하지만 하는 수 없이 넘어갔다는 내용이었다. 랜덤박스 판매 총수는 200개를 넘은 듯 했다.

코시누마에 관한 거의 대부분의 글은 3년 전 날짜였다. 비영리 활동 법인 커넥티드가 설립되기 전 이야기다. 인터넷 경매 사이트에서 사용했던 ID와 SNS ID가 동일한 것으로 보아 글을 쓴 사람에게 본명을 들킨 모양이었다.

피해자의 분노와 비판의 목소리가 중심인 게시글을 읽으면서 이세는 머릿속으로 의문이 크게 부풀어 올랐다. "시간 다 됐습니다."라고 도서관 직원이 주의를 줄 때 까지 이세는 경매사기 정보를 계속 조회했다.

——그 코시누마한테 이런 과거가?

빙글빙글 머리가 맴도는 사이, 전철로 카모노미야역에

도착했다. 승강장으로 내려와 서서 에스컬레이터를 타고 올라 개찰구로 향한다.

9월도 다 지나갈 무렵이라 오늘은 서늘한 바람이 불어온다. 걸어서 3분 정도 되는 길을 잰걸음으로 지나 이세는 출근시간 5분 전에 사무실에 도착했다.

"오, 이세. 왔냐?"

안쪽 자리에서 고미부치가 산뜻하게 한 손을 들어올린다. 둘러보니 사무실 안에는 코시누마와 나카하라도 있었다. 사토와 히키모토는 아직 출근을 안 한 모양이다.

사람 수가 두 배로 늘어나니 사무실이 확 좁아졌다. 사무실 책상을 여섯 개 넣을 자리가 없어서 여태까지 이세가 쓰던 책상을 내근 담당인 사토와 히키모토에게 넘겨주는 것으로 타협하고 책상을 하나만 더 늘렸다. 외근 담당인 나카하라와 이세는 사무실 구석에 작은 테이블을 놓고 작업하기로 했다. 지금도 나카하라는 가장 안쪽에서 쭈구리고 앉아 소책자와 전단지를 정리하고 있었다.

이세도 나카하라 곁으로 다가가 오늘 방문에 필요한 자료를 가방에 담기 시작했다. 한참 있자 입구 문이 활짝 열리더니 사토와 히키모토가 큰 소리로 웃으며 출근했다. 시계를 보니 출근시간보다 3분 지났다.

"살짝 지각했네."

고미부치가 보자마자 한마디 하자 "미안미안." 하고 사토가 두 손을 모은다.

"어제 히키모토랑 새벽 3시까지 마셔서 말야. 오히려 일어나서 출근했다는 사실을 칭찬받고 싶은데."

"지각한 주제에 말이 많아."

고미부치가 웃음을 터트리자, "아니, 그게 아니라 진짜 괜찮은 가게였다니까? 술 종류도 많고." 하고 히키모토가 입맛을 다셨다.

"어딘데?"

"오다와라역 바로 앞. 얼마 전에 환영식 때 갔던 가게 바로 옆에 있어."

"환영식 때라면——" 코시누마가 대화에 끼어든다. "1차 때 간 선술집이랑 2차 때 간 곳 중 어디야?"

"1차 때."

하고 히키모토가 대답한 뒤 "2차 때 간 클럽은 여자애들 물이 꽤 좋았지?" 하고 실실 웃는다. 그리고 "역시 코시누마 선생님! 그날 다 쏘셨잖습니까? 박수 주세요, 여러분!" 하고 박수를 친다.

"뭐, 환영식이었으니까. 그 정도쯤이야."

코시누마가 뚱뚱한 몸을 만족스러운 듯 쓰다듬었다.

——클럽? 돈을 다 냈다고?

이세는 자기도 모르게 손을 멈추고 눈살을 찌푸렸다.

도서관에서 본 정보가 머릿속 뒤에서 깜빡인다.

시선을 빗겨내자 마침 이세를 보고 있던 고미부치와 눈이 마주쳤다. 이세와 마찬가지로 고미부치도 인상을 쓰고 있었다.

고미부치가 엄지를 문 쪽으로 가리키며 나머지 4명에게 들키지 않도록 살짝 신호를 보낸다. 이세가 서둘러 소책자나 신청서를 가방에 채워 넣고 수금 가방을 던져 넣은 뒤, 벽에서 회사차 키를 집어 밖으로 나왔다. 등 뒤에서 "나도 담배 좀." 하는 목소리가 들렸고, 고미부치가 따라 나온다.

외부계단을 내려가 건물 뒤편으로 돌아갔다. 고미부치는 담배에 불을 붙이고 이세에게도 한 대 권했다. 갑에서 꺼내자 고미부치가 라이터로 불을 붙여준다.

"방금 전 얘기 듣고 뭐 걸리는 거 있어?"

고미부치가 물어왔다.

"그냥 뭐." 하고 연기를 뿜으며 답한다.

"코시누마 월급도 나랑 별로 차이 안나잖아. 그런데 클럽에서 5명분을 자기가 다 냈다니……돈이 꽤 들 텐데 그게 가능해?"

"그러게. 나도 이상하게 생각했어. 코시누마가 취해서 자기가 다 내겠다고 하는데 분위기 깰 까봐 그냥 아무 말 안했는데, 아무리 생각해도 돈을 너무 막 쓴단 말이지."

"코시누마, 그 자식 보기보다 돈 좀 모은 게 있는 건가?"

"아니, 그 자식은 찔끔찔끔 저축해서 돈 모을 타입은 절대 아니지. 혹시 이 자식이 수당을 부당하게 쓰고 있는 건지도 몰라."

"수당?"

경매사기를 상정하고 있던 이세는 처음 듣는 말에 놀라 눈을 껌뻑인다.

"단신 부임 수당."

"뭐? 그 자식 유부남이야?"

놀라서 눈을 번쩍 뜨자, "1년 정도 전이라고 그렇게 들었어." 하고 고미부치가 한숨을 내 쉬었다.

"나고야에 사는 사람이랑 결혼했다던가? 지금까지 받는 월급으로는 만나러 갈 교통비를 마련하는 것도 힘들다고 그래서, 단신 부임 수당이라는 형태로 급료를 늘려줬거든. 딱히 많은 금액은 아니지만 일단은 월세 수당도 주고 있고. 하지만 나고야에 가는 꼴을 못 봤다니까. 반지도 안 끼고, 사진도 보여준 적 없어. 슬슬 물어봐야겠다 싶기는 했는데."

"결혼 자체가 구라일 수도 있겠네."

"그럼 큰일인데."

고미부치는 쓴 웃음을 짓더니 "일단은 알아볼 테니까." 하고 담배연기 사이로 대답했다.

이번 일이 루시드 드림 내용과 어떻게 연결되는 것인지는 모르겠지만, 일단은 코시누마가 어떻게 움직이는 지를 주의해서 바라볼 필요가 있을 것 같았다.

"아, 맞다, 그러고 보니 오늘 사카구치 씨네 방문하는 날이지?"

"맞아. 아침 첫 타임."

"잘 하고 와라. 좋은 소식 기다리고 있을게."

고미부치가 상기된 목소리로 말했다. 말없이 고개를 끄덕이고는 다 피운 담배꽁초를 주차장 구석에 설치된 재떨이에 비벼 끈다. "그럼 다녀올게." 하고 고미부치에게 인사한 뒤 회사차에 올라탄다. 아직 시간이 이르지만 가장 중요한 방문이니 정신을 바짝 차려서 나쁠 건 없다.

평소에는 방임주의인 고미부치가 오늘 이세의 스케줄을

파악하고 있는 데에는 사정이 있었다.

한 달 전에 처음 방문했을 때 월 5만엔을 지원하는데 동의한 사카구치 세이코가 지원 금액 증액을 검토하고 있다고 연락해 온 것이다. 이미 지원을 시작한 학생 1명을 포함해 합계 학생 3명을 지원하기 위해서 무려 매 달 15만엔을 기부하겠다는 것이다. 신청을 받은 이세는 전화에 대고 몇 번이나 감사를 표했다. 자신이 관계된 장학금 제도에, 마음 속 깊이 찬동해주는 지원자가 나타난 것은 아직 일을 시작한 지 5개월 밖에 지나지 않은 이세에게 있어 너무나도 기쁜 일이었다. 덕분에 진학을 포기하지 않아도 되는 고등학생이 더 생길 수 있다.

——빌딩 청소나 공장 제조라인 작업보다는 이런 일이 훨씬 낫지.

자선사업 일에 대해 책임감과 성취감을 느끼게 된 것은 착실하게 갱생의 길을 걷고 있다는 증거인지도 모른다. 막 취직했을 때는 솔직히 위화감이 압도적으로 높았다. 이제는 이 일과 환경에도 익숙해졌다.

하지만 이런 나날도 앞으로 반년도 안 되서 끝날 지도 모른다——라는 생각에 허무함이 이세 마음속에서 퍼져갔다.

사카구치 세이코 씨가 혼자 사는 집 앞에 회사차를 세우고 문 앞에 붙은 인터폰을 눌렀다. "네에."하고 기뻐하는 목소리가 들리더니 천천히 현관문이 열린다. 살짝 구부러진 허리에 손을 댄 세이코 씨가 함박웃음으로 이세를 맞이했다.

할머니가 손자를 보면 이런 모습일까, 하고 멍하니 생각했다. 친척과 사이가 좋지 않았던 이세는 볼 일 없는 광경이었다.

거실을 지나, 권하는 대로 테이블 앞에 앉았다. 세이코 씨는 그대로 소매를 걷어 올리며 부엌으로 들어가 김이 나는 질그릇 찻잔을 들고 돌아왔다.

이야기를 시작하는 순간이 이세에게는 무엇보다 부담스러운 순간이었다. 가벼운 대화를 하려고 해도 화젯거리도 부족한 대다가 화술도 없다. 갑자기 신청서를 꺼내놓아도 되는 건지 어쩔 줄을 몰라 주춤주춤하는 사이, 눈앞에 자리를 잡고 앉은 세이코 씨가 "이세 씨." 하고 말을 걸어왔다. 네, 하고 대꾸하며 방석 위에서 자세를 고친다.

"당신이 소개해준 에비하라 료 라는 학생이 참 어른스럽고 착실하니 좋은 아이더군요. 도쿄대학교를 지망하고 있고 장래에는 전자공학을 공부하고 싶대요."

"우수한 학생이군요."

지원자와 장학생의 매칭은 내근담당 일이라서 엄밀히 말하자면 이세가 소개해준 것은 아니다. 이름도 지금 세이코 씨의 입으로 듣고 처음으로 알았을 정도다. 하지만 기분이 나쁘지는 않았다.

"이런 기회를 주셔서 정말 감사해요. 솔직히 남편을 먼저 떠나보내고 난 뒤로, 아들 가족과도 자주 못 만나고 무슨 목적으로 살아야 하나 공허하고 허무했거든요. 그래도 이제는 목표가 생겼어요. 료만이 아니라 다른 아이들도 지원해주어서 훌륭한 어른으로 키우고 싶다는 큰 목표가 말이죠."

이번 일이 분명 내 삶의 보람이 될 거예요, 하고 세이코 씨는 얼굴에 주름이 잡힐 정도로 함박웃음을 지었다.

"그저 돈만 내는 거라면 얼마든지 기부할 곳이 있지만, 매달 아이들과 이야기를 할 수 있다는 게 너무 좋은 것 같아요. 여기는 역에서도 머니까 혹시라도 실제로 만나러 와야 한다면 아이들에게 부담이 클 텐데, 태블릿 PC로 얼굴을 보면서 전화하기만 하면 되니까 너무 편하고. 바쁜 고등학생한테도 딱 좋은 방법이라고 생각해요. 역시 젊은 분들은 생각이 유연하고 참 다르네요."

"아뇨, 아닙니다."

"저는 일흔 다섯이나 먹은 할머니지만 지금 확실하게 누구를 위해 사는 지 안다는 게 참 기분이 좋아요. 이세 씨 덕분에 다시 새로운 한 걸음을 내 딛을 수 있을 것 같아요. 정말로 감사해요."

세이코 씨는 몇 번이고 감사의 말을 입에 담았다.

세상에는 이런 사람도 있구나——하고, 뭐라 말로 표현하기 어려운 기분이 들었다.

어릴 때부터 부모한테 제대로 돈도 받지 못하고, 이렇게 어른이 되어서도 다달이 받는 돈을 쪼개서 생활하고 있는 처지이다 보니, 세이코 씨 같은 지원자들이 다른 세상 사람처럼 느껴졌다.

이 사람들은 자기뿐만 아니라 남까지 생각할 줄 아는 여유가 있고, 여유를 뒷받침할 만큼 재력을 가지고 있다. 어지간히도 복 받은 환경에서 살고 있는 거겠지, 하고 비굴하게 꼬인 눈으로 볼 수도 있었지만, 과연 자신이 그들과 같은 환경에 놓였더라도 이들과 똑같은 생각을 할 수 있을 지는 자신이 없었다.

어쩌면 고미부치도 건전한 가족관계나 인간관계 같은 것에 굶주려 왔는지도 모른다. 자신에게 없던 것을 간접적으로라도 되찾으려고 한 결과가 이 비영리 활동은 아닐까?

세이코는 그 뒤로도 한참 동안 죽은 남편에 대해 말했다. 저번 달, 이곳에 방문했을 때는 남편을 "중소기업 회장."이라고 했는데, 자세히 들어보니 자동차를 만드는 대기업의 대표이사를 오랫동안 맡은 사람인 모양이었다. 이런 작고 오래된 일본 전통 가옥에서 지내는 것은 "혼자서 큰 집에 사는 게 아까워서, 세를 내줬어요."라는 이유에서였다. 혼자서 사치를 부리는 것에 의미를 찾지 못하고 남편이 남긴 막대한 금액의 유산과 연금을 어떻게 처리해야 좋을지 몰라 고민하던 차에 코시누마로부터 전화 홍보가 걸려왔다고 한다.

일이 그렇게 돌아갔구나, 이세는 내심 한숨 돌렸다. 매달 15만엔이나 쓸 능력이 정말로 있는 건지, 조금 의심도 들었었는데 걱정할 필요가 없었다.

"료 말고도 지원이 필요한 두 명은 어떤 아이인가요?"

세이코 씨가 묻자, 이세는 가방 속에서 클리어 파일을 꺼냈다. 사전에 세이코 씨와 전화를 했을 때 반드시 계약할 테니 지원을 받을 장학생 프로필 데이터를 가지고 와달라는 부탁을 들었다. 코시누마로부터 받은 프린트물에는 이름, 주소, 학교, 지망하는 대학 이름이 간이로 기재되어 있었다.

세이코 씨가 새로 지원하기로 한 두 사람은 모두 오다와라시에 있는 고등학교를 다니는 3학년 학생이다. 반년 뒤에 유명 대학 합격을 목표로 열심히 공부하고 있는 장래가 밝은 우등생들이었고, 면접 때 인상도 특히 좋은 두 사람이었다, 라며 고미부치가 확실한 도장을 찍었다.

“어머, 둘 다 남자애들이네요? 요즘은 대학 입시를 희망하는 여자애들도 많다고 생각했는데, 그렇지도 않은 모양이죠?”

“아니요, 여학생도 있습니다. 다만 이번에는 모두 남학생인 모양입니다.”

장학생 남녀비율은 편중되어 있다. 특히 이세가 직접 영업하는 고액 안건 고객에 관해서는 남자 장학생만 배당받았다. 이런 불평등이 벌어진 이유는, 아마도 면접을 담당하는 고미부치의 선발기준 탓이 아닌가 싶었다.

옛날부터 남자들끼리 어울려 다닌 탓인지, 고미부치는 여여자를 믿지 않았다. 직장에도 여성을 채용하려 들지 않았고 장학생 선발에도 굳이 따지자면 남학생에게 더 후한 점수를 주는 것처럼 보였다. 무의식적으로 그렇게 하는 것인지도 모르겠지만, 슬슬 주의를 줄 필요가 있어 보였다.

"치바 다이키, 그리고 타케이 사토시라는 아이군요. 사진은 없나요?"

"죄송합니다, 지금 가지고 있는 게 없네요."

"그러면 영상통화 하는 날로 미루기로 하죠. 기대되네요."

세이코 씨는 창밖을 바라보면서 눈을 가늘게 뜨고 미소 지었다.

"에비하라 료라는 아이는 말이죠, 누가 봐도 우등생 같은 느낌이에요 은테 안경을 끼고 있어요. '컨택트 렌즈가 더 멋있게 보일 거 같은데?' 하고 말해주었더니 지금은 돈을 절약해야 하니까 안경을 계속 쓰고 싶다지 뭐예요? 이번에 렌즈비용도 내줄까보다 했지만, 그럼 '그런 돈을 받는다면 차라리 학비나 생활비로 쓰고 싶습니다.' 하고 대꾸하겠죠?"

한 달 전에 지원을 막 시작한 고등학생을 마치 자기 친손자 이야기하듯 말했다.

이야기를 한참 듣고 나서 이세는 클리어 파일에서 신청서를 꺼내, 좌식 테이블 위에 올렸다. 세이코 씨는 슥슥

하고 2통의 신청서를 가볍게 기입하고는 "저, 예전에 비서 일을 했었어요. 사무직 일은 특기죠." 하고 그리워하는 목소리로 말했다. 세이코 씨가 이성적인 말투로 말하는 것은 회사에서 근무한 경험이 있어서였구나, 하고 이해가 갔다.

마지막으로 이번 달 분 15만엔을 현금으로 수금한 이세는 사카구치 세이코 씨의 집을 뒤로 했다. 시각은 벌써 11시가 다 되어갔다.

"그럼 다음 달에 봐요. 조심히 들어가세요."

문 앞까지 배웅을 나온 세이코 씨가 아쉬워하며 작게 손을 흔들었다.

첫 번째 방문과 수금을 두 건 씩 끝내고 19시 반을 지나서야 사무실로 돌아왔다. 사무실 한쪽 구석에 놓은 노트북을 나카하라와 서로 번갈아가며 쓰면서 수금관리표를 기입한 뒤 태블릿PC 배송을 준비한다. 노트북을 나카하라와 공용으로 쓰도록 바뀐 뒤로 사무작업 효율이 대폭 내려가고 말았다. 실은 경비로 한 대 더 사줬으면 하는 참인데 고미부치가 돈을 절약하는 모습을 미루어 보아, 바로는 어려울 것 같았다.

결국 사무실을 나온 시간은 21시 반 가까이가 되어서다.

사람이 드문드문한 밤길을 걸으면서 오늘은 못 보겠구나, 하고 예상한다. 알바가 끝나고 돌아가는 사요와 조우할 확률이 높은 전철은 이미 30분 전에 카모노미야역을 떠나버리고 말았다.

사요와 언제 만나게 될지, 앞으로 만날 기회가 있는 지, 전혀 예상을 할 수 없다는 게 이세에게 있어서는 점점 고통스럽게 느껴졌다. 예지몽 속에 나와 준다면 아직 희망이 있지만 그렇게 쉽게 꿈속에서 사요가 등장할 리가 없었다.

──다음에는 연락처라도 물어볼까?

이 만큼이나 루시드 드림에 대해 이야기를 깊이 나누었는데도, 가끔씩 같은 차량에 타서 만나는 사람이라고만 치부되는 게 오히려 자연스럽지 못하다.

차분히 카모노미야역 승강장으로 미끄러지듯 들어온 상행 전철에 천천히 올라탔다. 좌석에 앉아 창틀에 팔꿈치를 괴고 캄캄한 바깥 풍경을 본다.

이번에는 어떤 꿈을 꾸려나, 하는 생각이 맴돌았다. 가능하다면 비릿한 피투성이 과거나 미래 광경은 보고 싶지 않았다.

신기하게도 니노미야역을 지나 오이소역을 뒤로 했는데도 아직 이세에게 졸음이 찾아오지 않았다. 정확히는 졸음 보다는 의식이 공간 너머 저세상으로 빨려 들어가는 감각이다. 지금 있는 이 세계에 억지로 쥐어 뜯겨가는 듯한 느낌, 이라고 형용해도 좋다.

히라츠카역에 도착했지만, 카타오카 사요는 타지 않았다. 실망을 품으면서 이세는 등받이에 기대며 눈을 감았다.

예전에 사요가 말한 일을 떠올린다.

——우리가 보는 루시드 드림은 뭔가 착오가 일어나 일찍 시작해버린 인생의 주마등은 아닐까? 하는 생각이 들어요.

만약 그렇다고 한다면 이건 시간축이 꼬여버린 장대한 주마등이다. 전동열차 사고로 목숨을 잃을 운명을 가진 사람만이 보는 게 가능한, 짧고 어찌 할 방도가 없는 인생을 응축한 하이라이트 영상.

밝은 빛을 느낀 이세가 고개를 들었다.

이세는 대낮 전철 안에 있었다. 태양의 햇살이 쏟아져 들어온다.

분명히 방금까지 앉아있던 마주보고 앉는 좌석은 사라지고, 이세는 옆으로 긴 일반 좌석 한 가운데에 앉아있다. 반대편 창문 밖에는 오른쪽에서 왼쪽으로 선로를 따라 선 자영업 점포나 오피스텔이 고속으로 흐른다. 바깥 풍경으로 미루어 보아 전동열차는 츠지도역과 후지사와역 사이를 달리고 있는 것 같았다.

"이세."

옆에서 부드러운 목소리가 들렸다. 이세는 고개를 돌렸다. 옆에는 캐주얼하게 반팔 폴로셔츠와 청바지를 입은 카스야 타쿠미가 앉아있었다.

——또 사후 꿈인가?

차량 안 냉방은 별로 세게 틀지 않은 것 같다. 5월정도인가? 하고 이세는 새파랗게 펼쳐진 하늘을 바라보며 추측했다.

"또 만났네. 언제부터 거기 앉아있었어? 깜짝 놀랐어."

카스야는 어색하게 미소지었다. 세 번째로 만나다보니 〈유령〉 이세를 만나는 데 어느 정도 익숙해진 모양이었다.

"글쎄."

무뚝뚝하게 대꾸한다. 목소리도, 얼굴의 표정도 모두

자기의지대로 움직일 수 있었다.

"오늘은 2019년 5월 4일, 골든위크야."

"그래."

"이세가 죽은 지 3개월 정도 됐어."

"그런가 보네."

"한 번 더 만나면 물어보려고 했던 게 있는데, 물어봐도 돼?"

말을 빙빙 돌리는 게 신경 쓰였다. "뭔데?" 하고 으름장을 놓기라도 하듯 대꾸하자 카스야가 작게 숨을 들이쉰다.

"돌아가신 아버지를, 죽기 전에는 어떻게 생각했었어?"

예상도 못한 질문이었다. 이세는 맞은편 창문에 시선을 고정한 채, 카스야의 말을 머릿속으로 곱씹었다. 꿈속이라서 그럴까? 왠지 모르게 센티한 기분이 들었다. 대답할 생각은 없었는데, 더듬더듬 말이 흘러 나왔다.

"죽일 것 까지는, 없었지."

너무 작게 말했는지 "응?" 하고 카스야가 귀를 가까이 댔다.

"인간쓰레기 같은 꼰대였지만, 그렇다고 사람이 뿌리까지 썩은 건 아니었어."

쓰레기 중에서도 진짜 쓰레기 같은 놈들을 소년 교도소에서 잔뜩 봤다. 정신이 완전히 나가버린 약물중독자나, 양심이라는 단어랑은 아예 인연이 없는 사기꾼들. 여자랑 하는 거 말고는 생각도 없는 강간마나, 남의 돈이나 목숨을 빼앗아 놓고도 반성조차 하지 않는 강도 살인범. 그런 쓰레기 놈들이 사건 당시에 미성년자였다는 이유만으로 사회에 복귀하게 된다.

그런 쓰레기들과 비교하면 아버지는 그래도 멀쩡한 사람이었다. 술에 빠져서는 어머니가 벌어온 돈 까지 손대기는 했지만 그렇다고 죽을죄를 진 것은 아니었고, 죽일 것 까지도 없었다.

그래, 하고 카스야는 작게 중얼거렸다.

"이세, 고생 많았지."

다 안다는 말투로 말하고 고개를 숙인다.

"초등학교 때부터 아침도 못 먹고 등교하는 일도 많았잖아. 가방이나 신발주머니도 다 떨어졌는데 그냥 계속 썼었고, 아버지랑 주먹다짐하면서 싸운다는 말을 하고는 등에 멍이 든 자국을 보여주기도 했었고. 하지만 그 때는 전혀 몰랐어. 모든 사람이 나처럼 다 충족된 환경에서 사는 게 아니라는 사실을 말이야. 우리 집에는 신나하면서 놀러오는 이세가 왜 자기 집에는 나를 초대하지 않을까, 그 이유를 상상도 하지 못했지."

카스야가 조용한 목소리로 말했다. 자기 자신을 책망하는 분통함이 배어나오는 목소리다.

"나는 그저 이세를 도와주고 싶었어. 그게 전부야."

하는 말을 이세는 복잡한 기분으로 들었다.

그럼, 너는 왜 피투성이 나이프를 들었고, 나는 왜 너를 찌른 걸까——하는 물음을 던지고 싶었지만, 입이 떨어지지 않았다.

초등학교 때, 반에서 피구를 했던 날을 떠올렸다. 반 친구들은 '타쿠미 콤비'를 항상 다른 팀으로 갈라놓고 싶어 했다. 카스야와 이세가 같은 팀이 되면 압승을 해버린다, 그게 친구들이 내세우는 이유였다.

——패스!

——이세 잡혔어.

——카스야, 던져!

카스야가 던진 파란 공이 이세 얼굴을 향해 날아온다.

'잠시 후 도착할 역은, 카와사키, 카와사키역입니다——'

안내음성을 듣고 꿈에서 깼다. 꽤 길게 잠든 기분이 들었다.

전철이 정차하고 공기가 빠져나가는 소리를 내며 문이 열렸다. 개찰구 쪽으로 빠져나가는 사람들에 합류하지 않고 승강장 한 가운데까지 걷다가 제 자리에 멈춘다. 양복 주머니에 손을 집어넣고 무언가를 만져서 꺼냈다.

꾸깃꾸깃 구겨진 종이가 나왔다. 휘갈겨 쓴 글씨로 카스야의 전화번호가 적혀있다. 얼마 전 카스야가 억지로 양복 주머니에 넣은 것을 아직 그대로 가지고 있었다.

몇 초 동안 망설인 뒤, 이세는 가방을 두 다리 사이 밑에 내려놓았다. 재킷 안주머니에서 휴대전화를 꺼내들고 적힌 번호를 입력한다.

전화기에 귀를 가져다 댔다. 발신음이 울리기 시작했다. 이세는 몸을 경직한 채, 귀를 기울였다.

세 번 째 통화음이 울리는 도중에 소리가 끊겼다.

"네, 카스야 입니다."

부드러운 톤의 목소리가 들린다. 어떻게 말을 꺼내야 할지 몰라, "저기." 하고 중얼거리자 갑자기 흥분에 찬 목소리가 돌아왔다.

"이세? 이세 맞지?"

"……어."

"드디어 연락해줬구나. 계속 기다렸어."

"아직 1주일도 안 지났잖아."

"아예 연락 할 생각도 없는 건 아닌가 걱정했거든. 다행이다. 정말 다행이야."

진심으로 기뻐하는 목소리를 들으며, 순간 전화를 괜히 했나 싶었다. 그 기분을 꾹 누르고 짧게 용건을 전한다.

"왜 계속 나를 쫓아다니는 지, 그 이유만 들으려고 전화했어."

"물론 말해줄게. 일단 한 번 만나자. 이번 주말은 어때?"

들이미는 카스야에게 밀리면서도 "주말에는 일해." 하고 대꾸한다.

"그래? 그럼 언제 쉬어? 내가 맞출게."

화요일과 수요일에 쉰다고 알려주자 "그럼 다음 주 화요일에 보자." 하고 적극적으로 제안해왔다. "일하다 중간에 나와야 하는데, 정말 미안하지만 도쿄역에서 볼 수 있을까?" 하고 말하더니 똑 부러지게 역 내 카페를 정한다.

"그 날 보자. 기대하고 있을 게."

어, 하고 대충 대꾸하고는 이세는 전화를 끊었다.

——일단은 지피지기니까, 상대방을 아는 데서부터 시작해야지.

2018년 9월 25일 (화)

눈을 뜨자 학교 운동장이었다.

가늘고 근육질인 팔이 파란 공을 들었다. 그 팔이 시야 뒤쪽으로 사라졌다 돌아오는 것과 동시에 공을 던졌다.

이세가 언더스로로 던진 공이 힘차게 홈 베이스로 굴러갔다. 기다리고 있던 피부가 하얀 남자아이가 도움닫기하며 힘차게 공을 찬다.

머리 위를 넘는 공을 향해 이세는 크게 점프했다. 태양의 햇살이 직접 눈을 찌르고 들어와 순간 눈앞이 새하얗게 변했다. 이세 손끝을 스친 공은 외야를 향해 날아갔다.

아마도 6학년 때 쉬는 시간 풍경이었다. 반 애들 모두가 매일같이 발야구를 했다.

가장 잘 던지는 게 이세, 가장 잘 차는 게 카스야.

——야! 1루 아웃 시켜!

하고 누군가가 소리친 느낌이 들었다. 보니까 이미 1루에 도착해야 할 카스야가 어째서인지 엉뚱하게 딴 길로 새서 철봉 쪽으로 달려갔다. 달려가는 목적지를 본 이세는 눈을 크게 떴다.

3, 4학년 쯤 되어 보이는 남자애가 땅에 쓰러진 무언가를 걷어차고 있는 광경이 보였다. 바로고 카스야를 따라 달린다.

——야! 그만해!

화난 얼굴로 카스야가 남자애들에게 소리쳤다. 뒤에서 겨드랑이 사이로 양팔을 넣더니 철봉 밑 모래판에 내던져 버린다. 이세도 바로 합류해서 아직 남아있던 괴롭히는 아이들을 내쫓아버렸다.

땅바닥에 웅크려서 떨고 있는 것은 머리를 땋은 여자아이였다. 2학년 정도 되었을까? 눈물이 그렁그렁한 눈으로 이세를 올려다보았다.

완전히 잊어버린 사건이었다. 하지만 보니까 기억이 난다. 소리는 멀리 떨어진 것처럼 들리지 않았지만, 이세는 자신들이 무슨 말을 했는지 머릿속으로 재현하면서 꿈을 바라보았다.

——여자애를 이렇게 때려!? 이 새끼들아!

모래판에 뒹굴고 있는 두세 살 어린 남자애들을 돌아보

며 소리친다. 아이들은 전혀 반성의 기색도 없이, 울고있는 머리 땋은 여자아이를 삿대질했다.

——쟤가 먼저 까불었다고요. 우리가 철봉놀이 하는데 실패했다고 웃으면서 박수쳤다니까요.

——그렇다고 사람을 그렇게 때려? 말로 하면 될 걸 왜 폭력을 써?

——때린 놈이 나쁘지. 미안하다고 해.

이세와 카스야가 시시비비를 따지지 않고 몰아세우자, 남자아이들이 주춤주춤 거렸다.

잠시 뒤, 미안, 하고 남자아이들이 속닥속닥 중얼거린다. 그리고는 고개를 숙이는 둥 마는 둥 하더니 쏜살같이 도망 친다.

잘 했어, 하고 카스야가 하이파이브를 하려고 손을 들어 올렸다. 그 손에 대고 자신의 손을 힘차게 부딪친다.

——역시 이세야. 너도 바로 따라와 줄 거라고 믿었거든.

꿈속에서 6학년 카스야가 신이 나서 웃으며 엄지를 치켜세웠다.

언제부터였을까?

——하고, 꿈속에서 이세가 문득 떠올린다.

다른 사람에게 고맙다는 말을 들을 만한 일을 하지 않은 인생이었다고 착각 속에 빠져있었다.

꿈에서 깸과 동시에 이세가 탄 전철이 도쿄역 승강장으로 미끄러져 들어갔다.

도쿄도 안으로 발을 들이는 것도 오랜만이었다. 히라츠카에서 나고 자라, 시내 학교를 다니고, 그대로 사이타마에 있는 소년 교도소에 들어간 몸으로써, 도쿄라는 장소는 다소 이질적이었다. 거꾸로 자신의 과거와 교집합이 없는 곳인 만큼 마음이 편하기도 했다.

많은 여행객이나 회사원이 득실거리는 역과 바로 연결된 지하상가를 배회한 끝에 겨우 카스야가 말한 카페를 찾았다. 여성 고객이 많은 베이커리 카페 스타일이어서, 여기서 만나자고 한 게 맞는지 몇 번이고 가게 이름을 확인했다.

이세, 하고 등 뒤에서 부르는 소리가 들려왔다. 돌아볼 새도 없이 옆에서 자신과 비슷한 키를 가진 남자가 나타났다. 오늘은 검은 회색 양복을 입고 있었다. 카스야는 옛날과 변함없이 우아한 미소를 지으며 "자, 들어가자." 하고 가게 안을 가리켰다.

카스야가 이끄는 대로 이끌리며 구석 자리에 앉았다. 가져온 접이식 우산을 바닥에 놓는다. 비가 올 것 같은 날씨여서 혹시 몰라 가지고 나왔다. 회사가 가까이 있는 카스야는 우산을 들고 오지 않았다.

"샌드위치랑 커피, 어때?"라고 묻는 카스야에게 말없이 고개를 끄덕였다. 카스야는 능숙하게 주문대로 가서 계산을 마치고, 포장된 샌드위치와 커피 두 잔을 담은 트레이를 들고 돌아왔다.

"이렇게 카페에서 보는 건 처음이니까, 좀 부끄럽네."

카스야는 의자에 앉으면서 수줍게 웃음을 지었다.

"제대로 약속을 하고 만나는 게 얼마 만인지, 고등학교 1학년 때가 마지막이지 않았나?"

"그럴 걸, 아마."

아마도 그럴 것이다. 고미부치와 어울리기 시작하기 전까지는 카스야와 정기적으로 연락을 해서 가끔씩 얼굴을 보았다. 하지만 막 중학생이 되었을 무렵부터 이미 같이 있는 게 부담스러웠다. 동네 공립 중학교로 진학해서, 농구부에 들어가 실력을 발휘하자마자 3학년 선배들의 질투로 괴롭힘을 당한 이세와, 명문 중고등학교 통합형 학교에서 평화롭게 취주악부 활동을 하면서 고등학교 선배들에게 꼼꼼한 지도를 받은 카스야와는 일상생활에서부터 〈위기〉가 차지하는 비중이 너무나도 달랐다.

“그 때는 히라츠카역 근처에 있는 패밀리 레스토랑에서 봤었지? 집에 가는 길에 오락실도 자주 들렀잖아. 그 때 이세가 인형 뽑기를 엄청 잘해서——”

“추억 늘어놓자고 온 거 아니거든.”

못을 박자, 카스야가 “아, 미안.” 하고 쓴웃음을 지으며 뒤통수에 손을 가져다 댔다.

“왜 내가 그토록 집요하게 너에게 연락을 취하려고 했는지, 그게 궁금하다 했지? 나도 일하는 중간에 나와서 시간이 없으니까, 간단히 말할게. 일단 먹으면서 들어.”

말 안해도 그럴 셈이었다. 샌드위치 포장을 벗기면서 카스야의 모습을 관찰한다.

——어. 내가 아는 애 중에도 그 자식이 돈 빌려달라고 구걸했다는 애들 몇 명 있어.

——그러니까 괜히 그 자식한테 뒤통수 맞지 말고. 정신 바짝 차려.

고미부치가 한 말이 머릿속에서 메아리쳤다. 카스야가 돈을 뜯어내려고 도대체 무슨 수를 쓰려는 걸까. 교도소에서 막 나온 이세에게까지 수작을 부릴 정도면 어지간히도 돈이 없다는 말이다.

카스야가 커피를 한 모금 마시더니 서류가방에 손을 뻗었다. 일 잘하는 사원답게 가방 안에서 꺼낸 물건은 두꺼운 종이가 들어있는 클리어 파일이었다. 이세의 안색을 살피면서 카스야가 살짝 테이블 위로 파일을 올려놓는다.

클리어 파일 안의 내용물은 아직 모르지만 어려워 보이는 글이 죽 적혀있는 종이가 들어있었다.

언뜻 보기엔 계약서처럼 보였다. 보증이라도 서 달라고 할 셈인가? 하고 속으로 자세를 바로 잡는다.

"뭐야, 이건?"

"읽어보면 알거야. 한 번 자세히 읽어봐." 라고 하는 대답에 다시 한 번 클리어 파일을 쳐다본다.

복사용 모조지 맨 앞줄에 '판결주문'*이라는 네 글자를 발견한 이세는 숨을 삼켰다.

"이거……판결문이야?"

이세가 혀를 차며 클리어 파일을 거칠게 밀어냈다.

"이런 거 보여주려고 굳이 여기까지 불렀어? 지금 나랑 장난해? 내 과거 가지고 협박이라도 하려고?"

"아니, 그런 게 아니야. 협박이라니 무슨 소리야. 이 판결기록문에 대해 몇 가지 물어보고 싶은 게 있을 뿐이야."

* 재판 결과의 결론.

"이제 와서 뭐가 더 알고 싶은데? 판결문 전부 다 읽었으면 그 이상 할 말은 없어. 거기 적혀 있는 게 다야."

이세는 판결문을 턱짓으로 가리켰다. '피고인을 징역 5년에 처한다.'라는 무기질한 문자를 노려본다. 겨우 10글자를 넘기는 그 한 문장으로 5년의 세월을 날려버려야 하다니, 이세는 수지가 맞지 않는다는 기분을 도저히 참을 수 없었다.

"이세, 너 이 판결문 꼼꼼히 읽어 봤어?"

"어. 판결 때 낭독해주잖아. 법이 그러니까."

"판결주문 말고 사유까지 제대로 들었어?"

"몰라."

"기억을 못한다는 걸 보니 제대로 안 들은 모양이네."

카스야는 맘대로 정하더니 몇 번 고개를 끄덕였다.

"하지만 내가 이세였더라도 그렇게 행동했을 거라 생각해. 징역 5년이라는 말을 먼저 들어버렸으니까, 그 뒤에 나오는 장문의 설명 따위 들을 여유가 있을 리가 없지."

"하고 싶은 말이 뭐야?"

"이 판결문에 적힌 게 전부 진실이라고 믿을 수 없어."

예를 들면 여기, 하고 카스야는 클리어 파일에서 종이다발을 꺼내고는 페이지를 넘겼다.

'헤이세이 25년* 1월 18일 오후 11시 경, 카나가와현 내 자택부근에 있는 공원에서, 피고인은 만취 상태로 지나가는 피고인의 부친에게 몇 분에 걸친 구타와 발길질을 하는 등 폭행을 가해'

카스야가 손끝으로 문자를 짚어가며 어려운 한자가 섞인 문장을 술술 읽어갔다.

"이거 전부 사실이야."

"진짜? 그럼 왜 이세는 심야 11시에 혼자 공원에 있었던 거야?"

"그건——"

예리한 지적을 받자, 순간 사고가 정지한다. 과연 카스야 타쿠미다. 5년 전, 같은 사실을 경찰에게도 지적 받은 적이 있다.

취조하던 와중에 이세는 고미부치와 같이 있었다는 사실을 숨겼다. 하지만 현장의 발자국을 조사한 결과인지, 아니면 지나가던 사람의 목격증언이 있었던 것인지는 몰라도 경찰은 끝까지 이세에게 공범이 있을 거라고 의심했다. 솔직히 말했다면 어떻게 되었을지 모르는 일이다. 누명을 막기 위해서라도 그 때는 먼저 고미부치를 도망치게

* 일본 연호, 헤이세이 25년은 2014년이다.

한 게 용감한 결단이었다.

"——담배 피우러 갔지. 집에서는 못 피니까."

"그래." 의외로 간단히 납득한 카스야는 다시 한 번 판결문을 눈으로 훑었다. "그 다음에는 '만취상태로 지나가던 피고인의 부친'이라는 부분이야. 판결문에 따르면 그저 걸어가고 있었을 뿐인 아버지를 이세가 갑자기 달려들은 것처럼 읽혀. 하지만 실제로는 그러지 않았을 거야. 이세가 아무리 그래도 그런 짓을 할 인간은 아니니까."

단호한 말투로 카스야가 말하고는 이세의 눈을 똑바로 쳐다보았다. "이세 아버지가 어떤지는 나도 잘 알아. 분명 먼저 시비 걸면서 도발하거나, 폭력을 휘두르거나 했겠지. 아니야?"

"정당방위를 말하고 싶은거야?"

얼마 전, 전철 안에서 만났을 때도 그런 말을 입에 올렸었지, 하고 떠올렸다.

"유감이지만, 먼저 손을 댄 건 나야."

"하지만 이유도 없이 때리거나 한 건 아닐 거야. 분명 뭔가 있었겠지."

"확실히 시비를 먼저 걸어 온 건 아버지야. 취직도 못했다며 비웃었거든. 그래서 화가 나서."

"일방적으로 때렸어?"

"아니, 꼰대도 반격해 왔지. 항상 하던 주먹다짐이야."

이세만 욕했다면 상관없었다. 고미부치까지 욕을 먹어 화가 났었다. 애초에 고미부치의 취업을 취소되도록, 음주운전을 아버지가 학교에 폭로했기 때문이다. 모든 원흉은 아버지였다.

"거봐. 그럴 줄 알았어. 그런데도 여기에는 그런 사실이 뭐 하나 적혀있지 않아. 아버지가 어릴 때부터 이세에게 폭력을 휘둘렀다는 사실도, 사건 당일에 시비를 먼저 건 게 아버지라는 사실도 전부 무시됐다고."

카스야가 탄력을 받았는지 "취조 받을 때 말 안했어?" 하고 열 띤 말투로 물었다.

"말했어. 근데 무시당했다고. 경찰서에서 몇 번이나 신세를 진 적이 있으니까, 어차피 내가 일방적으로 그랬을 거라 넘어갔지."

"그건 잘못된 거야. 그러니까 이따위 판결문이 그냥 넘어가버린 거고. 너무 검찰 측 입맛에만 맞는 문장이야."

분노한 말투로 말하며 카스야는 페이지를 더 넘겼다. "왜 이런 사실을 왜곡하는 짓을 하는 거지? 난 이해가 안 돼. 상대는 고등학생인데." 하고 중얼중얼 읊조렸다.

"그리고 한 가지 더, 이상한 부분은 여기도 있어. '기절해서 저항하지 못하는 아버지의 뒤통수를 돌로 치는 등, 추가적인 폭행 결과, 뇌 타박상 및 출혈성 쇼크로 인해 사망에 이르게 하였다.'라고 되어 있어."

"뭐라고? 다시 한 번 읽어봐."

읽어준 문장에서 위화감을 느낀 이세는 몸을 내밀어 카스야가 손에 든 종이를 확인했다. 빙빙 돌려 말해서 바로 머리로 들어오지 않았다.

"이건……아니야."

눈을 감고 당시 상황을 떠올려 본다. 취조 받는 중에는 딱히 자신의 증언을 귀담아 듣지 않는 어른들에게 신물이 나서, 도중부터 반항적인 태도를 취했다. 경찰도 검찰도 변호사까지도, 어른은 꼰대고 적으로 보였다.

사람을 죽였으니까 어차피 교도소 가는 게 불 보듯 뻔하다며 취조도 대충 하길래, 마지막에는 다 포기하고 흐르는 데로 몸을 맡겼다. 결국 자술서도 제대로 읽지 않고 사인했고, 재판도 제대로 듣지도 않았던 게 기억이 난다.

"아버지를 기절 시킨 건 사실이야. 하지만 돌로 때리지는 않았어. 내가 그 장소를 떠난 뒤에, 일어나려고 한 아버지가 다시 쓰러졌다고. 그 때 운 나쁘게 바닥에 튀어나온 돌이 아버지의 뒤통수에 부딪힌 거지."

애초에 형사한테도 그렇게 말했다. 하지만 험상 궂은 취조실 형사는 이세가 거짓말을 하고 있다고 멋대로 단정 지었다. 그런 우연이 어딨냐, 좀 쓰러졌다고 이런 부상을 입을 것 같으냐, 몇 번이고 지진이라도 난 듯한 고함을 질러댔다. 때려서 죽인 거 맞잖아. 넌 아버지를 죽이려고 한 거야――쏟아지는 꾸짖는 목소리를 필사적으로 뿌리쳤었다고 생각한다.

하지만 저항이 부족했던 모양이다. 이세는 살의가 없었다는 사실은 인정받았지만, 사실과 완전히 다른 판결문이 이렇게 남아버리고 만 것이다.

"역시 그랬구나. 다행이야, 안심했어. 오늘은 이 사실을 확인하고 싶었어."

카스야가 눈을 반짝였다. 너는 기억해? 하고 흥분한 말투로 말을 걸어왔다.

"초등학교 때 둘이서 남을 괴롭히는 애가 있으면 둘이서 혼내줬잖아. 이세 너는 옛날부터 비겁한 짓을 제일 싫어했었지. 상대가 맨손으로 싸우는데 무기를 들거나, 저항 하지 못하는 상대를 때리거나, 그런 짓을 엄청 싫어했잖아. 그런 이세가 아무리 아버지가 상대라고 해서, 여기 써진

대로 참혹한 짓을 했을 리가 없다고 계속 믿고 있었어."

상기된 목소리로 카스야는 말을 이어갔다.

이세가 말한 사실을 재판에서 인정받았다면 형이 적어도 2년은 줄었을 거라고 카스야는 주장했다. 심신미약으로 집행유예가 붙었을 가능성이나, 그보다 낮은 보호처분으로 끝났을 가능성도 있다고 한다.

어쩌면 5년이란 세월을 교도소에서 보낼 필요가 없었을지도 모른다, 라고 생각하니 후회의 감정이 가슴에 퍼져나갔다.

그와 동시에 짜증도 솟아올랐다. 카스야는 왜 지금에 와서 바뀌지도 못할 일만 이렇게 뒤집어 파 놓는 것인가?

"그래서. 그게 다야?"

낮은 목소리로 묻자, 카스야는 깜짝 놀란 표정을 지었다.

"맞아. 이세가 체포된 뒤로 계속 진상을 알고 싶었거든."

"교도소에 몇 번이고 편지를 보낸 것도, 출소한 뒤에도 뒤를 쫓은 것도, 단지 이걸 묻고 싶었던 거라고?"

"응. 판결문을 읽고 도저히 화가 가라앉지 않았거든. 이세 너는 이런 극악무도한 사람이 아니야, 그 사실을 하루라도 빨리 확인하고 싶었어. 자꾸 엇나가는 동안 5년도 넘게 세월이 지나가버렸지만."

카스야는 시선을 떨구고 커피를 한 모금 마셨다. 이세도 컵을 들고 입가로 가져갔다.

——믿게 만든 다음 돈 이야기를 꺼내는 수법인가?

고미부치의 충고가 머리에 다시 떠올라, 카스야의 표정을 살핀다. 하지만 샌드위치 포장을 뜯느라 정신 팔린 카스야는 더 이상 말을 이어가려고 하지 않았다.

복 받은 인생을 살면서, 뭐 하나 불편한 것 없을 카스야 타쿠미가 나 같은 사회부적응자를 5년도 넘게 신경 쓰고 있었다니. 게다가 걱정하는 것 뿐 만이 아니라 이직할 곳까지 알아봐준다고 한다.

——세상이 그렇게 호락호락하지 않을텐데.

한참 동안 카스야와 독대한 채로 말없이 샌드위치를 먹었다. 카스야도 질문공세에 만족한 모양인지, 더 이상 질문은 하지 않았다.

커피 두 잔이 전부 비워졌을 때 카스야가 "슬슬 들어가봐야 할 시간이네." 하고 아쉬워하며 자리에서 일어섰다.

"마지막으로 이거. 지인이 최근에 세운 회사인데, 미경험자도 환영한다더라고. 피트니스 센터 직원 모집이야."

카스야가 명함 한 장을 테이블 위에 올렸다. 대표 이사 역임, 이라는 직책명이 슬쩍 보였다.

"청소나 공장은 싫다고 했었잖아, 그래서 다른 게 뭐 없나 알아봤어. 너는 옛날부터 운동 잘했잖아? 그러니까 문제 없을 거야. 고미부치랑 일하는 게 마음에 안 들면 언제든 연락해. 거기랑 얘기는 다 해 놨어."

경계하면서도 일단은 명함을 가져다 놓는다.

"왜 나한테 이렇게까지 하는 건데?"

"소중한 친구니까. 적어도 나한테는 지금도 소중한 친구야."

이세가 쳐다보자 카스야는 적적한 미소를 지었다.

평일 한 낮이라 그런지 토카이도선 하행 승강장은 한산했다.

벤치에 앉아 10분 뒤에 올 전철을 멍하니 기다린다. 방금 전 카페 앞에서 헤어진 카스야의 홀가분한 표정이 눈꺼풀 안쪽에 아직도 남아있다.

줄곧 믿고 있었어, 하고 카스야는 말했다.

별 일도 다 있다. 인간관계를 거의 다 끊어버린 지금, 이세에게 남아있는 지인이라고는 대조적인 두 사람 뿐이었다.

어릴 때부터 반듯하게 살아온 카스야 타쿠미.

동네에서도 양아치로 알아줬던 고미부치 켄스케.

고미부치가 친근하게 대해주는 이유는 상상이 간다. 이세가 자신을 위해 아버지와 싸웠다는 사실을 알고 있기 때문이다. 사건현장을 목격했기 때문에, 이세가 전면적으로 잘못한 게 아니라는 사실도 알고 있을 것이다.

그에 비하면 카스야는 초등학교 시절, 아름답게 윤색된 추억만 질질 끌면서 사는 걸로 밖에 보이지 않았다. 순수한 정의감에 눈이 멀어 행동하는 것처럼 보인다. 단호하게 악을 용서하지 않겠다는 그 태도도, 이세에게 만큼은 전폭적인 신뢰를 보이는 태도도, 옛날과 무엇 하나 달라지지 않았다.

——개소리 하지 마. 이세, 너는 살인자야.

따스한 바람을 맞으며, 맞은 편 승강장을 천천히 걸어가는 노부부를 바라본다.

"이세……씨?"

어디서 많이 들어본 목소리가 들린다. 돌아보니 그 자리에는 연황백색 원피스를 입은 소녀가 서 있었다.

"사요?" 자기도 모르게 이름을 중얼거렸다.

"여긴 어쩐 일이야?"

"오늘 학교가 창립기념일이라 쉬는 날이거든요. 그래서

쇼핑하러 나왔어요. 이세 씨는 일하는 중이세요?"

"누굴 만날 약속이 있어서. 나도 쉬는 날이야."

"그렇구나. 평일에 쉬나보네요?"

사요가 다가와 이세 옆에 나란히 앉았다.

"그건 그렇고, 우리 참 자주 만나네요. 어쩌면 운명의 실로 이어져 있는 지도요."

"실?" 동화 같은 표현이네——하고 어이없어 하면서도, 아주 살짝 기분이 밝아지는 것을 참지 못했다. "이상한 루시드 드림을 보는 사람끼리의 인연 말이지?"

"신비한 힘으로 서로 이끌리는 건지도 모르죠."

"덕분에 정보공유는 쉬워졌지만."

"벌써 몇 번을 만난 건지 모르겠네요."

사요가 웃자, 사락사락 검은 머리카락이 얼굴 옆에서 흔들렸다. 처음 만났을 때 보다 어른스러워 보여서, 이세는 눈을 깜빡였다. 교복을 입느냐 아니냐에 따라 이렇게나 인상이 달라지는 모양이다.

"이제 집에 가는 길인가 보네."

"맞아요. 괜찮다면 같이 갈래요? 이세 씨는 카와사키까지 가는 거 맞죠?"

사요는 좀 더 경계심을 가질 필요가 있지 않을까, 하고 살짝 걱정되었다. 전과자와 둘이서 시간을 보내는데 겁을 먹거나 경계하는 태도를 보이지 않는다. 이세는 이 정도로 자기를 겁내지 않는 여성을 본 적이 없다.

둘은 이제야 온 오다와라행 전철에 올라탔다. 평소처럼 좌석을 잡고 나란히 앉는다.

"요즘은 어떤 꿈을 꿨나요?"

전철이 도쿄역 승강장을 떠나자마자 사요가 이세를 바라보며 물었다.

"별 거 아녔어. 커플이 싸우는 모습을 보는 꿈이나, 우편물이 집에 잘못 오는 꿈이야. 대체로 당일이나 다음 날이면 현실로 나타나는."

"저도에요. 그런 꿈만 꾼다면 좋을 텐데 말이에요."

"기분 나쁜 꿈도 꾸고 그래?"

"기분 나쁜 꿈이라고 하기 보다는――꽤나 먼 미래의 꿈을 꿔요." 사요가 긴 속눈썹을 내리깔며 살짝 한숨을 내쉬었다. "며칠 전에는 유치원 선생님이 되는 꿈을 꾸었어요."

"되고 싶지 않았던 거야?"

"아뇨, 그런 건 아니에요. 아이들도 좋아하고, 보육원이나 유치원 선생님이 되면 좋겠다고 생각도 해요. 하지만 미래가 어떻게 될 지 이미 알고 있다는 게 좀 그래서요."

"하긴 그렇지."

"이세 씨는 그 뒤로 이상한 꿈은 안 꿨나요? 전에 잠깐 얘기 했었죠?"

"사람을 찌르거나 때리는 꿈 말이야? 그건 요즘 잘 안 꾸는 것 같은데. 미래를 바꾸려고 하면 죽는 꿈은 몇 번 꾸기야 하겠지만, 애초에 동기를 모르겠으니 바꾸고 싶어도 바꾸지를 못해."

"안 바꾸는 게 좋을 것 같아요."

사요가 갑자기 창백해졌다. 억지로 미래를 바꾸려고 들다가 점점 꿈 내용이 악화되는 일을 겁내는 모양이었다. 말하지 않아도 사요가 슬픔에 가득 차 건넨 충고를 어길 생각은 전혀 없었다. 죽음을 피하는 방법을 찾는 것은 진상에 관한 유력한 정보를 찾아내고 난 뒤의 일이다.

"험한 꿈은 아닌데, 이상야릇한 꿈은 꿨어. 도서관인가 어딘가에서 컴퓨터 모니터를 보고 있었지. 무슨 기사 같은 걸 읽고 있는 거 같았는데, 헤드라인 글자도 보이지 않아서 뭘 조사하고 있었는지도 모르겠거든."

"무슨 내용일지 궁금하네요."

"그러게 말이야. 그거 말고는——" 오늘 꾼 꿈을 떠올렸다. "초등학교 때 일을 다시 경험하는 꿈을 꾸는 일도 꽤 많아졌어. 쉬는 시간에 발야구 하는 꿈이라던가."

"발야구! 옛날 생각나네요. 잘 했나요?"

"뭐, 반에서 1, 2등 다투는 정도?"

"와아! 운동 잘하는 남자는 너무 멋있는 거 같아요."

사요가 가슴께로 두 손을 모았다. 시선은 이세를 향하고 있지만 실제로는 아마 더 먼 곳을 보고 있는 것 같았다. 사요가 가장 좋아하는 〈오리지널 선배〉는 축구부 소속이었던가——하는 생각을 떠올리고는 아주 약간 복잡한 기분을 가졌다.

"초등학교 때나 그랬다는 거지. 어떤 운동이든 다 어느 정도 하기는 하지만, 뭐든 진심으로 임해본 적이 없거든. 중학교 때는 인간관계가 꼬여서 못했고, 고등학교 때는 그냥 아무 것도 안했어."

중학교 때 들어간 농구부에서는 1학년이면서 주전 자리를 쟁취했다. 덕분에 상급생에게 찍혀서는 음험한 괴롭힘을 받았다. 어떻게든 3학년까지도 계속 했지만, 고등학교에서는 농구를 계속 할 마음이 들지 않았다. 적당한 부활동을 골라 할 마음도 없는 연습만 하고, 고미부치와 어울리기 시작하면서 부터는 가지도 않았다.

그런 추억을 떠올리며 인상을 찌푸렸다. 부활동에는 좋

은 추억이 없다.

"그러고 보니, 사요 너는 부활동 해?"

"아뇨, 저도 그냥 집에 가요. 하지만 중학교 때 까지는 합창부였어요."

"어, 진짜?"

파트는 소프라노였어요, 하고 사요가 부끄러운 듯 말했다.

음악만큼은 카스야한테 이길 방법이 없었지, 하고 옛날 일을 떠올린다. 공부도 운동도 지는 일은 없었지만, 어릴 때부터 피아노를 배운 카스야의 기술은 군계일학이었다. 음악으로는 카스야와 경쟁을 피하고, 그 대신 실과 수업에서 정교한 조각을 만들거나 봉제실습을 매번 가장 빨리 끝내거나 하는 식으로 대신 했던 기억이 난다.

——왜 그렇게 진지하게 살려고 했을까?

중학교 때도 그렇다. 막 부활동에 가입했을 때부터 농구 기술을 바로바로 몸에 익혀 팀 주전으로 활약하려고 노력했다. 선배들의 심한 괴롭힘도 선생님한테 말해서 평화적으로 해결하려고 했다. 하지만 이세 편을 들어주는 사람은 적었다. 같은 학년 애들은 선배들의 압력을 이기지 못했고, 선생님들은 도와줄 생각이 없었다. 괴롭힘이 줄어들기는커녕 악화만 될 뿐이었다. 결과적으로 이세는 농구부 안에서 고립됐다. 부활동에 가도 개인연습 하는 시간만 계속 늘어났다.

점점 사고방식이 꼬여만 갔다. 대충 쉬엄쉬엄 하는 요령도 터득하고 나자 주변사람이 기대를 품는 일도, 스스로에게 기대를 품는 일도 점점 사라져 갔다.

"사요, 너는 어릴 때부터 음악을 한 거야?"

분명 사요도 카스야처럼 뭐 하나 부족한 것 없는 인생을 살았겠지, 하고 생각하며 물었다.

"아뇨, 전혀요. 하지만 집에서는 자주 노래를 불렀어요. 엄마랑 아빠 두 분 다 같은 대학 합창부 출신이라서 항상 콧노래를 부르시거든요. 그래서 저와 여동생도 자연스럽게 음악을 좋아하게 됐어요."

"화목한 가정이네."

어떤 의미로는 이세가 자라온 살벌한 환경과는 정반대였다. 만취 상태로 집에 돌아와서는 폭력을 일삼는 아버지와 늘 삶에 찌든 얼굴로 일하러 나가는 어머니.

그러고 보니 두 사람은 어쩌다 만나게 되었을까. 철 들었을 때부터 이미 차갑게 식어있던 두 사람이 어떻게 만나서 친하게 됐는지 들은 적이 없다.

"부모님께는 죄송하기만 해요."

갑자기 사요가 풀이 죽은 말투로 말했다.

"지금까지 열심히 길러주셨는데, 딸인 제가 먼저 떠나게 됐으니까요. 동생도 제가 죽을 때쯤에는 아직 대학생이니까, 꽤나 충격을 받을 것 같아서 걱정이에요."

작은 한숨을 내쉬는 사요의 말을 이세는 뭐라 형용할 수 없는 복잡한 기분으로 듣기만 했다.

"그 만큼 가족에게는 남은 7년 간 제대로 은혜를 갚으려고요. 이세 씨는……요?"

"뭐가?"

"후회되는 거, 없으세요?"

글쎄, 하고 중얼거린다.

"내가 죽는다고 슬퍼해 줄 사람은 거의 없을 걸."

"저는 슬퍼요."

사요가 똑바로 눈을 바라보자, 이세는 자기도 모르게 우물쭈물 거렸다. 사요는 눈길을 낮추며 "만나지 못하게 된다면, 외로울 거예요." 하고 작은 목소리로 말했다.

겨우 발견한, 똑같은 루시드 드림을 경험하는 사람. 사요 안에서 이세는 그런 사람이겠지.

사요는 반년 뒤에 이세가 죽더라도 남은 시간을 혼자서

견뎌야만 한다. 분명 불안함을 지우지 못하겠지, 하고 사요의 새하얀 뺨을 바라보며 생각했다.

"제가 죽으면, 슬프세요?"

갑자기 날라 온 질문에 이세는 "어?" 하고 되물었다.

"이세 씨는 제가 죽으면 슬퍼해주려나 싶어서요."

"무슨 소리야? 내가 먼저 죽는데."

"그럼 만약, 제가 지금 당장 죽는다면요?"

"그야, 슬프지."

꼴에 어울리지도 않는 말이 입에서 튀어나왔다. 엎드려 절 받는 수준의 유도심문이었지만 사요는 만족스럽게 후후, 하고 웃었다.

"다행이다. 그렇게 말해줘서 안심했어요."

"사요는 딱히 문제없지 않아? 전철사고로 죽는다고 해도 마지막까지 사랑하는 사람이 곁에 있고, 사요를 구해주려고 하잖아? 나랑 다르게 장례식엔 사람도 많이 찾아올 것 같고. 짧지만 행복한 인생이지 뭐."

"그럼 좋겠지만요."

도쿄역에서 카와사키역까지 걸리는 17분이 순식간에 지나갔다.

즐거운 분위기가 지속될 수 있었던 건, 아마도 사요가

좋아하는 선배 이야기를 하지 않았기 때문인지도 모른다. 이세가 일부러 그 화제를 피했다고 해도 과언은 아니다. 좋아했던 〈오리지널 선배〉나 굴러 들어온 〈선배 친구 선배〉 때문에 사요의 마음이 어지러워지는 모습은 솔직히 별로 보고 싶지 않았다.

"그런데 말이야――연락처, 물어봐도 괜찮을까?"

카와사키역이 다 와갈 때 쯤, 이세는 주머니에서 휴대전화를 꺼냈다. 싫다고 하면 어쩌지 하고 불안해하면서도 아무렇지도 않은 척 꺼낸다.

사요는 순간 눈을 동그랗게 떴다. 살짝 고민하는 모양이었지만, 잠시 뒤 고개를 끄덕인다.

"메일 주소[1]라도 괜찮을까요?"

"물론이지. 오히려 스마트폰이 아니라서 고마울 따름이야."

"그럼 간단하니까 불러드릴게요. 알파벳으로 〈sayo〉, 숫자――"

사요가 구두로 불러주는 알파벳 문자열을 휴대전화에 입력해 간다. 아무래도 컴퓨터용 메일 주소[2] 같았다. 시대에 뒤 떨어진 이세로써는 잘 모르는 부분이지만, 아무래도 스마트폰에서도 볼 수 있도록 설정해둔 모양이다.

---

1. 일본은 문자를 주고 받는데 메일 주소를 사용한다.
2. 일본 휴대전화의 메일 주소는 통신사에서 제공하는 것이 따로 있다.

등록을 다 마친 이세는 후, 하고 가슴을 쓸어내렸다. 언제 만날지도 모르는 채로 헤어지고, 혼자 남은 전철에서 안절부절 하던 날들은 더 이상 없을 것 같다.

"그럼 다음에 또 보자."

"네. 안녕히 가세요."

요코하마역까지 사요와 함께 가고 싶다는 충동을 꾹 참고, 이세는 카와사키역에서 전철을 내렸다.

2018년 11월 9일 (금)

사무실 건물 뒤에 있는 주차장에 도착해 차에서 내린 순간, 불어오는 찬바람에 몸이 떨렸다.

싸구려 양복 한 벌 밖에 없는 단벌신사 노릇은 이제 슬슬 한계에 도달한 모양이었다. 지나가다 걸리면 바로 찢어질 것만 같은 얇은 천으로 매서운 바람이 들어온다. 오늘 아침 수금방문 때, 현관 앞에 마중 나온 사카구치 세이코 씨가 "그렇게 입으면 감기 걸려요." 하고 놀랄 정도다. 양복을 새로 맞출까 생각도 해 봤지만, 앞으로 한 달이면 겨울이 되니 아예 두꺼운 코트를 사서 입는 게 훨씬 싸게

먹힐 것 같은 생각도 든다.

해도 꽤나 짧아졌네——하고 생각하면서 자갈 깔린 주차장을 나와 건물 정면으로 돌아갔다. 얼마 전 까지는 사무실로 돌아올 때까지도 아직 하늘에 밝은 기운이 좀 남아있었지만, 지금은 어두운 빔과 하얀 가로등이 적적하세 내뿜는 불빛만이 하루종일 외근을 다녀온 이세를 맞이한다.

아직 불이 들어와 있는 1층의 방문간호 사무소 창문을 쳐다보면서 문득 걸음을 멈추었다.

최근 본 꿈이 기억난다.

운명의 2월 4일이 점점 다가오며 초조함이 생겼기 때문일까? 요즘 들어 예전보다 짜증나는 꿈을 반복해서 꾸는 일이 많아졌다.

사무실 안에서 코시누마 얼굴에 온 힘을 다해 주먹을 날리는 꿈. 피투성이가 된 고미부치가 회사차에 기대면서 상처를 누르는 꿈. 그리고 카모노미야역 승강장에서 떠밀려 죽는 꿈.

처음 봤을 때와 완전히 똑같은 꿈이 몇 번이고 재생되었다. 마치 돌파구를 찾지 못한 채 시간만 질질 끌고 있는 이세를 비웃기라도 하는 듯이.

"오, 이세. 거기서 뭐해?"

위에서 밝은 목소리가 내려왔다. 이세가 정신을 차리고 외부계단 위를 올려다보았다. 고미부치가 사무실 문에서 나오는 참이었다. 손에는 담뱃갑과 라이터를 들고 있다.

"하나 피고 올라가자."

계단을 내려오는 고미부치가 엄지손가락으로 건물 뒤쪽을 가리킨다. "그래." 하고 대꾸한 이세는 고미부치와 함께 주차장으로 돌아왔다.

어두운 밤 안에서 두 사람이 붙인 담뱃불이 나타난다.

"방금 코시누마랑 히키모토랑 데이터를 보고 왔는데, 네가 지금까지 직접 방문으로 따온 안건이 몇 건이나 되는지 알아?"

담배를 한 모금하자마자 고미부치가 신이 난 말투로 물어왔다.

"평균적으로 하루에 한두 건씩 수금하러 다니니까, 30건 좀 안되려나?"

"정답. 앞으로 지원 예정인 안건까지 따지면 정확히는 33건이야. 한 명 당 지원액이 평균 5만엔이 좀 안 되니까 대충 계산해봐도 월 160만엔이지. 네가 고생해준 덕분에 기부금이 그 정도로 모였다고."

그 중 1할이 조금 넘는 정도가 운영비로 빠진다고 치면 아무래도 내 월급만큼은 벌어 온 모양이다. 도움도 되지 못하는 짐짝은 아니라는 사실을 알게 된 이세는 내심 안도했다.

"물론 아직까지는 홈페이지에서 전국적으로 받고 있는 기부금 쪽이 더 크기는 하지만, 나카하라 씨가 본격적으로 활동하기 시작하면 간단히 역전하겠지. 솔직히 까놓고 말해서 나도 직접 방문 같은 영업 방식이 이 정도로 성공할 줄은 생각 못했어."

"고미부치, 네 아이디어 덕분이지."

"에이, 아니지. 네 영업력 덕분이지. 의외로 영업 체질인 거 아냐? 영업팀한테 지지 않도록 우리 내근팀도 앞으로 다양하게 대책을 세워나갈 거니까. 서로 잘해보자고."

"그러자."

유능한 고미부치한테 칭찬을 받는 것도 나쁜 기분은 아니었다. 8개월 전까지는 소년 교도소에 수감되어 있던 몸이었는데, 의외로 쓸 만 놈이구나 하는 실감이 든다.

"아, 맞아."

이세가 담배 연기를 길게 내뿜고 있는데 고미부치가 갑자기 목소리를 낮추었다.

"이세, 너한테 보고할 게 하나 생각났어. 기억 나냐? 2개월 전에 코시누마가 단신 부임 수당을 빼돌리고 있는 게 아닌가 하고 말 했던 거."

"클럽에서 다 냈다는 그거 말이야?"

"맞아, 그거. 아무리 봐도 그 자식, 우리 생각대로 인 거 같아."

"코시누마……, 결혼 했다면서? 아니야?"

"아니, 하려고 했던 건 사실인 거 같아. 근데 결혼사기 같은 걸 당해서 파혼한 모양이더라고. 여자한테 뜯겨서 돈은 없고, 뒤통수 맞아서 파혼 된 거 말하자니 자존심 상하고——뭐 그런 사정이 이런저런 게 얽혀서 주말부부로 따로 산다고 거짓말 한 거지."

"최악이네."

"뭐, 애초에 단신 부임 수당 주겠다고 말 꺼낸 건 나고, 그 자식만 나쁜 것도 아니니까. 앞으로는 차차 부당하게 챙긴 돈은 갚아 나가겠다고 약속도 받아 냈으니까, 일단은 우선 지켜보자."

"그렇게 그냥 넘어가려고? 그러다 또 사고 치면 어쩌려고?"

"다음에 또 그러면 징계 해고하겠다고 엄중히 주의를

줬지."

"흐음, 그래?"

법인 돈을, 그것도 그냥 돈도 아니고 가난한 학생을 위해 모은 기부금을 횡령한 죄를, 단순히 엄중한 주의로 처분을 끝내는 것은 너무 가볍다는 생각이 들었다. 그렇지만 판단은 대표인 고미부치한테 맡겨야 한다. 이세는 석연치 않은 마음으로 고미부치 얼굴을 바라보았다.

"아, 그리고."

문득 생각이 난 이세는 고미부치에게 충고하기로 했다.

"나온 김에 하는 이야기인데, 사토랑 히키모토 너무 풀어주는 거 아냐? 그러면 안 될 거 같아. 그 자식들 항상 일하는 도중에 떠들고, 자꾸 까분다면서? 자리에서 일할 때 나카하라 씨가 집중이 안 된다고 뭐라 하더라고. 솔직히 나도 좀 그래."

"아, 그러냐. 미안하다. 옛날부터 저래서 골치라니까. 내가 한마디 할게."

하루하루 사토와 히키모토한테 짜증이 쌓여가던 참이다. 특히 사토는 정신연령이 낮은 건지, 일하는 도중에 잡담을 하다 큰 소리로 웃기도 한다. 겉보기에도 동안이지만 속 알맹이도 나이에 걸맞지 않은 듯했다. 히키모토도 골치 아프기는 마찬가지였다. 근무태도도 나쁘고 지각도 밥 먹듯이 하는가 하면, 담배 피우러 나간다고 자리를 비우고서는 한참을 돌아오지 않는 경우가 일상다반사다. 예의도 없어서 연배가 있는 나카하라한테 존댓말도 잘 쓰지 않는다.

"걔네들이 좀 천진난만한 구석이 있기는 한데, 난 나쁘게만 보지는 않아. 그냥 좀 힘이 남아 돌아서 그래."

고미부치가 담배연기를 뿜으며 중얼거리는 말을 듣고, 이세는 약간 실망했다.

"그래도 잘라야 할 때 자르지 않으면 조직도 무너지는 법이라잖아."

조언할 셈으로 아주 조금 말을 세게 해본다. 그러자 고미부치가 잠깐 놀란 표정을 짓더니 면목 없다는 듯 눈살을 찌푸린다.

"미안해, 괜히 걱정하게 만들어서. 공사도 구분 못하는 직원한테 제대로 주의도 못 주는 내가 다 모자라서 그런 거지."

"아니……네가 사과할 문제는 아니야."

"나카하라 씨도 조만간 면담 해둘게. 기껏 채용했는데 바로 그만두면 곤란하니까."

하고 고미부치가 일방적으로 선언하더니 "맞다." 하고 소리쳤다.

"있다가 한 잔 하러 갈래? 요새 둘이서 마신 적이 별로 없잖아."

이세가 기분이 상한 것 같아보여서 그런지 풀어주려는 듯 했다. 그 말을 듣고 조금 안심했다. 고미부치는 약간 무른 부분이 있어도 절대 나쁜 사람은 아니다.

——그런데, 왜 살해당하는 거지?

몇 번이고 꿈에서 아련하게 들었던 고미부치의 단말마가, 그 고함이 귓가에 되살아난다.

루시드 드림 속에서는 소리가 잘 들리지 않는 경우가 대부분이었는데, 유독 그 절규만큼은 귀를 막고 싶을 정도로 엄청나게 크게 들려왔다.

카모노미야역 앞, 작은 이자카야에 들어가자 카운터 석으로 안내 받았다. 오다와라역 부근이면 금요일 밤에 사람이 바글바글한 가게가 많지만, 여기는 한산하니 좋았다.

종업원이 가져온 병맥주를 잔에 따라 건배하고 목을 축인다. 항상 그렇듯 고미부치는 술 마시는 페이스가 빨랐다. 차례차례 병을 순식간에 비웠다. "여기는 싸서 좋지?" 하고 씨익 웃는 고미부치는 이세의 주머니 사정을 훤히 꿰뚫고 있는 모양이었다.

한참 동안 일에 관련된 이야기가 이어졌다. 오다와라시 다음은 어느 시를 타겟으로 삼으면 좋을 것인가, 하고 고민하는 고미부치에게 이세는 별다른 의견을 제시하지 못한 채 맞장구만 쳤다. 미나미아시가라(南足柄)시나 하다노(秦野)시 같은 지명이 거론되었지만 같은 카나가와현 안이라고는 해도 가본 적도 없는 곳이어서 이미지가 떠오르지를 않는다. 반면 고미부치는 꽤나 조사를 진행한 모양인지, 인구 당 노인층 비율이나 기존 장학금 제도 관련정보를 술술 늘어놓았다.

"그런 예비 조사는 기본적으로 누가 하는 거야?"

"나랑 코시누마가 하지."

아무렇지도 않게 고미부치가 대답하자, 이세는 얼굴을 찌푸렸다.

"그 정도 기본적인 일은 사토나 히키모토한테 맡기면 될 텐데. 이 자식들은 대체 무슨 일을 하는 거야?"

"걔네는……아직 인턴 같은 거니까."

"벌써 출근한 지 2개월 가까이 됐잖아?"

"지금은 이런저런 일을 폭 넓게 경험시키고 있어. 장학생 리스트 작성이나, 연락 업무 같은 거 조금씩 시키고 있고. 벌써부터 너무 그렇게 미운 털 박지 말고 길게 봐주라."

이상하게 사토와 히키모토가 화제에 오르기만 하면 고미부치와 대립각을 세우는 게 싫었다. 이세가 보기에는 신입 두 사람은 아무 일도 안 하는 것처럼 보였다. 그런 주제에 이세와 같은 월급을 받고 있다는 생각이 들자 짜증이 났다.

"고미부치 너도 참 사람 좋아졌다? 일 못하는 애들 커버나 쳐주고. 느긋하게 보는 스타일이 아니었는데 말이야. 옛날에는 맘에 안 들면 바로 시비부터 털었잖아."

"대학 가서 다 죽었지 뭐."

고미부치가 자조적으로 웃으며 닭연골튀김을 젓가락으로 집었다.

"오히려 이세, 너는──고등학생 때가 지금보다 마음이 연한 거 같은데?"

"내가 그렇게 까칠했어?"

"아니, 그런 게 아니라. 고독을 즐기게 되었다, 라고 표현하는 게 더 맞으려나?"

고독이라, 이세는 잠시 생각에 잠겼다. 어렴풋이 짐작이 갔다.

"소년 교도소라는 데가 말이지, 인간관계 최악이거든. 소리 지르고 무시하고, 형을 몇 년 받았는지, 덩치가 어떤지로 위아래 따져서는 형님동생 하고 앉았고, 짜증나고 싫기만 한 곳이야. 그런데서 5년을 살았으니까, 이렇게 되도 할 말이 없지."

"그렇긴 하네. 고생 많이 했을 거 아냐. 그건 진짜 운이 나빴지만…… 좀 그렇다."

그건, 이라고 말한 일은 아버지가 죽은 공원에서 벌어진 사건을 가리키는 듯 했다.

갑자기 들이키던 맥주 맛이 싹 가셨다.

"지금 와서 생각해보면 그런 놈은 그냥 놔뒀어야 했나 싶기도 해."

술에 취해서 그런지, 자기도 모르게 본심이 툭 튀어나왔다. 5년 동안 교도소에서 지내는 동안 몇 번이고 생각했었던 거다.

"아버지가 말한 거 하나하나가 다 신경에 거슬려서 일일이 반항했었던 것도, 그 때 내가 아직 어려서 그랬던 거 같아. 솔직히 죽게 만든 건 잘못한 거고, 몸이 부서져라

일만 하다가 결국 절망해서 자살해버린 어머니한테도 면목이 없고."

더듬더듬 이야기하는 사이, 묘한 기분이 들었다. 좋아하지도 않는 아버지와 어머니의 얼굴이 차례로 떠오른다.

"나 같은 아들을 낳지 않았더라면 두 사람 다 지금도 나름 건강하게 잘 살고 있었을 지도 모르니까."

"갑자기 왜 그래, 뭐 잘못 먹었어?" 고미부치가 헛웃음 치며 카운터에 팔을 괬다.

"교도소 생활이 그렇게 힘들었냐?"

화가 난 것 같은 반응에 이세는 몇 번 눈을 깜빡였다. 고미부치는 짜증난 얼굴로 잔을 들어 단숨에 들이켰다.

"어머니는 그렇다 쳐도 그 딴 아버지한테 네가 죄책감 가질 필요 없어. 그런 자식──남의 인생 아무렇지도 않게 망치는 자식이 제일 싫어. 그런 사람이 친아버지니까 오히려 이세, 네가 피해자야."

"뭐, 틀린 말은 아닌데."

"바닥에 굴러다니는 돌에 뒤통수 맞고 죽었으면 천벌 받은 거지, 안 그래? 애초에 죽어도 싼 인간이었잖아. 넌 전혀 잘못한 거 없으니까, 신경 쓰지 마. 자기 혼자 쇼하다 죽었는데 생각할 가치도 없어. 후회하면 하는 만큼 손해야."

어딘가 찜찜한 기분으로 이세는 고미부치의 말을 들었다.

아무리 그래도 그렇지, 그게 남의 집 부모한테, 그것도 자식 앞에서 할 소리는 아닐 텐데, 하는 생각이 문득 스친다. 5년 전이었으면 전면적으로 받아들였겠지만, 지금은 이유는 몰라도 석연치가 않았다.

소년 교도소에서 지낸 5년이 생각보다 훨씬 길었던 것 같다. 규칙에 얽매인 엄격한 생활 속에서 갱생을 강요받았던 이세와, 대학을 다니며 법인을 세울 정도로 자유롭게 지낸 고미부치. 정반대 길을 걸어온 두 사람 사이에는 어느새 골이 깊게 패였는지도 모른다.

어쩌겠어, 라는 생각도 든다. 고미부치와 달리 이세는 5년이나 되는 세월을 자기가 저지른 죄를 반강제적으로 마주해야만 했다.

"그러고 보니 말이야." 고미부치가 갑자기 화제를 바꾸었다.

"카스야 타쿠미, 그 자식이 자꾸 따라다닌다고 했었잖아. 별 일 없었어? 이제 괜찮아?"

"뭐 그냥."

"만나거나 하지는 않았지? 그치?"

"내가 왜 만나."

자기도 모르게 거짓말을 했다. 만났다고 솔직히 말하면 무슨 이야기를 했냐고 끈질기게 물어볼 것 같았다. 카스야가 이세를 걱정하고 있다는 사실이나, 재판기록까지 들고 왔다는 사실을 말하면 카스야를 싫어하는 고미부치는 더욱 수상쩍게 여길 게 분명했다.

한 달 전에 도쿄역의 카페에서 만난 뒤로 카스야와는 얼굴을 마주한 적이 없다. 가끔 전화가 걸려오지만 반은 무시하고 반은 받고 그런 정도다. 고미부치하고 떨어질 생각은 없는지, 용건은 매번 이 질문이었다.

자기 죽음의 진상을 찾아내기 위해서라도 카스야와의 관계는 끊지 않기 위해 애매한 대답만 계속하고 있다. 하지만 고미부치가 경계하던 금전적인 문제는 전혀 없었다. 카스야가 돈 문제로 곤란해 하는 기색은 전혀 찾아볼 수 없었고, 돈을 빌려달라는 말도 나온 적 없다.

초등학교 때 우등생과, 고등학생 때 양아치 친구.

어느 쪽이 내게 있어 더 좋고, 내 편이 되어줄지, 점점 알 수 없어져 갔다.

"아, 슬슬 마감인가 보다."

고미부치가 의자에서 일어섰다. 휴대전화 표시를 보니 시간이 23시를 가리키고 있었다.

들어가——하고 서로 한 손으로 인사하고는 가게 앞에서 헤어졌다.

차가 없는 로터리를 횡단하고 작은 역 구내로 들어간다. 15분 뒤에 오는 전철이 막차였다.

휴대전화를 열고 알림을 확인한다. 읽지 않은 메시지 0건, 이라는 표시가 대기화면에 떠있다.

사요에게 연락처를 받기만 했지, 자기 연락처를 알려주지 않았다는 사실을 알아차린 게 일주일 전이다. '보낸다는 게 깜빡했네, 미안. 무슨 일 있으면 연락 줘. -이세.'라고만 적어서 보낸 메일에는 아직도 답장이 없었다. 문자 그대로 내용을 이해해서 그런 것인지도 모른다.

눈에 띌 정도로 새로운 일이 벌어지지 않는 이상, 사요와 만날 구실이 없다. 지금 쯤 〈선배의 친구 선배〉가 한창 사요와 거리를 좁히고 있을지도 모른다는 생각이 들자, 슬금슬금 초조함이 몰려왔다. 앞으로 3개월 밖에 남지 않은 목숨이라는 사실을 뼈저리게 자각하고 있는데도, 애초에 스물다섯이나 먹은 내가 고등학생의 라이벌이 될 수도 없는 노릇이지만, 카타오카 사요라는 그녀가 중심에 서면 이세의 마음은 불가사의에 빠질 뿐이었다.

막차는 평소에 타는 시간 때보다 조금 사람이 많았다. 마주보고 앉는 좌석이 다 차서, 이세는 옆으로 늘어진 좌석에 앉았다.

정신을 차리자 눈앞에는 햇살이 쨍쨍 쏟아지고 있었다.

이세는 역 승강장에 있는 벤치에 앉아있었다. 이제 익숙해진 츠지도역 풍경이다.

몸이 자유롭게 움직이는 것을 확인한 이세는 주변을 둘러보았다. 목적인 인물이 바로 눈에 들어왔다.

"카스야."

근처에서 어슬렁거리는 청년을 향해 이름을 부른다. 반팔 폴로셔츠에 청바지를 입고 간편한 차림새를 한 카스야 타쿠미가 놀란 표정으로 이세를 쳐다봤다.

"어, 오랜만이네."

카스야가 웃으며 다가왔다.

"갑자기 나타나니까 맨날 깜짝 놀라잖아."

"앉아."

옆자리를 가리키자 의외라는 얼굴을 하며 카스야는 옆자리에 앉았다. 꿈속에서 만날 때 마다, 매번 이세가 까칠하게 굴어서 놀란 거겠지.

“오늘은 2019년 7월 14일이야.”

이세가 물어보기도 전에 카스야가 손목시계를 보며 날짜를 알려주었다.

“내가 죽은 지…… 5개월 쯤인가?”

“넌 아직 성불이 안 된 모양이구나.”

카스야가 작게 웃으며, “미련이 남았다면 얼마든지 내가 들어줄 테니까 말해 봐.” 하고 엉뚱한 제안을 했다.

이승에는 더 이상 내가 존재하지 않는구나, 하는 생각이 들자 뭐라 형용할 수 없는 기분이 이세 가슴 속을 뒤덮는다.

“이제 못 보는건가 싶었어. 5월에 나타난 뒤로 2개월이나 지났으니까.”

카스야가 이세의 모습을 위아래로 훑어보았다.

“정말 이세 네가 살아있는 기분이야. 양복 입은 모습도 마지막으로 봤을 때랑 똑같아.”

자기 몸을 내려다본다. 아무래도 오늘 복장이 그대로 꿈속 자신에게도 반영되는 모양이었다.

이세는 한참동안 자기가 입고 있는 재킷 소매를 바라보면서 “하나 묻고 싶은게 있는데.” 하고 낮은 목소리로 말했다.

"뭔데?"

——날 죽인 범인이 누구야?

질문이 목 끝까지 올라왔지만, 입 밖까지는 나오지 않았다. 체크무늬 코트를 입은 남자가 카스야 본인인 경우에는 솔직히 대답해 줄 리가 없다.

"내가." 대신 천천히 입을 열었다.

"——혹시 널, 칼로 찔렀어?"

흐읍, 하고 카스야가 숨을 들이쉬는 소리가 들렸다. 눈을 동그랗게 뜨고 이세를 몇 초 동안 바라보더니 갑자기 맥이 풀린 것처럼 웅크린다.

"그래, 기억 못하는 거구나." 하고 카스야는 몇 번이고 고개를 끄덕였다.

"벌써 다 나았어. 신경 쓰지 마."

"진짜로 찔렀구나."

"됐어. 그만 이야기하자."

힘들기만 하니까, 하고 카스야가 툭, 던지듯 말했다.

그 이상 대답하기 싫은 건지, 긴장으로 팽팽해진 분위기가 카스야에게서 풍겨왔다. 이세는 눈길을 돌려 선로 쪽을 향했다.

어느새 2번 선에는 상행선이 멈추어 있었다. "안 타?" 하고 물어보자, "괜찮아. 시간이 정해져 있는 것도 아니고."라는 대답이 돌아왔다.

전철이 천천히 움직이기 시작하더니 속도를 붙이며 사라져 갔다. 바람이 두 사람의 머리카락을 어루만진다. 유난히 푸른 하늘이 초등학생 때 학교를 떠올리게 했다.

"오늘은……휴일이야? 어디 가는 길이었어?"

침묵이 부담스러워 물어본다. 카스야는 살짝 고개를 들고 전철이 사라진 방향을 지긋이 바라보았다.

"응. 성묘하러."

"성묘, 라고 하면 설마——"

"미안, 이세, 네 묘는 아니야. 네 성묘는 저번 주에 다녀왔어."

카스야가 변명하듯 서둘러 덧붙였다. "부모님?" 하고 묻자, 카스야가 입을 다문 채 고개를 가로젓는다.

"이런저런 사정이 있기는 하지만 부모님은 어찌어찌 살아계셔. 실은……1년 전 쯤에 여자친구가 먼저 떠났거든."

예상 밖의 대답이었다. 행복에 겨운 인생을 보내고 있을 카스야에게 결혼을 앞둔 연인이라도 있었던 건지, 멋대로 상상한다.

아랫입술을 깨문 카스야의 뺨이 경련한다. 카스야는 슬픈 눈으로 가만히 승강장 바닥을 응시하며 더 이상 말하지 않았다.

멀리서 축제 때 쓰는 북소리가 들려온다. 연습이라도 하고 있는 건가? 소리를 듣고 문득 정신을 차렸는지, 카스야의 뺨에서 순간 긴장이 풀린다.

"이세는 죽는 순간까지도 계속 날 오해했을 거야."

카스야의 검은 눈동자가 똑바로 이세를 쳐다본다.

"내가 아무런 불편 없이 인생을 산다고 굳게 오해하고 있었던 게 아닌가 싶어. 화려한 세계에 사는 인간이라고 단정 짓고, 나를 멀리하려고 했지. 확실히 나는 복 받은 환경 속에서 자라기는 했지만——"

카스야가 입술을 닫고 몇 초 정도 머뭇거린 뒤, "——항상 외로웠어." 하고 쉰 목소리를 냈다.

이세는 아무 말도 하지 못한 채, 가만히 시선을 마주쳤다.

고독, 이라는 단어는 카스야에게 어울리지 않았다.

"초등학교 때 까지는 즐거웠어. 공부도, 운동도, 음악도, 노는 것도, 뭘 하든 온 힘을 다했지. 그 때는 진심으로 무언가를 한다는 게 행복했고, 정의를 관철하면 누구나 히어로가 될 수 있었어. 이세랑 경쟁한 덕분에 그 자극으로 나는 성장 할 수 있었고 성취감도 느꼈어. 선생님들도 다른 사람들도 모두 '타쿠미 콤비'라고 불러주고 믿음직스럽게 생각 해주는 게 괜히 자랑스러웠어. 그래서…… 사실은 다른 애들하고 같은 중학교 가고 싶었어."

하지만 허락받지 못 했어, 하고 타쿠미는 말했다. 교육에 열을 올리는 부모님은 자식에게 수험공부를 강요했다. 카스야가 다른 애들과 같은 중학교를 가겠다고 반항하자, 초등학교 5학년 가을에 갑자기 부모님이 시외로 이사를 결정했다. 어차피 다른 애들이랑 떨어져 지내게 되니까 포기하고 공부해――라는 협박 같은 소리를 하는 부모님을 카스야는 필사적으로 설득했다. 수험공부는 제대로 할 테니까 졸업할 때까지 만이라도 히라츠카에서 살게 해 달라고.

부모님은 카스야가 열렬히 간청하는 부탁을 차갑게 받아들였다. 카스야는 제1지망인 중고등학교 통합형 명문사립학교에 합격하고, 초등학교 졸업과 동시에 가족과 함께 후지사와로 이사를 갔다.

"중학교랑 고등학교 때는 인간관계가 잘 안 풀렸어. 나는 아무래도 분위기 파악을 못하는 가 봐. 좋은 건 좋다,

아닌 건 아니다. 이렇게 딱 잘라서 말해버리니까 점점 주변 애들이 멀어져 갔어. 카스야는 개념도 없고 눈치도 없는거 같아. 괜히 혼자 잘났다고 나대는 거 같지 않아?——나 보다 한참 정신연령도 높고 차분한 우등생 무리가 뒤에서 욕을 하고 다녔지. 걔네들은 남하고 부딪칠 만한 짓은 절대 하지 않아. 아무리 자기한테 불리한 일이 있어도 못 본 척 하지. 어른인 거야. 따지거나 싸우려고 들면 먼저 시작한 학생만 철저하게 욕먹고 나쁜 놈이 되더라고."

"뭐야, 그게? 이상한 곳이네. 애들은 원래 다 싸우고 부딪치고 그러면서 크는 거지, 잘난 척은."

카스야가 부드럽게 미소를 띄운다.

"이세라면 내 편을 들어줄 텐데, 하고 당시에도 항상 생각했었어. 의연한 태도를 취해주면서 함께 악을 혼내주지 않을까 하고 말이야. 그렇게 고립되는 동안 몇 번이고 무너질 뻔 했지만, 네 생각을 하면서 버텼어. 주변 애들을 따라서 악을 악이라고 하지 못한다면, 정의감 넘치는 너한테 볼 면목도 없을 거 같았거든."

중학교 때, 자신을 괴롭히던 농구부 선배들에게 대들며 버텼던 기억이 난다. 부활동을 절대 멈추지 않고, 아무리 괴롭힘을 당해도 담담히 혼자 연습을 계속했다. 덕분에 주전에서 빠지지 않고 마지막까지 버틸 수 있었다.

하지만 정신은 뒤틀렸다. 무슨 일에도 의심의 눈초리로 바라보게 되었고, 남을 쉽게 믿지 못하게 되었다.

"아니, 뭐 지금 생각해보면 초등학교 때 절친이었던 이세 너한테 내가 너무 멋대로 많은 걸 품었던 것 같아. 이세 네 존재가 내 안에서는 점점 커져서, 거의 우상화되고 말았던 거지. 맞아, 이세 너는 내게 있어서 이상적인 존재 같은 사람이었어."

"그래서 내가 고등학교에서 논다는 이야기 듣고는 그렇게 뜯어말리려고 왔었구나."

"맞아. 이세 너한테도 네 인생이 있고 시간이 흐르면서 변해간다는 것을 나는 받아들이지 못했어. 원래대로 돌아왔으면 해서 내 고집만 억지로 밀어붙이고 말았지. 담배 피우지 못하게 방해하고, 술 못 마시게 한다고 뺐고."

"주먹구구식이었지."

"내가 눈치 없이 분위기 파악 못한다는 게 아마 그런 점이겠지?"

카스야가 부끄러워하며 머리를 긁적였다.

"대학에 가서는 나름 잘 처신했어. 그래도 도저히 못 받아들이겠다 싶은 것에는 여전히 고집 부리게 되더라고. 지금은 사회인이 되서 일하고 있어도, 나름 친해진 사람도 많이 있지만 속을 완전히 터놓고 지내는 사람은 없어."

순수한 채로 성장한다는 게 생각보다 쉽지는 않은 모양이군, 하고 생각이 스친다.

"그래도 여자친구가 있다는 말은 마음을 터놓고 지낼 수 있는 상대가 나타났다는 거지?"

"응. 그건 그런데……이제 이 세상에 없으니까."

카스야의 목소리가 다시 떨려왔다.

"정말 너무하지 않아? 내 가장 소중한 연인과, 가장 소중한 친구가 1년 사이에 차례로 죽고 말았어. 이런 일이 어떻게 현실일 수 있지? 신은 날 버린 걸까? 어떻게 이렇게도 잔인한 걸까. 내가 그렇게 나쁜 짓이라도 했단 거야?"

카스야답지 않게 난폭한 말투였다. 이세는 그 옆에서 조용히 카스야에게서 시선을 돌렸다. 카스야의 눈에서 눈물이 고이는 모습을 도저히 보기 힘들었기 때문이다.

2번선 승강장에 다시 전철이 들어왔다. "자, 얼른 타." 하고 이세가 전철을 가리키자, 카스야는 조용히 고개를 들고 벤치에서 일어섰다.

"또 만날 수 있을까?"

카스야가 조용히 중얼거렸다.

"글쎄."

달리 대답할 말이 없었다.

몸이 어딘가로 돌아가는 감각이 들었다.

열린 문으로 들어가는 카스야 등이 하얗게 흐릿해져 사라진다.

주머니 속에서 진동을 느낀 이세가 꿈에서 깼다. 시나가와행 막차는 슬슬 카와사키역에 도착할 시간이 되었다. 계속해서 울리는 휴대전화를 꺼내 '착신: 카스야 타쿠미'라는 표시를 확인한다.

브레이크가 걸리고 전철이 속도를 줄인다. 승강장에 도착해 문이 열릴 틈도 없이 통화버튼을 누르고는 휴대전화를 귀에 가져다 댄다.

"네."

대답하면서 열린 문으로 비집고 빠져나가 승강장에 선다.

"자꾸 전화해서 미안해. 아까 내가 소개시켜 준다던 피트니스 센터에서 연락이 왔는데 사람 구했다고 하네."

"어."

"달리 더 알아보고 있기는 한데, 잘 구해지지가 않는다. 그래서 말인데——"

"카스야, 됐으니까 신경 쓰지 마." 이세는 일부러 차분한 목소리로 말했다.

"일은 고미부치랑 계속 하기로 정했어. 아무튼 그 자식도 의외로 내가 일 잘한다고 인정하고 있고, 나도 지금 일에 보람도 느끼고 있어. 더 이상 일자리 알아보러 다니지 않아도 돼."

잠시 전화기 너머에서 목소리가 들리지 않았다. 통화가 끊어져 버린 게 아닌가 싶어 휴대전화에서 귀를 떼고 확인하려 하는 찰나, 카스야의 목소리가 들려왔다.

"이세야."

불안해하는 목소리였다.

"나는 그저, 이세 너랑 다시 친구가 되고 싶은 것뿐이야. 부탁이니까 혼자 있으려는 생각은 하지 말아주라."

복잡한 기분을 맛보면서 이세는 일방적으로 전화를 끊었다.

승강장에는 차가운 밤바람이 불었다.

곧 겨울이 온다고 알리는 바람이었다.

2008년 2월 1일 (토)

갈색 웨이브 머리가 머플러 위에 살포시 올라가 퍼졌다.

하얀 코트를 입은 조그마한 여성에게 다가가며 꿈속의 이세가 말을 건넨다.

"——."

소리는 희미하게만 들렸다. 물속에 들어가 있기라도 한 듯 아득하게 들려왔다.

개찰구 앞에서 스마트폰을 만지작거리던 여성이 고개를 번쩍 들어올렸다. 젊은 여성다운 핑크색 네일아트와 가늘고 긴 손가락이 눈길을 끈다.

"——."

주춤주춤, 여성이 질문을 던져온다. 꿈속에서 이세는 천천히 고개를 끄덕이고 짙은 화장을 한 여성의 얼굴을 뚫어져라 쳐다봤다.

어디선가 많이 본 눈이다.

알아차린 순간, 심장이 조여오는 괴로움을 느꼈다.

——카타오카, 씨?

——이세 씨, 에요?

꿈에서 깨자, 전차는 이미 카모노미야역에 정차한 상태였다. 출발 소리가 울리자 이세는 가방을 집어 들고 황급히 전철에서 내렸다.

이상한 꿈이었다. 그 여성의 눈을 이세는 분명 알고 있다.

——〈사후 꿈〉……을 꾼 걸까?

카타오카라는 이름을 가진 지인은 오직 한 명밖에 모른다. 하지만 사요는 아직 고등학생이다. 꿈속에서 본 여성은 아무리 봐도 스무 살은 넘었다.

고개를 갸웃거리면서 직장으로 걸어갔다.

드디어 12월이 되었고, 오늘 아침은 몸이 벌벌 떨릴 정도로 찬바람이 불었다. 최근에 겨우 손에 넣은 겨울용 트렌치 코트 없이는 어디 다니지도 못한다.

운명의 날까지 앞으로 2개월이 남았다고 생각하니, 초조해진다. 하지만 이 시간이 흐르는 동안에도 살인범이 누구인지 도저히 가늠이 되지 않았다. 승강장에서 죽는 이유도, 자신이 카스야나 코시누마에게 그런 폭력적인 행동을 하게 되는 원인도 아직까지 알아 낸 게 없다. 같은 편이 누구인지 조차 헷갈리기 시작했다.

건물 철제 외부계단을 올라가 사무실 문을 열었다.

"어, 왔어?"

고미부치 목소리에 "안녕." 하고 대꾸한다. 방 안을 둘러보니 고미부치 말고는 아무도 없어 고개를 갸우뚱 했다.

"어? 나카하라 씨랑 코시누마는?"

"나카하라씨는 외근. 코시누마는 오늘부터 재택근무."

"아하, 이번 달 부터 시범적으로 도입할 거라는 그거? 그 말은 즉슨 사토랑 히키모토도 출근 안 하는 거야?"

"제대로 일어났는지만 빌 뿐이다. 메일 보내서 반응이 없으면 바로 전화 한 통 넣어볼게."

고미부치가 씨익 웃으며 스마트폰을 꺼내든다. 위기의식이라고는 찾아 볼 수도 없는 태도에 짜증을 느끼면서도 이세는 방 한쪽 구석에 놓인 테이블로 향했다. 집에서 일을 하고 싶다고 히키모토가 말을 꺼냈다. 전화와 메일만 가능하면 굳이 사무실로 출근하지 않아도 일을 할 수 있다고 주장한 탓이다. 남 눈치 안보고 놀고 싶은 거겠지, 어디서 포장이야, 하고 히키모토와 고미부치가 나누는 대화를 경멸의 눈으로 방관하고 있었는데, 놀랍게도 고미부치는 그 제안을 전면적으로 받아들이기로 결정하고 바로 실행에 옮겼다.

솔직히 열 받았다. 재택근무 같은 제도를 도입한다고 해서 좋아할 만한 사람은 내근직 뿐이다. 영업하러 돌아다니는 나카하라나 이세와는 아무 관계도 없는 일이었다. 게다가 사토나 히키모토는 집에서 아직도 자고 있을게 뻔했다. 그 두 사람이라면 아무렇지도 않게 그럴 것이라고, 두 달 동안 질리게 확인하고 또 확인했다. 고미부치도 이미 그런 리스크를 충분히 깨닫고 있을 터였다.

"재택근무, 장담하는데 분명히 망한다."

자기도 모르게 악담을 하자, 고미부치가 "이미 그런 시대가 된 거야, 시도는 해 봐야지 어쩌겠어?" 하고 아무렇지도 않게 대꾸했다. 이세는 아무 말 없이 수금 가방과 오늘 방문할 때 쓸 예정인 소책자와 신청서를 준비했다.

시간은 조금 이르지만 9시 15분에 사무실을 나섰다. 전화하면서 웃고 있는 고미부치를 외면한 채, 사무실 문을 쾅 닫아버린다. "이 자식아, 첫날부터 늦잠 자냐?"라는 목소리로 미루어 보아, 사토 아니면 히키모토와 통화 중일 것이다.

성질이 뻗쳐 어지러워지는 것을 막을 수 없었다.

추운 겨울 탓인 건가?

누구를 믿어야 좋을지 몰라서 그런 건가?

카타오카 사요가 아무런 연락도 하지 않아서 그런 건가?

단순히 죽을 때가 다가와서 그런 건가?

소리라도 확 지르고 싶은 충동에 휩싸이는 일이 하루에 몇 번이나 있다.

——도대체 뭘 어떻게 하라는 건데?

해결의 실마리 하나 찾지 못했는데, 사태는 좋아질 기미도 보이지 않았다.

오늘도 사카구치 세이코 씨는 이세를 따뜻하게 맞아주었다.

"어머나, 오늘은 코트를 입었네요? 결국 샀나요?"

"네."

"오늘도 춥게 입고 오면 어쩌나 싶어서, 남편이 입던 코트를 장롱에서 꺼내 놓았어요. 이세 씨한테 드릴까 하고."

"정말요?"

"받아 갈래요? 코트가 두 벌은 있어야 든든하고 안심되잖아요? 겨울은 아직 한참 남았으니까."

"그럼……사양 않고 받겠습니다."

고개를 끄덕이며 자기도 모르게 쓴 웃음을 짓는다. 차분해 보이는 겉모습과 달리 의외로 강하게 밀어붙이는 세이코 씨를 접하고 있으면 자기도 모르는 사이에 매번 그 페이스에 말리고 만다.

수금만 할 거면 현관 앞에서 끝낼 생각이었는데, "거실에 몇 벌 꺼내 놨으니까, 맘에 드는 거로 가져가요." 하고 세이코 씨가 권하는 바람에 구두를 벗고 집 안으로 들어갔다. 올 때 마다 무슨 이유를 붙여서 안으로 권하는 것 같은 느낌이 든다.

"장학생 친구들하고 영상통화는 문제없던가요?"

"그럼요, 물론이죠. 태블릿PC 쓰는 법도 이제 완전히 익숙해졌어요."

평소와 마찬가지로 부엌에서 녹차가 담긴 질그릇 찻잔을 가지고 나오면서 세이코 씨가 우아하게 미소 짓는다.

"세 친구 다 수험공부가 많이 힘들다네요. 연초부터 바로 대학 시험을 보고, 그 다음 달에는 2차로 도쿄대 본고사를 봐야 해서 지금 바짝 조여서 공부해야 한대요."

"모두 도쿄대를 지망하고 있는 건가요?"

"맞아요. 료는 공학부에 들어가서 전자공학을 배우고 싶다고 했어요. 아주 머리가 똑똑한 모양인지, 말도 아주 똑 부러지게 하는 아이라서 꼭 붙을 거예요. 그리고 다이키는 문학부. 어릴 때부터 소설 읽는 걸 아주 좋아했대요.

아주 천진난만한 귀여운 아이라서 감수성도 풍부한가 봐요. 사토시는 변호사가 되고 싶어서 법학부를 목표로 하고 있대요. 사토시는 학생이라고는 믿기지 않을 만큼 어른스러워요. 법정에 서는 모습이 눈에 선하게 그려져요."

"멋진 학생들이군요."

"그럼요. 료도 다이키도 사토시도 훌륭한 뜻을 품은 학생이에요. 유망한 아이들을 도울 수 있어서 아주 기분이 좋답니다."

세이코 씨의 표정에는 기쁨이 넘쳤다. 매달 15만엔이라는 거금을 지속적으로 기부하는 세이코 씨의 사고방식이 이해가 되지 않았지만, 이것 나름대로 세이코 씨에게 있어 충분히 의미 있게 돈을 쓰는 방법인 지도 모른다.

이런 집에서 태어나고 싶었는데, 다른 인생을 살았을 지도 모르니까――하는 생각이 든다.

"저는 말이죠, 전쟁 고아였어요."

갑자기 생각치도 못한 말을 세이코 씨가 꺼냈다. 놀라서 시선을 들자 세이코 씨는 상 끝을 양 손으로 잡고, 먼 곳을 바라보는 눈으로 창밖을 내다보았다.

"태평양 전쟁이 한창 때 태어났어요. 비행기 폭격으로 부모님과 조부모님을 잃고 친척집을 전전했었죠. 부모님 얼굴도 몰라요. 패전 당시, 아직 세 살이었으니까."

삐뚤게 살았었죠, 하고 세이코 씨는 조용히 웃었다. 거둬준 친척과 잘 맞지 않아서 사이가 나빠졌고, 대화도 없는 날이 계속 됐다. 재미있는 일이라고는 아무 것도 없어서 웃는 일이 거의 드문 소녀로 자랐다. 그런 과거를 평소와 다름없는 부드러운 말투로 이야기한다.

"제 인생이 바뀐 계기가 남편과의 만남이었어요. 18살 때였죠. 친척이 운영하는 헌책방에서 억지로 일을 돕고 있었는데, 그 헌책방을 열심히 오가며 책을 고르던 대학생과 사랑에 빠졌지 뭐에요. 수석으로 입학한 우수한 학생이었어요. 저 같이 붙임성이라고는 찾아 볼 수 없는 여자는 마음에 안 들죠, 하고 계속 물어봤는데 억지미소 짓는 여성 보다 솔직한 당신이 훨씬 믿음이 간다고 진지한 얼굴로 이야기해줬어요. 그이와 함께 하면서 내 인생은 180도 바뀌었죠."

세이코 씨가 왜 이런 이야기를 꺼내는지 이세는 어렴풋이 이해했다.

"인생은 무슨 일이 일어날지 모르는 법이에요. 매 순간이 다시 오지 않을 거라 생각하고 최선을 다하라는 말은 진부할지 몰라도, 단 한 명과 만난 것만으로도 인생이 크게 변할 가능성이 있다는 게 재미있지 않나요? 덕분에 불편한 것 하나 없는 삶을 살게 된 지도 50년이 넘었지만 남편에게 전하고 싶은 감사는 아직도 모자라요."

"남편분이 참 좋은 분이셨군요."

"그럼요. 아주 좋은 사람이었어요. 저도 남편이 남겨준 유산과 연금을 함부로 쓰지 않고, 가능한 한 은혜를 갚는 데 쓰고 싶어요. 기부를 시작하려고 생각한 것도 그런 마음이 있었기 때문이죠. 이런 저라도 가능한 일이 있다면 무엇이든 하겠다고, 제가 남편의 도움을 받은 것처럼 저도 누군가에게 도움이 되고 싶다고 늘 생각해왔어요."

역시 세이코 씨는 이세를 에둘러 격려하는 듯 했다. 인생을 포기하지 말라고. 손을 내밀어주는 사람은 반드시 존재한다고. 누구에게나 희망이 있다는 사실을 전하기 위해 자기가 어떤 삶을 살아왔는지 이야기한 것이다.

코트 한 벌을 사기에도 어려운 생활을 하고 있다는 사실을 이미 들킨 지 오래였다. 어쩌면 세이코 씨는 이세를 만날 때 마다 그를 자신의 과거에 비추어 보고 있었는지도 모른다.

감사합니다, 하고 이세는 고개를 살짝 숙였다.

세이코 씨의 집을 나올 때, 또 다시 뒤가 켕기는 기분이 들었다. 받은 코트 한 벌을 옆구리에 단단히 끼우고서 깊이 고개 숙여 인사한 뒤, 문 앞에 세워둔 차에 올라탔다. 창문 너머로 목례한 뒤 출발했다.

코너를 돌 때 곁눈질로 백미러를 확인했다. 이세가 탄 차가 모습을 보이지 않는 순간까지 세이코 씨는 문 앞에서 크게 손을 흔들어 주었다.

최근 하루하루가 이상할 정도로 짧게 느껴진다.

"슬슬 돌아갈까." 하고 고미부치가 말을 걸어와 다급히 자리에서 일어섰다. 벽시계는 21시 50분을 가리키고 있었다. 이세가 매일 밤 같은 전철로 돌아간다는 사실을 고미부치는 잘 알고 있는 모양이었다.

아직 작업 중인 나카하라에게 "먼저 실례하겠습니다." 하고 인사를 건넨 이세는 입구로 향했다. 근무태도가 엉망인 사토와 히키모토가 사무실에 오지 않아서 그런지, 오늘 나카하라의 안색은 평소보다 좋았다. "네, 이세 씨. 들어가요." 하고 평소보다 몇 배나 밝은 톤으로 인사하며 꾸벅 고개를 숙인다.

"야, 이세."

"응?"

고미부치의 부름에 이세는 문손잡이를 쥔 채로 뒤를 돌아보았다. 고미부치는 의자 등받이에 기대면서 이리저리 탐색하는 눈으로 이세를 봤다.

“요새 안 피곤해? 다크서클 장난 아닌데?”

“어. 딱히 문제없어.”

“진짜 안 피곤한 사람은 ‘문제없어’ 같은 말 안 하거든. 너 그거지? 그——네가 맘에 들어서 이런저런 잡담하는 고령자가 많아져서 피곤한 거지? 지원자 상대하는 건 장학금 받는 학생이지, 이세 너가 아니잖아. 네 일도 아닌데 굳이 그렇게 이야기 다 듣고 할 필요는 없어.”

“알고 있어. 알아서 잘 할게.”

하고 대답은 했지만 켕기는 구석은 있다. 본래 영업직이라면 이미 기부금 납부하는 지원자보다도, 신규 고객을 조금이라도 더 만나러 다녀야 한다. 하지만 오늘 사카구치 세이코 씨의 집을 방문한 것처럼, 고령자 중에는 오래 붙잡아 두려는 사람이 있어서 자신도 모르게 그만 늦게 나오는 일이 종종 생기고 있다. 그렇게 안락한 공간에 몸을 두는 일 자체를, 누구보다 스스로가 환영하고 있는 것만 같았다.

수고해, 하고 짧은 인사를 남긴 이세는 찬바람 부는 밖으로 나왔다.

사카구치 세이코 씨에게 받은 코트를 한 손에 들고 밤길을 서둘러 걷는다.

두 달 동안 매일 같은 시각 전철에 타서 귀가하고 있다. 하지만——도쿄역에서 전철 탔을 때 사복 입은 사요와 시간을 보낸 이후로, 카타오카 사요와는 줄곧 만나지 못했다.

메일 답장도 오지 않았다. 이세가 2통 째 보내는 일도 없었다.

적어도 죽기 전에 한 번 더 만나고 싶었지만, 아직 먼저 말을 걸 타이밍은 아닌 듯 했다.

——시간은 아직 두 달이나 남았으니까.

두 달밖에 남지 않았다, 라는 식으로는 생각하지 않으려고 했다.

승강장 끝 쪽까지 걸어가서, 노란색 점자블록에서 한 발자국 뒤로 물러선 지점에 멈추어 섰다. 전철에 치여 죽는 꿈을 몇 번이나 보는 사이, 선로에 너무 가까이 가면 공포심이 부풀어 오르고 만다. 한심하다고 생각해도 어쩔 수 없었다.

정해진 시각대로 도착한 도카이도선에 올라타 좌석 창

가를 확보했다. 옆에는 사카구치 세이코 씨에게 받은 코트와 서류가방을 올려놓고 창틀에 팔꿈치를 괴고 천장을 바라본다.

바로 의식이 꿈의 세계로 끌려들어갈 줄 알았지만 잠은 아무리 기다려도 오지 않았다.

전철은 코우즈역, 니노미야역을 지나 오이소역에 정차했다. 오이소역을 출발하고 창문 밖에 히라츠카역 불빛이 날아 들어와도 이세는 번쩍 눈을 뜬 채 좌석에 앉아있었다.

기대는 하지 말자――하고 스스로에게 말하면서 언제나 그랬듯이 창문에 얼굴을 기댄 채 빠르게 다가오는 히라츠카역 승강장을 응시했다.

여기저기 늘어선 사람들 행렬이 차례로 시야의 후방으로 흘러간다.

전철이 속도를 줄이고 승강장 맨 앞쪽과 가까워질 때쯤 이세는 숨을 들이켰다.

어깨까지 내려온 흑발 사이로 보이는 하늘색 셔츠.

"사요!"

자기도 모르게 작게 소리친 이세가 의자에서 살짝 일어났다. 눈에 익은 교복을 입은 카타오카 사요가 정차한 전철 문 너머에 서 있었다.

문이 열렸다. 두 달 만에 보는 사요 모습은 전혀 변하지 않았다. 그러고 보니, 교복 입은 사요를 보는 건 조금 오랜만이었다.

"안녕하세요."

사요는 바로 이세에게 다가가 기쁨이 담긴 미소를 지었다.

"오랜만이네." 옆 자리에 둔 짐을 무릎 위로 옮기면서 이세는 우물쭈물 대답했다. "그렇게 입고 안 추워?"

"코트를 깜빡하고 학교에 두고 왔어요. 가지러 가려고 했는데, 알바 시간에 늦을 것 같아서 그냥 가는 바람에."

"이거, 입을래?"

하고, 사카구치 세이코 씨에게 받은 코트를 들어 올리자, 사요가 고민하는 표정을 보였다.

"아——미안, 좀 그렇지? 이거 아까 막 받은 거라 나도 아직 안 입은 거야. 중고품이긴 한데, 아마 드라이클리닝은 했을 걸?"

"그게 아니라, 전철 안이 따뜻해서 지금은 괜찮을 것 같아서요."

"그래?"

이세가 고개를 끄덕이자, 사요는 언제나 그랬듯 옆자리

에 앉았다.

"한동안 못 봐서 이제는 못 볼 줄 알았어."

"타이밍이 안 맞았던 모양이네요."

"저번에 가르쳐 줬던 주소로 메일 보냈는데, 확인 했어?"

"아……네, 확인했어요."

사요는 천장을 올려다보며 무언가 생각하는 모습이었다.

"답장 못해서 죄송해요."

"아니, 뭐, 괜찮아. 딱히 용건이 있었던 것도 아니고."

"벌써 겨울이네요. 감기 걸리진 않았죠?"

"아니. 사요 너는?"

"저도, 보시다시피 아주아주 건강해요."

라고 말하면서 사요가 두 팔을 활짝 벌렸다. 이런 천진난만한 모습을 보자, 이세는 가슴이 조여 오듯 아팠다.

——사요랑 이렇게 이야기 나누는 것도 앞으로 두 달밖에 남지 않았구나.

회피할 방법도 모른 채 운명의 날은 계속해서 다가오기만 하고 있으니, 아예 어울리지도 않게 카페라도 같이 가볼까, 하는 생각마저 들게 된다. 사요에게는 좋아하는 사람이 따로 있고, 최근에는 미래의 연인이 다가오고 있다는 사실도 알고 있지만, 죽기 전에 사요랑 커피라도 한잔

하는 정도는 나쁜 건 아니니까 허락되지 않을까?

나이 차이가 한참 나는 여고생에게 이런 감정을 품는 것 자체가 도저히 믿기지 않았다. 앞으로 두 달밖에 살지 못할 가능성이 높은데도, 사요와 더 친밀한 사이가 되고 싶다고 바란다는 게 이상한 소리기는 하다.

"요즘은 어떤 꿈을 꾸세요?"

사요가 가느다란 목소리로 말을 걸어와 이세는 정신을 차렸다.

"똑같은 꿈만 계속 꾸고 있어. 똑같은 꿈만. 전철에 치이는 꿈, 사람 찌르는 꿈, 사람 때리는 꿈."

"그건——미래를 바꾸려고 하다가 일어난 일인가요?"

불안한 표정을 짓는 사요에게 "아냐아냐." 하고 고개를 젓는다.

"아무 짓도 안 했어. 바꾸려고 해도 어떻게 바꾸면 좋을지 모르는 상황이라서. 누가 나를 원망하고 있는 건지, 아니면 애초에 그냥 휩쓸린 건지, 따로 원망을 산 사람이 있는 건지, 전혀 짐작이 안 가. 카스야를 찌르거나, 코시누마를 때리거나 할 동기가 지금 시점의 나한테는 없기도 하고."

"카스야……씨?"

"어, 초등학교 때 동창. 코시누마는 직장 동료."

하고, 보충설명을 한 이세가 한숨을 내쉬었다.

"충격적인 미래 꿈만 계속 꾸고 있다는 건——아마 죽을 때가 다 되어가서 그런가 싶어."

"죽을 날이 다가오면 그런 현상이 일어나는가 보네요."

사요는 눈을 내리깔고 슬픈 표정을 지었다. 이세를 떠나보내는 게 안타까운 것인지, 아니면 자신에게도 언젠가 똑같은 일이 벌어질 지도 모른다는 사실을 걱정하고 있는 건지, 어느 쪽인지는 알 수 없었다.

"그쪽은 상황이 어때?"

이세가 묻자, 사요가 겨우 고개를 들었다.

"딱히 변화는 없어요. 미래 꿈 내용도 전혀 변화가 없고, 선배랑 만날 기회도 안 생겨요."

"그 선배가 〈오리지널 선배〉 말하는 거 맞지? 굴러 들어온 〈선배의 친구 선배〉랑은?"

"연락처를 교환했으니, 조금씩 이야기를 나누고 있기는 해요. 학교에 오지 않게 된 〈오리지널 선배〉 일을 저랑 똑같이 걱정하고 있는데, 좋은 사람 같아요."

"믿을 만한 놈이야?"

"괜찮은 것 같아요."

"그럼 걱정 안 해도 되겠네."

마음이 아픈 것과 반대로 이세는 일부러 밝은 목소리를 냈다.

이세가 한 말에 탄력을 받은 건지, 옆에 앉은 사요가 각오를 다진 듯, 등허리를 똑바로 펴고 가방 위로 양손을 얹었다.

"여러모로 생각한 끝에, 겨우 결심이 섰어요. 저는 〈선배의 친구 선배〉랑 제대로 마주할 생각이에요. 그 분 마음을 솔직하게 받아들이고, 함께 지내려고요. 제가 언젠가 죽고 만다는 게 무섭기는 하지만, 역시 죽으면 누군가가 저를 생각해줬으면 해요. 그 사람이 옆에 있어준다면…… 남은 7년 간, 저는 얼마든지 곁에서 함께할 생각이에요."

"그렇구나."

"이렇게 결단을 내릴 수 있었던 것도, 이세 씨가 이런저런 조언을 해주신 덕분이에요. 정말 고맙습니다."

아냐아냐, 하고 이세는 고개를 좌우로 저었다.

어쩐지 이상한 기분이 든다. 어차피 자신은 사요에게 있어 잠시 나타났을 뿐인, 아무런 관계없는 사람인 것이다.

이세가 복잡한 표정을 짓고 있는 모습을 알아챘는지, 사요가 "하지만." 하고 주저하며 입을 열었다.

"실은, ――씨가 저를 생각해줬으면 싶었는데 말이에요."

"어? 뭐라고?"

"아, 〈오리지널 선배〉요. 그러니까……이소, 예요. 그 선배 성이. 그러니까, 이소 씨. 이소 선배."

사요가 당황하며 입을 틀어막고는 볼을 빨갛게 물들였다.

――야, 이세. 너 지금 뭐하냐?

변명을 들은 이세가 자조적으로 웃었다. 사요가 "이세 씨."라고 말한 것처럼 들렸기 때문이다. 어이없는 욕망이 머릿속에서 소리를 변형시켜 환청을 일으킨 게 분명하다.

그 정도로 사요라는 순진무구한 존재가 예뻐 보였다. 사요가 자기 것이 되면 좋을 텐데, 하고 생각한다. 이세가 먼 옛날 잊어버린 무언가를, 사요는 셀 수 없을 만큼 많이 가지고 있었다.

"그렇지만, 아쉬워요." 하고, 사요는 말을 이었다. "선배를 중학교 1학년 때부터 계속 좋아했으니까요. 물론 미련도 남아있고, 한동안 잊지 못할 거라고 생각해요. 선배랑 만나서, 사귀고, 결혼하고 싶었는데, 어차피 죽을 거면 마지막까지 선배가 지켜보는 동안에, 하고요."

"응."

"저 있죠, 유치원 선생님 되려고요."

갑자기 이야기가 확 바뀌어서 이세는 "응?" 하고 눈을 깜빡였다.

"루시드 드림에서 본 대로 되는 거지만——옛날부터 아이들을 좋아했거든요. 결혼해서 아이를 키우는 멋진 엄마가 되는 게 꿈이었어요. 그게 이루어질 수 없다면 차라리 일로라도 풀자, 하는 생각이 들어서요."

기운차게 이야기를 풀어놓는 사요가 갑자기 입을 다물었다. "아, 맞다. 초보 아빠 되서 육아로 정신없어하는 선배 모습도 보고 싶었는데." 하고 부끄러워하며 웃었다.

저도 선배님도 7년 뒤에는 죽고 마니까, 어차피 불가능한 일이지만요——라는 말이 텅 빈 차량 안을 공허하게 메아리친다.

그대로 대화도 없이 두 사람은 전철의 진동에 몸을 맡겼다. 기다리고 기다리던 사요와 함께하는 짧은 순간인데, 무슨 말을 해야 좋을지 모르겠다.

'잠시 후 도착역은, 요코하마, 요코하마역입니다——'

이윽고, 두 사람의 시간이 끝났음을 알리는 안내방송이 울렸다. 전동열차가 감속하는 것에 따라 이세의 기분도 무거워졌다.

사요가 일어섰다. 이세는 등받이에 기댄 채, 사요를 올려다봤다.

"저 있죠, 이세 씨랑 알게 되고 이렇게 이야기를 나눈 덕분에 줄곧 무서워했던 미래도 이제는 받아들일 수 있을 것 같아요. 정말 고맙습니다."

갑자기 사요가 인사를 건넸다. 이세는 흘러나오려는 마음을 억누르며 "나야말로 고맙지." 하고 짧게 답했다.

"그럼, 또 보자. 또 볼 수 있겠지?"

"그럼요. 분명."

"연락할게."

"아……네. 기다릴게요."

사요가 요코하마역에서 내렸다.

멀어지는 남색과 회색의 뒷모습을 이세는 멍하니 계속 바라보았다.

헤어진 직후, 이세는 사요에게 메일 한 통을 보냈다.

아깐 고마웠어. 또, 내가 죽기 전에 만나줄래?——라고만 적어서 송신했다.

며칠이 지나고, 사요에게서 답장이 왔다.

'지금까지 정말 감사했습니다.'

그 뒤로 끝이었다——사요는 더 이상 모습을 보이지 않았다.

제3부

루시드 드림 너머

2019년 1월 4일 (금)

새해가 밝든 말든, 복을 많이 받든 말든, 그게 뭐 어쨌다는 건지 모를 만큼 인생을 살아왔다.

그래도 이 정도로 괴롭고 힘든 연말연시는 처음이었다. 집에서 뒹굴거리며 누워 봐도, 몸을 움직여보려고 밖으로 나가도, 2019년이라는 사실이 온몸을 무겁게 짓눌렀다. 차라리 일을 하는 게 훨씬 나을 지경이었지만, 신년 연휴에 일거리가 있을 리도 없었다.

겨우 1월 4일, 평일이 되어 출근하는 날이 되었지만, 이세의 마음은 그야말로 엉망진창이었다.

——앞으로 한 달.

여태까지도 초조해 하기는 했다. 그런데도 갑자기 심장 박동이 빨라지는 게 이상하기만 했다. 대책이 전혀 없다는 답답함과 시시각각 다가오는 죽음의 공포가 뒤섞인다.

머릿속에서는 시종일관 죽음을 눈앞에 둔 고미부치의 절규가 울려 퍼졌다.

전동열차 안에서는 한숨도 자지 못한 채로 카모노미야 역에 내려서 사무실로 향했다. 졸음이 찾아오지 않았다는 사실이 오히려 무섭게 느껴졌다. 그 정도로 몇 번이고 봐 왔던 미래 꿈을 거의 꾸지 않게 된 것은, 이제 죽을 때가 다 되서 꿈을 통해 체험하게 될 미래가 줄어들고 있어서가 아닐까? 그러고 보니 최근에는 과거 꿈을 꾸는 일이 많았다.

생각하면 할수록 심장을 바늘로 찌르는 고통만 커졌다.

시야 한쪽 구석의 검은 원이 점멸하는 모습을 보면서 천천히 계단을 올라가 사무실 문을 연다. 몸을 실내로 집어넣자, "새해 복 받아라!" 하는 산뜻한 목소리가 귀에 들어왔다.

고개를 들자 평소와 다름없이 창가 자리에서 고미부치가 만면의 미소로 웃고 있었다.

그 옆 자리에서 코시누마가 "어, 오랜만." 하고 손을 든다. 신년연휴 동안 살이 찐 건지 아니면 매일 재택근무로 인해 밖에 나가지 않아서 그런 건지, 코시누마의 몸은 한 달 전과 비교해 훨씬 크게 보였다.

사무실을 횡단하여 구석에 있는 공용 테이블로 가서, 먼저 앉아있는 나카하라에게 목례한다. 나카하라는 누런 이를 보이며 "새해 복 많이 받아요." 하고 정중하게 인사를 해왔다. 맞은편에 앉아, 벗은 코트와 가방을 좁은 테이블 아래에 놓는다.

오늘은 전 직원이 회사 출근하는 날인지, 고미부치에게 물어볼까도 했지만 말을 꺼낼 힘조차 없었다. 의자에 몸을 맡기고 늘어진 채로 힘없이 노트북을 끌어당긴다.

바톤 터치라도 하듯, 눈앞에 앉아있던 나카하라가 자리에서 일어났다. "고미부치 씨, 뭐 하나 물어봐도 될까요?" 하고 고미부치 쪽으로 다가간 나카하라를 곁눈질 한다.

나카하라의 질문은 현금 이외의 수금방법에 대해서였다. 연말에 방문한 신규 고객이 계좌이체나 신용카드로 지불이 가능하다면 기부를 하고 싶다는 제안을 한 모양이다. 고미부치는 "아." 하고 고개를 끄덕이며 "계좌이체 말이죠. 계좌 송부하면 제가 할 테니까, 일단 코시누마랑 그

업무 진행하세요." 하고 턱짓으로 옆자리를 가리켰다.

그 정도는 같은 팀인 자기한테 물어봐도 될 텐데——하고, 사사로운 일에도 짜증이 났다. 현금으로 수금하는 게 어려운 경우에는 일단 신청서를 받은 다음, 코시누마한테 전해서 계좌정보가 담긴 봉투를 나중에 보내게끔 규칙이 정해져있다. 이세도 몇 번이나 해 본적이 있고, 물어보면 바로 대답해 줄 수 있었다.

왠지 모르게, 나카하라 씨가 자기를 믿지 않는다는 느낌이 들었다.

요즘 기존 고객을 너무 떠안은 이세보다도, 기존 업무가 가벼운 나카하라의 영업실적이 더 좋아졌다. 어쩌면 영업직 경력이 긴 나카하라가 내심, 이세를 깔보는 걸지도 모른다——.

에이 설마, 하고 고개를 가로로 저으며 못된 생각을 떨쳐냈다.

현재 자신이 모든 것이 다 의심스럽게 보이는 상태라는 사실을 깨달았다. 죽음이 예정된 날이 한 달 앞으로 다가온 상황에서, 그 많던 꿈은 아직 현실로 일어나지 않았다. 범인이 누구인지, 경우의 수를 줄이기 위한 재료조차 찾지 못하고 있는 탓에 자기 주변에 있는 사람 모두를 수상하게 보고오 있는 중이었다.

"나카하라 씨."

자리로 돌아온 나카하라 씨에게 작게 말을 건다. "무슨 일이에요?" 하고 나카하라 씨가 새치가 드문드문한 머리를 기울였다.

"저한테 뭐 숨기는 일 있습니까?"

"네?"

나카하라 씨가 푹 꺼진 눈을 최대한 동그랗게 떴다. "왜 그래요, 갑자기?" 하고 동요하는 목소리를 낸다.

"있는지 없는지만 말해주세요."

"없어요. 갑자기 왜 그런 질문을 하는 지도 모르겠습니다."

흐음, 하고 이세가 콧바람을 뿜으며 의자 등받이에 기댔다. 나카하라는 수상쩍은 눈으로 슬쩍 쳐다보더니 손에 든 신청서로 시선을 떨궜다.

"야, 이세. 너 왜 그래? 나카하라 씨한테 너무 뭐라 하지 마."

고미부치가 말하자, 이세는 슬쩍 고미부치의 얼굴을 보며 "넌 어때?" 하고 물었다.

"어떠냐니, 뭐가?"

"나한테 뭐 숨기는 거 없어?"

"얌마." 고미부치가 과장되게 어깨를 들썩이더니 걱정스러운 듯 이세를 쳐다보았다. "너, 무슨 일 있냐? 새해벽두부터 얼굴이 엉망인데?"

"묻는 말에 대답이나 해."

"아하, 그거구만. 내가 연말에 금연한다고 선언 해놓고 작심삼일로 끝난 거 말하는 거야?"

고미부치가 농담조로 말하자, "코시누마, 너는? 어차피 물어볼 거 같으니까 미리 대답부터 해버려." 하고 옆자리를 돌아본다.

"없어, 그런거. 뭔데?"

코시누마가 화가 난 듯한 목소리로 말하며 이세를 노려보았다.

거짓말, 없기는 뭐가 없어? 하고 생각했다. 옛날에 인터넷에서 사기 친 것도, 결혼했다고 사기치고 단신 부임 수당 계속 횡령한 것도, 코시누마 입으로는 들은 적이 없다.

"본인이 더 잘 알지 않을까?" 하고 도발적으로 중얼거리자, "할 말 있으면 똑바로 해, 이 자식아." 하고 코시누마가 눈을 부릅뜬다. 고미부치가 팔을 뻗으며 "됐어, 그만해." 하고 코시누마 눈앞에서 손을 흔든다.

큰 소리를 내며 입구 문이 열렸다.

"아슬아슬하게 세이프! 안녕안녕! 으아, 겁나 춥네."

잔뜩 흥이 오른 목소리로 소리치면서 사토가 사무실 안으로 들어왔다. 시계바늘이 딱 9시 정각을 가리키고 있었다. "아, 맞다. 새해 복 많이 받으란 말을 안 했네." 라며 사토는 박수를 한 번 치고는 주변을 이러지리 둘러보더니 고개를 갸웃거렸다.

"뭐야? 분위기 왜이래?"

"아니, 아무 것도 아냐. 일단 자리 앉아——"

"사토, 넌 어때?"

흘려 넘기려는 고미부치의 말을 끊은 이세가 차갑게 물었다. 고미부치가 곤란해 하며 인상을 구기는 모습이 시야 끝에 살짝 비추었다.

방금 전과 똑같은 질문을 반복하자, 사토가 눈을 깜빡이며 "지금 무슨 소리하는 거야? 토크 흐름이 뭐 어떻게 돌아가고 있는 거야?"

사토가 궁금해 하자, 코시누마가 입을 열려고 하는 순간 히키모토가 느긋하게 출근했다. 히키모토 대답도 비슷했다. "아니, 2분 지각한 거 가지고 너무 뭐라 하는 거 아냐? 살다보면 그럴 수 도 있지." 하고 엉뚱한 방향에서 배째라는 식으로 나왔다.

——이제는 이판사판이다. 억지로라도 알아내야 해.

지금까지 지내온 것처럼 똑같은 식으로는 남은 1개월 동안 모든 수수께끼가 해결될 것 같지 않았다. 일단 자신이 왜 죽는 지 원인을 알아내지 않으면, 죽음을 회피할 수 있을 지 어떨 지를 시험하는 것조차 할 수 없다. 아무리 갑자기 미친 사람처럼 보여도, 직장 동료의 신뢰를 잃게 되더라도, 여기까지 온 이상 그런 걸 신경 쓸 때가 아니다. 일단 가능한 방법은 다 써 봐야 했다.

"야, 이세." 고미부치가 어이없다는 듯이 말한다.

"장난해, 지금? 갑자기 분위기 망치게 왜 그래?"

"나도 다 이유가 있어서 그러는 거야."

"이유가 뭔데? 말해 봐."

"나중에."

낮게 깔린 목소리로 말하자, 고미부치는 "나중은 무슨, 그렇게 그냥 넘어갈 수 있을 거 같아?" 하고 소리 질렀다.

"일단 머리 좀 식혀. 오늘도 몇 군데 예약 있잖아, 그치? 그 분위기로 고객 만나서 민폐 끼치면 가만 안 있을 거다?"

"알아."

이세는 침 뱉듯이 말하고는 "그럼 다녀올게." 하고 자리에서 박차고 일어났다. 서류 일체를 가방에 쑤셔 넣고, 코트를 걸치고 문으로 향한다.

"이세 저 자식, 갑자기 왜 저래?"

"몰라. 왜 아침부터 난리야, 난리는." 하고 사토와 고미부치가 대화하는 소리를 등지고, 거칠게 문을 닫고서 계단을 내려갔다.

비영리활동 단체 가운데 누군가가 비밀을 안고 있다, 라고 이세는 확신했다. 그게 아니면 마음속으로 악의를 품고 있다. 그렇지 않고서야 이세가 코시누마를 때릴 이유도, 고미부치가 칼에 찔려 중상을 입을 이유도, 또 고미부치와 이세가 갑자기 살해당할 이유도 없다. 이유도 원인도 없는데 그런 큰 사건이 연달아 일어날 리가 없지 않은가.

자신이 모르는 어떠한 사정을, 도대체 누가 파악하고 있고 누가 모르고 있는 거지? 그리고 이 조직과 직접적인 관계도 없는 카스야 타쿠미가 어떻게 접점이 있는 걸까?

의문은 깊어지기만 할 뿐이었다. 건물 뒤편 주차장으로 향한 이세는 크게 혀를 차며 자갈 위에 침을 뱉었다.

갑자기 주머니에 넣은 휴대전화가 진동하기 시작했다.

다급하게 꺼내보자 '착신: 카스야 타쿠미'라는 항상 보이는 알림이 표시되어 있었다. 하지만 이 시간에 걸어오는 일은 드물다. 은행도 오늘부터 일을 시작하는 날 아닌가? 하고 생각하면서 이세는 통화 버튼을 누르고 휴대전화를 귀에 댔다.

"왜?"

"아, 이세야. 아침부터 미안해. 오늘 말이야, 지금부터 담당기업 공장을 견학하게 되었는데, 공장이 오다와라 시내에 있거든. 점심 때 쯤 끝나니까, 괜찮으면 점심이나 같이 먹을래?"

속 편하게 밥이나 먹자고?――하고, 성질이 뻗치려 했지만, 꾹 참았다. 이쪽 입장에서도 마침 잘된 일이다. 카스야 타쿠미에 대해서도 더 적극적으로 알아볼 필요가 있다고 생각하던 참이었기 때문이다.

다행히 오늘은 연휴와 주말 사이에 낀 금요일이다. 자식이 가족들을 데리고 놀러온 집이 많아서 그런지, 잡혀 있는 방문 약속은 아침과 저녁, 두 건이 고작이었다.

"어. 장소는 오다와라역 근처면 돼?"

"그럼 나야 고맙지. 몇 시에 볼래?"

13시 반에 오다와라역 개찰구 앞에서 만나기로 하고 이세는 전화를 끊었다. 회사차에 올라타 시동을 건다. 난방이 막 돌기 시작한 차 안에서 몸을 부르르 떨면서 이세는 힘차게 액셀을 밟고 차를 몰았다.

회사차를 무인 주차장에 두고 오다와라역으로 향했다.

공기는 차갑지만 화창한 날씨였다. 아직 연말연시로 휴가 중인 사람이 많은 모양인지, 오다와라역 근처에는 관광객으로 북적였다. 오다와라성 방면으로 향하는 인파를 거슬러 오르며 이세는 개찰구를 향해 걸었다.

거대한 오다와라 초롱이 천장에 매달려 있는 개찰구 앞에 서서 주변을 둘러봤다.

아무래도 카스야는 아직 도착을 하지 않은 모양이었다. 주변에서 누군가를 기다리는 사람들은 휴일을 만끽하는 사람들뿐이라서, 양복 입은 회사원이 그런 곳에 서 있으니, 눈에 띄는 게 분명하다.

주머니에서 휴대전화를 꺼내고 알림을 확인했다. 부재중 전화도, 메시지도 없다. 시각은 딱 13시 반이었다.

——카스야 성격 상, 말도 없이 시간에 늦을 리가 없는데.

하고 생각하면서 고개를 들었을 때, 문득 시야에 들어온 게 있었다.

천천히 개찰구 앞을 오른쪽에서 왼쪽으로 횡단해 간다.

눈에 익은 모습인데――하고 직감한 순간, 뇌가 얼어붙은 것만 같은 충격과 한기를 느꼈다.

남자는 트위드 재질의 코트를 입었다. 허벅지를 반 정도 덮는 기장으로 늘씬한 체형을 강조했다.

그 짖은 회색 재질 위에는 흰색이나 검은색으로 세세한 직선이 종횡으로 퍼져나갔다. 직각으로 교차하는 무수히 많은 선이 우아한 사각 모양을 수 놓았다.

――저 무늬.

틀림없다.

루시드 드림에서 몇 번이고 봐왔던 체크무늬 코트다. 신장이나 체형도 2월 4일에 카모노미야역 승강장에 나타난 수수께끼의 남자와 일치한다.

남자의 얼굴을 응시하고 눈앞에 나타난 진실을 곱씹으려고 시도했다.

시선을 느꼈는지 남자가 갑자기 돌아봤다. 이제서야 이세를 알아차리고 "어." 하고 한 손을 들면서 다가온다.

체크무늬 코트를 입은 남자――카스야 타쿠미가 소름이 끼칠 정도로, 구김 없는 함박웃음을 띄우고 있었다.

"갑자기 나오라고 했는데, 나와줘서 고마워. 그럼 어디로 갈까?"

하고 묻는데 이세의 시선이 이상해서, 더듬어 따라간 끝에 자기 가슴께를 내려다본다.

"응? 뭐 묻었어?"

"아니. 은행원인데 그런 무늬 코트 입어도 되나 싶어서."

"아하, 역시 좀 과하려나? 좋아하는 가게에서 신제품이 나와서 겨울 보너스로 샀거든. 기껏 입는 건데 직장에서도 입을까 싶어서 오늘 처음으로 입어본 건데."

무늬 없는 게 더 나았으려나? 하고 코트 재질을 꼬집어 보는 카스야에게, "흐음." 하는 마음에도 없는 반응을 보였다. 당황했다는 사실을 들키지 않으려는 속셈이었다.

——카스야가 범인인 건가?

——카스야가, 고미부치랑 나를 죽인 거야?

빙글빙글 사고가 맴돌기 시작한다. 그럴 리 없어, 라고 부정하고 싶은 마음을 억누르지 못했다. 카스야가 살인범이라면, 〈사후 꿈〉 속에서 보인 초췌한 모습은 도대체 뭐란 말인가? 성묘를 다녀왔다고 쓸쓸히 이야기를 하던 게 다 거짓말이라고? 이세가 경찰이나 검찰에게 당했다는 사실을 알고 격노했던 모습도 다 연기라는 거야?

"얼마 전까지 오다와라 지점에서 근무한 동기가 있는

데, 가성비 좋은 밥집이 있다고 알려줬거든. 거기 가도 괜찮을까?"

아무 생각 없는 느긋한 카스야의 말에 정신을 차렸다. 말없이 고개를 끄덕이고는 역 출구 쪽으로 따라 나선다.

옆에서 나란히 걸으며, 이세는 몇 번이고 같은 질문을 머릿속으로 되풀이 했다. 눈을 깜빡일 때 마다 위험신호가 빨갛게 점멸한다.

——이 자식한테서 정신을 놓아서는 안 돼.

맥박이 크게 뛰기 시작했다. 허점을 보이지 않으려고 주의를 기울이면서 이세는 땀으로 젖은 손아귀를 양복 바지에 비벼 닦았다.

13시 반이 넘어서 그런지, 인기 많은 밥집인데도 줄도 서지 않고 들어갈 수 있었다. 안내 받은 안쪽 테이블에 자리를 잡고 둘 다 코트를 벗는다. 카스야가 체크무늬 코트를 의자 등받이에 거는 모습을, 이세는 곁눈질로 지긋이 관찰했다.

"요즘 날씨 참 춥다. 그치?"

자리에 앉은 두 사람의 대화는 얼이 빠질 정도로 평범한 잡담으로 시작했다. 점원이 내온 따뜻한 물 잔을 두 손으로 감싸고 "하아, 따뜻해라." 하고 카스야는 입가가 느슨

해 질 정도로 행복해 한다.

한편 이세는 아무 말 없이 점심 메뉴를 쳐다보고 있었다. 다가온 점원에게 가장 가격이 싼 정식을 주문한다. "아, 저도 그걸로." 하고 카스야도 같은 메뉴를 주문한다.

"요즘 일은 좀 어때?"

"덕분에 일이 없지는 않아."

"대단하다, 진짜. 고객은 주로 어떤 사람들이야?"

"고령 독신자가 많아. 대부분 자식하고 사이가 멀어졌거나, 손자손녀를 포기했거나, 타인을 위해 좋은 일을 하고 싶었는데 계기가 없던 차에 알게 되었거나……각자 나름대로 이유가 있는 사람들이야."

"그러고 보면 계기가 참 중요한 것 같아. 아니, 다른 사람도 아니고 그 고미부치가 잘도 자선사업을 시작했으니 말이야. 게다가 성공시키고 있다니 더 무섭지."

카스야가 한 말투가 신경 쓰여서 이세는 슬쩍 고개를 들었다.

"카스야, 너는 왜 그렇게 고미부치를 싫어해?"

하고 물어보자, 카스야는 곤란한 표정을 지으며 머리를 긁적였다.

"미안. 그런 뜻으로 한 말은 아니야." 하고 반성한 듯 말하더니, 입을 다문다. 잠시 뒤, "듣고 좀 당황할 수 도 있는데." 하고 전제를 깔더니 카스야가 이야기를 시작했다.

"단순히……억울했어. 절친이라고 생각한 이세를, 나랑은 전혀 다른 스타일의 남자에게 빼앗겼다는 게. 내가 처음으로 고미부치를 봤을 때가 교문에서 막 나올 때였는데, 머리카락은 완전 파란 색으로 염색했고, 날라리 같은 교복을 아무렇게나 걸치고는, 껌을 씹고 있었어."

"전형적인 양아치였으니까."

"그땐 진짜 충격이였어. 나랑은 일절 만나주지 않는 이세가 그런 불량학생이랑 어울리는 모습을 보고 말았으니까. 나 자신을 전부 부정당한 것만 같은 기분이 들었어. 내가 뭘 잘못한 걸까? 내 어디가 잘못된 걸까? 어떻게 하면 이세를 원래대로 돌려놓을 수 있을까? 몇 번이고 자문자답 했어."

"생각이 너무 많아."

"맞는 말이야. 안 좋은 버릇이란 건 나도 알아. 결국은 그냥 질투일 뿐인데 점점 복잡한 방향으로만 생각을 하는 바람에 이상한 정의감을 남에게 관철하려고 고집 부리는 경우가 많았어. 그래봤자 상대방 입장에서는 엉뚱한 행동으로만 보일 뿐이라 괜히 민폐만 끼치는 건데 말이야."

전에도 이런 이야기를 했었지, 하고 카스야가 쓴웃음을 지었다.

"고등학교나 대학교 때 인상만으로 단정 짓는 건 나쁘지, 나도 고미부치한테는 미안하다는 감정이 있어. 이세가 같이 일하고 싶을 만큼 제대로 된 남자니까, 나도 고미부치를 더 믿어야 할 텐데 말이야."

카스야 같은 엘리트가 고미부치 같이, 한 때 양아치였던 사람을 질투하고 있다.

예전 같으면 믿기 어려운 말이었을 것이다. 하지만 여태까지 카스야가 토로한 이야기를 종합해보면 카스야도 카스야 나름대로 스스로가 어떻게 처신하고 어떻게 살아야 좋을 지 확신을 갖지 못한 채 인생을 보내온 모양이었다.

질투, 라는 단어가 뇌 속을 메아리친다.

──그래서, 고미부치를 찌른 거야? 죽인 거야?

카스야가 무슨 생각을 하는 지, 읽을 수 가 없었다. 순수해 보이는 미소 아래에, 지금 이 순간에도 뒤틀린 감정을 숨기고 있는 것이라고 한다면──.

"카스야."

"응?"

결심하고 말을 걸려고 하자, 하필이면 타이밍 안 좋게

주문한 정식이 도착했다. 점원이 떠나기를 기다린 이세가 다시 한 번 말을 짜냈다.

"지금부터 물어보는 거에 대해, 솔직하게 대답해 주라."

"갑자기 새삼스레 왜 그래?" 카스야가 고개를 갸웃거리며 "당연한 걸 가지고. 얼마든지 물어 봐." 하고 고개를 끄덕였다.

"나 말이야, 한 달 뒤에 죽어."

"뭐……?"

"왜 내가 죽어야만 하는 지, 짐작 가는 거 있어?"

이세는 카스야의 표정이 어떻게 변하는 지 주목했다. 카스야가 이세에게 살의를 품고 있는지 여부를 판단하기 위해. 이세가 모르는 사정을 파악하고 있는지 여부를 판단하기 위해. 그 힌트를 남김없이 놓쳐서는 안 된다.

카스야는 눈을 크게 뜨고 "갑자기 무슨 소리야?" 하고 떨리는 목소리로 대꾸했다.

"죽는다니, 혹시 어디 아픈 거야?"

"아냐."

"설마……자살이라도 할 생각인 거야?"

"그럴 생각 없어."

"그럼 도대체 그걸 어떻게 아는 거야?"

"됐으니까, 질문에 대답해. 짐작 가는 게 있냐고."

"없지, 당연히. 전혀 없어."

카스야가 창백한 얼굴로 고개를 가로저었다. 판단하기 어려운 이세는 의자 등받이에 몸을 기댔다.

"참고로, 고미부치랑 내가 동시에 죽게 될 거야."

"뭐라고?"

"왜 그런 지 알아?"

"그걸 어떻게 알아!"

평소 카스야 답지 않게 화가 난 목소리로 말했다. 고함소리에 주변 손님들이 일제히 카스야와 이세를 쳐다보았다.

"뭐든 간에 나한테 숨기는 게 있으면 솔직히 말해줘."

"숨기는 거? 왜 나한테 그런 걸 묻는 거야?"

"일단은 대답부터 해. 비밀이 있냐고."

"없다니까? 이세 너한테는 내 모든 걸 다 밝히고 있어."

"그럼 빚 문제는?"

"빚?"

카스야의 눈이 휘둥그레졌다. 어떻게 그 사실을 알고 있는 거야——라는 말이 이어질 줄 알았는데, 이세의 예상은 빗나갔다.

"무슨 빚? 누구 빚?"

"막대한 빚을 지고 있다면서."

"내가? 무슨 말도 안 되는 소리야? 헛소문도 그런 헛소문이 없다, 진짜."

"숨겨도 소용없어."

"지금 진심으로 말하는 거야?"

테이블 구석에 뒤집어 둔 스마트폰을 거세게 꺼내든 카스야가 무언가를 검색하기 시작했다. 한참동안 조작한 끝에 화면을 내보이며 "자, 한번 봐." 하고 눈앞으로 쭉 내민다.

표시된 화면은 인터넷 뱅킹 개인정보 페이지였다. 잔고가 300만 엔이 넘었다.

"학생 때 모은 알바비, 취직하고 나서 네 번 받은 보너스, 다 저금했어. 혹시 나한테 막대한 빚이 있으면 갚지도 않고 이렇게 목돈을 그냥 계좌에 넣어두는 게 가능하겠어? 안 갚으면 계속 이자가 불어날 텐데."

다음으로 카스야는 "도대체 누가 그런 소문을 흘리고 다니는 거야?" 하고 중얼중얼 읊조리면서 입출금 내역 상세 페이지를 표시했다. 확실히 급여나 상여금이 들어온 거나 ATM에서 소액 출금한 것 말고는 자금흐름에 수상한 점은 딱히 없어 보였다.

"내가 들은 바로는 네 집이 빚을 떠안고 있다고 들었거든."

"우리 집? 부모님 말하는 거야? 그럴 리가 없어." 카스야가 이세의 말을 딱 잘랐다. "요 몇 년 간 아버지 회사 실적이 나빠지거나, 어머니가 몸이 안 좋아서 아버지랑 내가 간병을 하거나, 집안 형편이 빡빡해진 적은 몇 번 있긴 있었어. 하지만 아무리 그래도 빚을 낼 정도 까지는 아니야."

"대학생 때, 지인들한테 돈 빌리려고 여기저기 다녔다는 말을 들었는데."

"누가 그런 밑도 끝도 없는 헛소문을 냈어?" 분통해 하는 카스야의 얼굴이 빨갛게 물들었다.

"대학, 이라면 설마――고미부치가 그랬어?"

잠시 망설였지만, 어, 하고 끄덕였다.

"이세야, 미안. 고미부치를 믿겠다고 선언까지 해놓고 이런 말 하는 거, 면목 없기는 한데……아까 한 말은 취소해야겠어."

카스야의 두 눈에는 진지한 빛이 어렸다.

"고미부치가 이세 너한테 그런 말을 한 게 언제야?"

"언제였더라."

"내가 이세, 너랑 마주치고 난 뒤야? 아니면 전이야?"

"아……. 뒤."

"내가 이직 권유를 했다는 말을 고미부치한테 했지?"

"어, 했어."

"혹시 빚 이야기 들은 게, 이직 권유를 말하고 난 뒤야? 아니면 전이야? 혹시 내가 그랬다는 말을, 이세 너한테 들은 뒤에 했지?"

"그랬던 거 같아."

고미부치는 나를 적대시하고 있는 지도 모르겠네——하고, 카스야가 턱에 손을 가져다 대며 중얼거렸다.

"너무 사실무근인 내용이라서, 고미부치가 착각해서 말했을 가능성도 낮아. 다시 말해 의도적으로 내 이미지를 깎아 내리려고 한 게 아닌가 싶은데. 이세를 비영리 단체에서 빼 내려고 하니까 보복으로 한 행위인 걸까?"

"나를 붙잡아 두려고, 일부러 나한테 그런 말을 해서 너를 경계하게끔 만들려고 했다, 이 말이야?"

"맞아."

"그렇게까지 해서 굳이 나를 붙잡아 둘 이유가 어디 있어? 직원은 나 말고도 많은데?"

이세는 나카하라의 얼굴을 떠올렸다. 그런 영업 경력직

을 고용해 점점 사업을 확장시켜 나가면 된다. 알바나 다름없는 박봉이라 구직공고를 내도 사람이 모이지 않을 지도 모르지만, 끈기 있게 찾던가, 아니면 대우를 좀 더 개선하면 어떻게 되겠지.

그렇게 생각하던 이세가 갑자기 문득 정신을 차렸다.

카스야의 말을 전면적으로 신용하면 위험하다, 라는 사실을 겨우 떠올린다. 자신을 깎아 내리려는 고미부치에 대해 마음 속 깊이 화가 난 것처럼 보이지만, 실제로는 다 연기일 지도 모른다.

선로에 떨어지는 이세와 고미부치.

그 두 사람을 내려다보는 체크무늬 코트 입은 남자의 모습이 선명이 머릿속에 되살아난다.

이세와 고미부치를 어두운 선로로 떨어뜨린 사람.

그것은 카스야였다.

——하지만, 대체 뭘 위해서?

식어가는 생선찜 반찬을 바라보면서 이세는 생각에 잠겼다.

——카스야도, 고미부치도, 둘 다 못 믿겠어.

"자, 일단 먹자."

카스야가 힘없이 입을 연 것은, 그 뒤로 좀 지나서였다.

저녁에 방문을 하나 끝낸 이세는 평소보다 빨리 사무실로 복귀했다.

사무실에 남아있는 사람은 고미부치와 코시누마, 두 사람 뿐이었다. 나카하라는 아직 외근 중이었고 사토와 히키모토는 오후에 집으로 돌아갔다고 했다. 기껏 회사에 나왔으면 퇴근 시간까지는 일을 하면 좋을 텐데, 둘 다 새해가 밝아도 전혀 나아지지 않은 모양이다.

오늘은 특별한 성과도 없었으니 사무작업도 바쁠 게 없었다. 오전 정기수금은 현관 앞에서 잡담 몇 마디 하는 걸로 끝났다. 저녁은 코시누마한테서 받은 리스트에 실린 70대 여성인 신규 고객을 방문했으나, 딱히 여유가 있는 것도 아닌 모양인지, "월 3만엔 이상? 일시불인 줄 알았더니." 하고 바로 튕겨냈다. 일단은 소책자를 건네고 홈페이지를 통해서도 소액 기부가 가능하다는 사실을 전했지만, "인터넷은 무서워서 싫어." 하고 인상만 썼다.

하지만 사무작업은 어지간히도 진행이 안 됐다. 체크무늬 코트로 몸을 가린 카스야 타쿠미의 모습이 몇 번이고 머리에 되살아난다. 결국 복귀한 나카하라가 공용 노트북을 가지고 갈 때까지도, 오늘 중으로 끝내야 할 업무를 전혀 끝내지 못했다.

시간이 남아, 수첩을 펼치고 내일 스케줄을 확인한다. 수금이 두 건, 신규방문이 두 건 들어와 있다. 그 옆에 직접 쓴 메모를 발견한 이세는 오늘 중으로 준비해야 할 서류를 기억해냈다.

"코시누마."

"뭔데?"

컴퓨터를 보고 있는 코시누마를 부르자, 짜증스러운 대답이 돌아왔다. 방금까지 부담스러운 분위기였던 것도, 오늘 아침에 이세가 보인 언행 때문이다.

"내일 수금 갈 오치아이(落合)라는 지원자 분이 앞으로 몇 번 납부해야 하는 지 횟수를 구체적으로 알고 싶다고 했어. 그런 데이터는 네가 관리하는 거 맞지?"

"맞아. 기다려. 오치아이——이름은?"

"미즈에(瑞枝)."

"오케이. 나중에 줄게."

"바쁘면 원 소스라도 줘, 내가 찾아볼게."

"아냐, 그 정도는 이쪽에서 할 테니까."

하고 말한 코시누마가 책상 서랍으로 손을 뻗자, 키보드 옆에 놓아두었던 스마트폰이 울렸다.

"아, 맞다. 오늘 술 약속 있었지."

코시누마가 허둥대며 자리에서 일어나, 큰 몸집으로 주위를 다 무너뜨릴 기세로 사무실을 나갔다. 계단에서 통화하는 모양인지, 미안미안, 하고 신이 난 굵직한 목소리로 사과하는 소리가 들린다.

"나도 담배 좀."

컴퓨터 화면을 멍하니 바라보던 고미부치가 담뱃갑과 라이터를 들고 자리에서 일어섰다. "아마 코시누마도 피우겠지." 하고 혼잣말 하며, 코시누마 책상에 있던 담뱃갑을 집는다.

고미부치가 입구 문에서 나가는 것과 동시에 이세도 일어나 이동했다.

코시누마 책상으로 향해 의자에 앉는다. 방금 코시누마에게 의뢰한 일 정도라면 바로 직접 찾아보는 게 훨씬 빠를 것 같았다.

"코시누마 컴퓨터에는 이미 몇 개 정도 창이 열려 있었다. 하나하나 클릭해 보았지만 총계정원장, 결산보고서 같은 게 적혀있는 걸로 보아, 모두 결산에 관한 자료인 듯했다. 1월이 결산기다보니 일이 많이 밀렸다, 라며 코시누마가 저번 달 부터 투덜거렸는데, 이것들을 말한 거구나, 하고 고개를 끄덕인다. 학교에서도 공부를 못했던 코시누마에게는 너무 어려운 거 아닌가? 아마도 대부분은 고미부치가 고쳐주고 있을 게 뻔하다.

문서 폴더를 열고 그럴 듯 해 보이는 파일 이름을 찾았다. 코시누마는 폴더 관리도 엉망이어서 엄청나게 많은 파일을 죄다 한 곳에 몰아넣었다. 그걸 하나하나 보고 있자니, 〈장학금: 기부자 일람 (20181226 갱신)〉이라는 이름의 엑셀 파일을 찾았다.

더블클릭 해서 파일을 열어보니 〈이름〉, 〈입금일〉, 〈기부액〉 같은 항목명이 눈에 들어왔다. 원하던 파일을 바로 찾아 안심하고는 오치아이 미즈에 라는 이름을 찾는다. 하지만 방대한 리스트 가운데 아무리 찾아보아도 오치아이라는 성은 보이지 않았다. 혹시 몰라 전체검색 기능으로 찾아보았는데도 결과는 마찬가지였다.

한참이 지나서야 자신이 실수했다는 사실을 깨달았다. 아무래도 이 리스트는 홈페이지를 경유해서 신청한 기부자 정보만 모아놓은 파일인 것 같았다. 시험 삼아 사카구치 세이코 씨를 비롯한 고객 이름을 몇 명을 검색해 보았지만 하나도 검색되지 않았다.

어쩐지 기부금액 월간액 표기가 없더라니──하고 납득한 이세가 다시 제대로 된 파일을 찾기 시작했다.

계단을 오르는 발소리가 들려왔다. 그냥 코시누마한테 물어보는 게 더 빠르겠다, 하고 이세는 고개를 들어 출입문 쪽으로 돌렸다.

코시누마가 뒤 따라 오는 고미부치와 무언가 신나게 이야기를 주고받으며 사무실 안으로 돌아온다. 하지만 이세가 자신의 자리에 앉아있는 것을 눈으로 확인한 순간, 코시누마의 커다란 눈은 도끼눈이 되었다.

"야, 너 지금 뭐하는 거야!"

성난 고함 소리에 놀라 황급히 의자에서 엉덩이를 뗀다. "아까 말한 데이터, 그냥 내가 찾아서 인쇄하려고." 하고 변명하자, "누구 맘대로 만지는 거야!" 하고 코시누마가 위협적으로 목소리를 깔았다.

직장 컴퓨터는 원래 다 공용이잖아, 하고 반론하고 싶었다. 내근 담당 쪽이 컴퓨터 사용 시간이 기니까 한 사람당 한 대씩 배정했을 뿐이잖아?

이세가 불만을 품고 있다는 것을 알아차린 고미부치가 "에이, 그만해." 하고 코시누마 어깨에 손을 얹었다.

"코시누마, 너 소심하게 왜 그래? 뭐 보면 안 되는 거라도 들어있냐?"

"그게 아니라! 나는 내 컴퓨터를 남이 만지는 게 싫다고!"

"이세, 너도 쓴다면 쓴다고 말 정도는 하지. 다음부터 그렇게 해."

갑자기 코시누마한테 욕을 들어 기분이 나빴지만, 고미부치가 말하는 것도 틀린 말은 아니었다. 이세는 "알았어." 하고 고개를 끄덕이고는 마지못해 나카하라가 있는 테이블로 돌아갔다.

열 받은 모습으로 그 큰 몸을 의자에 내던지듯 앉는 코시누마를 몰래 곁눈질로 관찰한다.

——뭔가 수상한데?

의혹이 머리 위에서 점점 커져갔다. 인터넷 게시판에 올라와 있던 경매사기 문제도 그렇고, 고미부치가 조사해서 발각된 단신부임수당 부정 수급 문제도 그렇고, 코시누마는 아무래도 수상한 점이 많다. 오늘 아침에도 "나한테 뭐 숨기는 거 없나?"라는 질문을 모두에게 빠짐없이 던졌지만, 그 때도 가장 감정적으로 반응한 사람이 코시누마였다.

"오늘 고등학생 때 친구들이랑 한 잔 하기로 해서 먼저 간다."

가시 돋힌 말투로 코시누마가 의자에서 일어나 배낭을 멨다. "수고했어.", "수고하셨습니다." 하고 고미부치와 나카하라의 인사를 받으며 코시누마는 출입문 너머로 사라졌다. 이세는 아무 말 없이 코시누마가 떠난 책상을 지긋이 바라보았다.

한참 뒤, 평소보다 일을 빨리 끝낸 나카하라도 퇴근했다. 고미부치는 평소와 다름없이 사무실에서 야근하는 중이다. 사무실 열쇠를 가지고 있는 게 고미부치와 코시누마라서 두 사람 중 한 명은 반드시 마지막까지 야근을 하는 모양이었다.

"고미부치, 뭐 하나 물어봐도 돼?"

이세가 묻자, 고미부치는 컴퓨터에서 눈을 떼고 "뭐를?" 하고 이세를 쳐다보았다.

"오늘 또 카스야 타쿠미를 만났어. 물어보니까 집에 빚은 없대. 대학생 때 돈 빌리러 다닌 적도 없는 모양이야."

"진짜?" 고미부치가 깜짝 놀란 얼굴을 하며 고개를 갸웃거렸다.

"그럼 헛소문이었나 보네. 누구한테 들은 것 같았는데, 아닌 가 보다. 미안."

"그런 식으로 나오겠다?"

"어?"

"내가 묻고 싶은 건——일부러 거짓말 한 거 아니냐 이 말이야."

"에이, 무슨 소리야. 내가 거짓말해서 뭐하게? 카스야는 너랑 초등학교 동창이지, 나랑 아는 사이는 아니야. 빚이 있든 말든 나랑 상관없어. 다 널 위해서 알려준 거지."

고미부치가 곤란해 하며 어깨를 으쓱거렸다.

더 이상 물고 늘어져도 소용없겠다, 하고 직감했다. 이세는 아무 말 없이 컴퓨터 화면으로 눈을 돌렸다.

"그러고 보니 이세, 요새는 집에 늦게 간다? 전에는 9시 땡 하면 갔는데."

"그냥."

고개도 들지 않고 짧게 대꾸한다.

시간과 무관하게 야근하게 된 것은 더 이상 그 전철에 탈 필요가 없어졌기 때문이었다.

——지금까지 정말 감사했습니다.

단 한 문장이었다. 사요가 보낸 첫 메일로 이세는 이별을 통보받았다.

영문을 알 수가 없어 '무슨 일 있어?' 하고 바로 답장을 보냈다. 하지만 사요로부터 답장이 오는 일은 없었다.

그 뒤로 한동안 이세는 고집스레 같은 전철을 탔다.

일주일이 지나고, 이주일이 지났지만 카타오카 사요는 나타나지 않았다. 아마도 앞으로 모습을 드러내는 일은 더 이상 없으리라——라는 근거 없는 예감이 점점 이세 가슴 속을 파고들었다.

사요는 겁이 난 거라고 생각한다.

이세의 죽음을 알기 전에 스스로 모습을 감춘 것이다. 루시드 드림을 본 사람은 반드시 죽는다고 알게 되면 사요는 앞으로 7년 간, 한 줄기 희망도 품지 못하게 되고 만다. 그 법칙을 확인하지만 않으면, 어쩌면 꿈이 현실로 바뀌는 현상을 피하는 게 가능할 지도 모른다, 라는 실낱같은 가능성을 기대해 볼 수 있다.

아마도 이게 사요에게 있어 최선의 선택지였을 것이다.

이세가 할 수 있는 일이라고는 앞으로 7년이라는 시간을 보내야 할 카타오카 사요의 행복을 비는 것 뿐이었다.

안녕, 하고 입 속으로 작게 중얼거린다.

죽음을 직면하게 되면, 분명 누구든 외로울 것이다.

2019년 2월 1일 (금)

멋대로 움직이는 오른손이 휴대전화 화면을 연다.

'2019년 2월 4일 (월) 16시 54분'

화면에 늘어선 숫자는 한 치의 오차도 없었다.

하아, 하고 한숨을 쉬고 싶어진다. 하지만 꿈속에서는 자유가 없다.

이세는 차오르는 분노를 느꼈다.

그저 한 없이, 온 몸이 뜨거웠다. 승강장 밖에는 눈도 비도 아닌 진눈깨비가 계속 내려, 느껴지는 것은 이상할 정도로 높은 자신의 체온뿐이었다.

휴대전화를 주머니에 다시 넣었을 때 이세는 처음으로 알아차렸다.

구두 밑창을 몇 번이고 승강장 아스팔트에 두들긴다.

신호는 아주 먼 곳에서 흐릿하니 들려오는 전철 경적소리였다. 꿈꾸는 중인 이세를 비웃기라도 하듯, 완벽한 타이밍으로 자신의 몸이 힘차게 뒤로 돈다.

고미부치와 체크무늬 코트를 입은 남자. 키는 고미부치가 조금 더 컸다. 그 몸에 가려 남자 얼굴은 눈으로 확인이 되지 않았다. 하지만 늘씬한 체형이나 체크무늬 코트는 이세가 최근 재회한 한 남자를 가리키는 듯 했다.

이세는 고미부치 쪽으로 달렸다.

체크무늬 코트를 입은 남자에게서 도망치려고, 고미부치의 팔을 붙잡아 자기 쪽으로 끌어당긴다.

다리가 꼬여 몸이 반 바퀴 돌았다.

어두운 선로가 보인 순간 등을 떠밀렸다.

두 사람은 공중에 떴다.

다가오는 전철 라이트.

승강장에서 내려다보는 남자.

고미부치의 절규——.

정신을 차려보니 이세는 아침햇살이 비추는 전철 안에서 끙끙 거리고 있었다.

"저기요, 괜찮아요?"

옆에 앉아있던 나이 많은 여성이 늘어지는 목소리로 말을 걸어온다. 괜찮습니다, 하고 낮은 목소리로 대답한 이세가 자리에서 일어났다.

전철은 코우즈역에 정차해 있었다. 열린 문을 통해 차가운 공기가 쏟아져 들어와 승객들이 몸을 떤다.

창 밖에는 아침햇살이 반짝이는 푸른 바다가 보였다. 그 광경과는 대조적으로 이세의 마음은 탁하고 거무튀튀했다.

——앞으로 사흘.

도저히 실감이 나지 않았다. 이세가 홀로 발버둥치는 사이 시간은 쏜살처럼 흘러갔다.

지금까지 봐왔던 예지몽은 일부를 제외하고 모두 현실화 되었다. 남은 예지몽은 전철에 치어 죽는 꿈, 카스야가 든 나이프를 빼앗아 찌르는 꿈, 사무실에서 코시누마를 때리는 꿈, 그리고 컴퓨터 모니터를 바라보는 꿈. 최근에는 대부분 이 네 가지 꿈이 번갈아 나왔다. 가끔씩 새로운 꿈을 꾸는 경우도 있지만, 얼마 지나지 않아 일어나는 작은 사건을 예견하는 꿈이나, 아무렇지도 않은 과거의 추억을 떠올리는 꿈 정도로 사소한 내용뿐이었다.

〈사후 꿈〉도 최근에는 거의 꾸지 않았다. 카스야와 대화하는 꿈은 물론이고, 완전히 어른스럽게 모습이 변한 카타오카 사요와 만나는 꿈도 두 달 정도 전에 본 게 마지막이었다.

——이대로 아무렇지도 않게 그냥 지나가 주지 않으려나?

그런 덧없는 기대를 품는다.

——그런 뜬금없는 사건이 남은 사흘 만에 차례로 벌어진다는 말인가?

손잡이를 잡은 채 머리를 굴리는 사이, 전철은 카모노미야역에 도착했다. 평소대로 승강장에 내려 가장자리에 너무 가까이 가지 않도록 주의하면서 에스컬레이터를 타러 걸어간다.

이번 한 달 동안, 이세는 어떻게든 코시누마의 컴퓨터 내용을 뒤져보려고 기회를 노렸다. 하지만 코시누마는 어지간해선 이세를 혼자 두지 않았다. 재택근무를 포기하고 회사 사무실로 출근해서는 담배도 고미붙이 다음으로 피러 간다거나 하는 식으로, 마치 이세를 견제라도 하는 듯한 움직임을 보였다. 아침 일찍 출근을 해도, 질질 끌며 밤늦게까지 야근을 해도, 또 낮에 갑자기 사무실로 돌아와 봐도, 코시누마의 컴퓨터에 접근할 찬스는 오지 않았다.

차라리 쉬는 날에 몰래 들어오려고, 매주 월요일 밤에는 창문 자물쇠를 몰래 열어두었지만, 화요일 아침에 확인하러 가면 자물쇠는 다시 제대로 잠겨 있었다.

완전히 경계하고 있는 게 분명했다. 코시누마에게만 해당하는 이야기가 아니다. 연초부터 도발적인 발언을 계속한 탓인지 직장 동료 다섯 명과 이세 사이에는 커다란 벽이 생겼다.

이전에는 빈번히 말을 걸어오던 고미부치도 지금은 이세와 말을 섞으려고 하지 않았다. 나카하라는 골칫덩이를 보는 눈이었고, 사토나 히키모토는 이세를 대놓고 무시했다.

아무런 대책도 마련하지 못한 채 3주가 지나버렸을 즈음, 이세는 결국 고군분투를 포기했다.

그리고 코시누마의 비밀을 폭로하기 위해 최후의 계획을 짜내기 시작했다.

이세한테 들키면 안 될 곤란한 게 있다――라는 게 이미 확실해졌다. 인터넷 사기나, 단신부임수당 부정수급 같은 전과가 있는 코시누마니까 어쩌면 다른 금전 쪽 비밀을 안고 있는 지도 모른다.

횡령이라도 하는 거 아닌가, 하고 이세는 의심했다. 만약 그런 사실이 있다고 한다면 결산서를 열어둔 컴퓨터를 사용했다는 이유만으로 그렇게까지 화산처럼 열을 내는 것도, 루시드 드림 속에서 이세가 코시누마를 때리는 장면이 나온 것도 다 이해가 된다. 다른 사람의 선의로 모인 기부금을 사리사욕 채우는 데 쓰는 짓거리를 하고 있다면 절대로 용서할 수 없다.

코시누마가 수상하다는 사실이, 어떻게 3일 뒤 전철사고와 이어지는가에 대해서는 아무런 생각도 떠오르지 않는다. 하지만 시간의 여유가 없는 가운데, 지금 이세에게 주어진 선택지는 현 시점에서 가장 의심스러운 인간을 추적하는 것 말고는 없었다.

——어째서 내가 죽어야만 하는 거지?

반년 간 거듭해온 질문에 대한 답을, 앞으로 3일 안에 찾아낼 자신은 없다. 더 빨리 코시누마를 의심했어야 했다, 라는 후회만이 부풀어 오른다.

하지만 다른 방법이 없었다. 이게 마지막 찬스가 될 것이라는 사실을 이세도 잘 알고 있었다.

사무실에 가까워질수록 심장박동이 점점 빨라졌다.

오늘 계획 내용을 머릿속으로 곱씹는다.

실수는 없다. 스케줄을 조절해서 오전 일정을 비우고 오늘 신고해야 할 금액은 어제 미리 다 올려놓았다. 설득에 며칠이 걸리기는 했지만 계획을 도와줄 협력자도 겨우 확보했다.

계획이 성공하려면, 전부 그녀의 연기력에 달려있었다.

낡은 계단을 오르고 문손잡이를 잡았다. 심호흡을 한 번 한 뒤, 이세는 사무실 안으로 들어갔다.

좋은 아침, 따위의 인사는 없다. 사무실 한 쪽 구석으로 이동하면서 사무실 안에 고미부치, 코시누마, 나카하라 세 명 밖에 없는 상황을 확인한다.

"사토랑 히키모토는?"

혹시나 하는 마음에 고미부치한테 묻자 "재택근무. 알

면서 왜 물어봐?" 하고 짜증 섞인 대답이 돌아왔다.

"걔네들한테 볼 일 있어?"

"일 제대로 하고 있는 거 맞겠지."

"다 시키고 있어. 남 신경 쓸 시간에 네 일이나 집중해서 해. 신규 기부자 수가 올해 되면서 확 줄었잖아. 나카하라 씨 보고 좀 배워라, 자식아."

고미부치의 충고는 뒤로하고, 이세는 자리에 앉았다. 너도 나도 앞으로 수명 3일 밖에 안 남았을 지도 모른다고——하는 말이 목 끝까지 치밀어 올랐지만 입 밖으로 내지 않고 꾹 참았다. 고미부치도 완전히 믿어서는 안 된다. 괜히 미래 일을 알려주는 일은 하고 싶지 않았다.

아무래도 계획의 전제조건은 다 갖춰진 모양이었다. 계획 실행에는 고미부치, 코시누마, 이세 세 명만 사무실에 남아있는 상태를 만들 필요가 있다.

사무실 전화가 울린 게 10시 조금 넘어서였다.

예상대로, 나카하라는 이미 외근을 나갔다. 고미부치와 코시누마가 수상하게 생각하지 않도록, 쓸 데 없이 가방에 소책자를 채워 넣거나, 코시누마한테서 받은 방문 리스트를 확인하는 척 하던 이세는 전화를 받은 고미부치 목소리에 귀를 기울였다.

"네. NPO법인 커넥티드입니다."

"대표 바꿔요."

"네?"

"대표 바꾸라고요."

"무슨 일이시죠?"

"전화 받은 사람은 누구세요?"

"네?"

"성함이 어떻게 되시냐고요."

"아, 고미부치입니다."

"당신이 고미부치에요? 거기 대표 맞죠?"

전화기를 통해 사카구치 세이코의 성난 목소리가 조금 새어 나왔다. "네, 맞습니다만." 하고 곤혹스레 대답하는 고미부치에 대고 사카구치 세이코가 폭발하듯 고함을 질러댔다.

"나, 이세 씨한테 소개 받아서 그 쪽에 기부하는 사카구치 세이코라고 하는데요. 매달 기부금 15만엔을 학생 3명한테 보내고 있으니까, 한 사람당 5만엔 씩 가는게 맞을텐데, 영상통화로 학생들하고 이야기 해보니까 장학금이 매달 4만엔 조금 넘게 밖에 못 받았다고 그러잖아요. 이게 지금 어떻게 된 거죠? 제가 낸 돈을 그 쪽이 맘대로 쓰고 있는 거 아니에요?"

"아이고, 아닙니다. 그럴 리가 있나요. 처음에 설명 드렸을 거라고 생각합니다만, 장학금 기금을 운영하는 경비를 위해 보내주신 소중한 장학금에서 수수료를 떼서——"

"지금 그걸 말하는 게 아니에요! 저는 매달 15만엔이나 되는 큰돈을 기부하고 있어요. 그 중에서 3만엔이나 그 쪽이 횡령하고 있었다는 말 아니에요. 이게 말이나 되요? 전화로는 도저히 이해가 안 되니까, 당장 여기로 와서 직접 설명하세요."

"정말 죄송합니다. 그럼 바로 담당자 이세를——"

"이세 씨한테는 들을 만큼 들었어요! 도저히 해결이 안 되니까, 담당자를 바꿔줘요. 아무튼 지금 당장 올 수 있는 사람으로. 물론 그쪽도 같이 와서 설명해요. 대표니까, 두 사람 이상 안 오면 성의가 없다고 보겠어요. 알았어요?"

사카구치 세이코는 설계자인 이세도 깜짝 놀랄 만큼 험악한 클레임을 연달아 늘어놓았다. 고미부치가 조금이라도 변명을 하려고 하면 "그런 식이면 기부 당장 끊어버릴 거예요!"라는 협박이 터져 나온다.

겨우 전화를 끊었을 때쯤에는 고미부치 관자놀이에 푸르스름한 핏줄이 섰다.

"야, 이세. 너, 수수료 얘기 똑바로 다하고 계약 진행한 거 맞아?"

"당연히 충분히 다 하고 진행했지. 저 쪽이 지금 착각하는 거야."

"진짜, 이게 무슨 경우야. 대표인 내가 직접 가겠다는데도 굳이 두 명 이상 오라고 하잖아. 안 그러면 기부 끊는 대. 무슨 소리야, 이게?"

고미부치는 욕을 퍼부으면서 "코시누마, 따라 와." 하고 옆자리에 파묻힌 커다란 덩어리에게 말을 걸었다.

"뭐? 내가 왜? 이세가 안 되면 나카하라 씨 있잖아."

"나카하라 씨는 지금 손님하고 미팅 중이잖아."

"사토랑 히키모토도 있잖아. 아무나 데려가."

"그 새끼들 집에서 나오라고 하면 오래 걸려. 그리고 생각 좀 해라, 자식아. 걔네들이 아오, 손님 앞에서 사과하는데 도움 될 자식들이냐?"

"아니, 그래도——"

"입 닥치고 따라와. 우량 고객이 떠나면 속 아프다고."

고미부치가 재촉하는 바람에 코시누마는 귀찮아하면서 무거운 엉덩이를 들어올렸다. "회사차는 있다가 내가 써야 돼." 하고 이세가 말하자, 고미부치는 "택시타고 갈

게." 하고 목소리를 깔면서 위협적이게 혀를 찼다.

두 사람이 나가는 순간, 고미부치가 입구 열쇠를 이세한테 내던졌다. "나갈 때 문 잠그고 나가." 하고 소리 내어 문을 닫았다.

외부계단을 내려가는 두 사람의 발소리가 사라지기를 기다린 고미부치는 서둘러 코시누마 자리로 이동했다.

사카구치 세이코 씨에게는 아무리 감사해도 모자를 정도다.

이세가 "이유는 묻지 마시고, 도와주셨으면 합니다." 하고 고개를 숙였을 때 "진상고객 연기를 하라니, 그런 짓은 못해요." 하고 세이코는 싫은 기색을 나타냈다. 근무하면서 며칠 동안 계속 오가며 부탁을 한 결과, 어제 겨우 승낙해 주었다.

"이세 씨가 이 정도로 부탁하신다면 분명 말은 못해도 중요한 사정이 있는 거겠죠. 알았어요. 한 번 해볼게요. 저는 이세 씨를 믿으니까요."

이세는 그 말을 죽어도 잊지 못할 것 같다는 생각이 들었다.

최고 기부금액을 내주는 사카구치 세이코가 말하는 것이라면 아무리 말도 안 되는 내용이라도 받아주지 않고는 못 배길 것이다——라는 이세의 추측은 맞아 떨어졌다. 고미부치는 세이코가 지시한 대로 코시누마를 데리고 갔다. 덕분에 이세는 한참동안 시간을 들여 코시누마 컴퓨터를 뒤져볼 여유가 생겼다.

대기 중 상태인 컴퓨터를 켜고 회사 컴퓨터 공용 암호를 입력한다. 문서박스를 열고 결산서 관계 파일 등, 혹시라도 부정이 있을 때 증거로 삼을 만한 서류를 차례로 인쇄한다.

내용을 보는 것은 나중에 할 생각이었다. 어차피 바로 봐도 이해하지 못한다. 여기서 머리 굴리는 시간을 들일 바에야 필요한 서류를 대강이라도 전부 손에 넣는 게 우선이었다.

'2018년도 결산'이라는 이름의 폴더 속에 있는 파일을 모두 인쇄한 이세는 한숨을 내쉬었다. 복합기에서 나오는 두꺼운 종이다발을 자기 가방에 집어넣고 단단히 지퍼를 잠근다.

문득 시계를 보니 이미 40분이나 시간이 지났다.

계획은 성공적이었다. 안심하고 가슴을 쓸어내리려는데 큰 실수를 깨닫고 말았다.

결산서만 손에 넣어봤자, 실제 입금 데이터가 없으면 비교가 불가능하다.

이세는 옆 자리로 이동해 고미부치 책상을 뒤졌다. 이세나 나카하라가 수금해온 현금은 일단 고미부치 책상 밑 금고에 넣어 두었다가, 정기적으로 고미부치가 은행에 맡기기로 되어있다. 계좌는 비영리활동 법인 명의로 된 통장이 있다고 했다. 따라서 어디에 분명 통장이 있을 것이다.

하지만 아무리 찾아도 통장은 보이지 않았다. 어쩌면 현금과 함께 금고 속에 넣어두는 지도 모른다. 이세는 금고 암호를 모른다.

정신을 차려보니 시계는 11시를 가리키고 있었다. 아무리 사카구치 세이코가 연기를 잘 해준다고 해도 이제 슬슬 사무실을 나가야지 안 그러면 둘과 마주칠 가능성이 크다.

——일단은 수금액 일람이라도 프린트하자.

이세와 나카하라가 매일 입력하는 수금관리표를 참고로 코시누마가 모든 데이터를 관리하고 있을 터였다. 코시누마가 관리하는 리스트니까 믿을 만한 수치가 적혀있을 지 의심스럽지만, 혹시 수금액 리스트 합계 금액과 결산서 숫자가 안 맞으면 회계담당인 코시누마가 빼돌리고 있을 가능성이 크다.

얼마 전에 멋대로 열어봤다가 코시누마가 격노했던 '장학금: 기부자 일람 (20190131 갱신)'이라는 이름의 파일을 열고 인쇄 버튼을 클릭했다.

그리고 그 리스트가 홈페이지를 경유해 기부금을 낸 사람만 기재되어 있다는 사실을 떠올리고 이세나 나카하라가 신규 개척한 상위 고객 기부액을 정리한 파일을 찾기 시작했다.

리스트는 좀처럼 보이지 않았다. 어제 오치아이 미즈에로부터 문의를 받았을 때처럼 할부 횟수가 얼마나 남았는지, 혹은 기부 시작일시가 언제인가를 코시누마에게 물어보면 보통은 바로 정보를 찾아서 알려준다. 그럴 때 마다 참조하는 리스트가 분명 있을 터인데, 관계있어 보이는 파일을 하나하나 열어보았지만 이세 담당 고객인 사카구치 세이코나 오치아이 미즈에 이름이 기입된 기부자 리스트는 전혀 보이지 않았다.

이상한데——하고, 팔짱을 낀다.

코시누마가 엉망으로 어지럽힌 책상을 지긋이 바라보는 사이 어느 풍경이 떠올랐다.

이세가 오치아이 미즈에로부터 받은 질문에 대답하려고 준비하는 순간이다. "바쁘면 원 소스라도 줘, 내가 찾아볼

게.” 하고 말하자, 코시누마는 “아냐, 그 정도는 이쪽에서 할 테니까.” 하고 대답하면서, 책상 서랍으로 손을 뻗었다.

놀란 가슴으로 책상 서랍 손잡이에 손가락을 걸고 확 잡아당긴다. 엉망진창으로 어질러진 잡다한 서류 더미들을 헤치고, 남색 USB 메모리를 찾아냈다. 레이블은 딱히 붙어있지 않다. 시계 바늘이 11시 10분을 넘긴 것을 곁눈질로 확인하면서, USB 메모리를 컴퓨터에 꽂는다.

표시된 폴더에는 ‘상위기부자 일람’이라는 이름의 파일이 보였다. 이거다, 하고 확신하고 더블클릭한 뒤 내용물을 잘 보지도 않고 인쇄 버튼을 누른다. 복합기가 요란한 소리를 내는 것을 들으며, USB 메모리를 뽑아 원래 장소에 넣었다.

컴퓨터를 대기상태로 돌려놓고 종이를 다 토할 때 까지 기다렸다. 복합기가 멈추자마자, 아직 열기가 남아있는 종이다발을 거칠게 가방 속으로 쑤셔 넣고 그대로 사무실 밖으로 나갔다.

차 시동을 걸고 주택가 안을 한참 달렸다. 사무실에서 멀어졌을 때 쯤 차를 세웠다. 조용한 차 안에서 이세는 겨우 숨을 돌렸다.

조수석에 놔둔 가방으로 손을 뻗어 마지막에 인쇄한 상

위기부자 일람 리스트를 꺼낸다. 너무 서두른 탓에 필요한 정보가 실린 리스트인지도 제대로 확인조차 못했다.

수십 명 이름이 나열된 리스트였다. '기부자'라는 항목 열에 사카구치 세이코와 오치아이 미즈에 등, 담당하는 고객 이름이 적혀 있었다. 담당자 열에는 고객에게 맞춰 이세 혹은 나카하라 이름이 기재되어 있다. 그 외에도 할부금액, 남은 할부회수, 기부개시 일시, 지불 방법 등 자세한 정보가 모두 모여 있었다. 아무래도 필요한 리스트를 제대로 손에 넣은 모양이었다.

사카구치 세이코 행만 폭이 넓은 것을 본 이세가 웃음을 흘렸다. 장학생이라는 항목 열에 이름이 3명이나 적혀있는 탓에 행이 커진 것이다.

하지만 항목 기입 내용을 본 이세는 자기도 모르게 고개를 갸웃거렸다.

'에비하라 료 (케), 치바 다이키 (마), 타케이 사토시 (타)'

海老原寮(ケ)、千葉大貴(マ)、竹井聡志(タ)[1]

괄호 속 카타카나[2]에 시선이 쏠린다.

"뭐야, 이거?"

---

1. 일본 이름과 표기를 이용한 표식.
2. 일본어에서 주로 외래어나 의성어·의태어를 적을 때 쓰는 문자.

하고 혼잣말 하며 카타카나를 손으로 짚어보았다.

잘 보니 다른 장학생 이름 옆에도 같은 괄호가 쳐져 있었다. 가타카나 종류는 전부 네 종류로 보였다.

리스트를 훑어보자, 네 종류 카타카나가 있는 열이 하나 더 있었다. 오른쪽 끝 열이었다. 항목명은 공란이다.

기부자 별로 가타카나가 하나씩 부여되어 있다.

사카구치 세이코에게는 '케'. 오치아이 미즈에에게는 '리'. 이세가 취득해온 기부자는 거의 대부분 이 두 글자가 붙어있었다. 한 편 나카하라가 취득해온 고개에는 '마'와 '타', 이 두 글자가 많다. 또한 장학생 이름 뒤에 붙은 카타카나도 같은 행 안에서는 일치하는 게 거의 대부분이었다.

——료는 공학부에 들어가서 전자공학을 배우고 싶다고 했어요. 머리도 아주 똑똑해서 그런지 말도 아주 똑 부러지게 잘해서 그 아이라면 꼭 붙을 거 같아요.

——그리고 다이키는 문학부. 어릴 때부터 소설 읽는 걸 아주 좋아했다네요? 아주 천진난만하니 귀여운 아이라서 감수성이 풍부한 지도 모르겠어요.

——사토시는 변호사가 되고 싶어서 법학부를 목표로 하고 있대요. 사토시는 고등학생이라고는 믿기지 않을 만

큼 어른스러워요. 법정에 서는 모습이 눈에 선하게 그려져요.

문득, 사카구치 세이코 씨로부터 언제 한 번 들었던 말이 되살아났다.

눈살을 찌푸린 채 일단 상귀 기부자 일람표 자료를 옆에 두고 결산서와 홈페이지 경유 기부자 일람 프린트를 꺼냈다. 쌍방에 적혀있는 상세한 숫자를 비교하는 사이, 어느 두 숫자가 딱 일치한다는 사실을 발견했다.

이게 무엇을 의미하는 지, 한참 동안 생각했다.

바로 다음 순간, 온 몸에서 핏기가 가셨다.

——설마, 아니겠지.

리스트 속에서 오늘 오후 가장 먼저 수금하러 갈 예정인 고객 이름을 찾는다. 오다와라시 북쪽에 있는 오이읍에 사는 80대 남성이다. 해당 행에는 '계좌이체', '마'라고 기재되어 있는 것을 확인하는 둥 마는 둥 이세는 서둘러 시동을 걸었다. 프린트한 자료를 조수석에 내 던지고, 오이읍 방면으로 달리려고 한다.

출발하기 전에 먼저 확인해야 할 일이 생각났다. 주머니에서 휴대전화를 꺼내, 자주 쓸 일이 없는 인터넷 브라우저를 켰다. 오다와라 시내에서 가장 공부 잘한다는 고등학교 이름을 검색하고, 전화번호를 조사한다.

나온 번호대로, 떨리는 손으로 핸드폰 숫자 버튼을 꾹 눌러갔다.

휴대전화를 귀에 대고, 숨을 참은 채 통화음을 듣는다.

'여보세요, ○○고등학교 입니다.'

전화기에서 들려오는 교직원인 듯한 여성에게 이세는 허둥지둥 말을 전했다.

"실례합니다. 문의 좀 드리려고 합니다만, 그 학교 다니는 에비하라 료라는 학생의 학생증을 주웠습니다. 네…… 네, 네. 3학년입니다……반은 모르겠습니다. 안 적혀 있어서……네, 네. 부탁드립니다."

한참을 기다렸다. 그 사이에 이세는 검지로 핸들을 툭툭 두들겼다. 적어도 2분 이상 기다렸다 싶을 때 "오래 기다리셨습니다."라는 여성 목소리가 들려왔다. 곤란한 기색이 목소리로 전해져왔다.

'저기, 죄송합니다만 에비하라 료라고 말씀하셨죠?'

"맞습니다. 새우(에비) 할 때 에비(海老), 들판(野原, 노하라)할 때 하라(原), 그리고 료(寮)는 기숙사 할 때 쓰는——"

"그런 이름을 가진 학생은 저희 학교에 재학하고 있지 않습니다. 그래도 혹시 모르니 1학년과 2학년 명부도 확인해보긴 했지만, 없었습니다."

어디 다른 학교와 착각하신 게 아니신지요, 하는 말은 이미 이세 머릿속으로 들어오지 않았다.

조용히 전화를 끊고 바로 발신이력에서 다른 번호를 찾았다.

다시 통화음에 귀를 기울였다. 4번 이상 울리고 난 뒤, 뚝 소리가 끊기고는 부드러운 목소리가 귀로 들려왔다. 점심시간이라 밖에 나왔는지 주변 잡음이 시끄럽다.

'이세야? 무슨 일 있어?'

"부탁 하나만 하자. 오늘 밤에 잠깐 좀 보자. 확인해줬으면 하는 게 있어서."

숨 찬 목소리로 말하자, 카스야 타쿠미는 '웬일이야?' 하고 놀란 목소리로 말했다.

'물론 봐야지. 7시에는 퇴근할 것 같아. 어디서 볼까?'

누구를 믿고 누구를 의심해야 옳은가?

아직 답은 나오지 않았다. 하지만 이러한 정황에서 그나마 믿을 만한 사람은 한 사람 뿐이었다.

츠지도역 개찰구 앞 8시——라고 전한 이세는 바로 전화를 끊었다.

다시 핸들을 잡고 액셀을 꾹 밟는다. 카스야와 만날 때

까지 여러가지로 확인해야 할 일이 많았다.

츠지도역 앞 프랜차이즈 이자카야에 들어갔다. 안내 받은 자리는 좁은 2인용 객실이었다. 테이블에 마주하고 앉아 천천히 서류 한 세트를 늘어놓는다. 카스야는 슬쩍 보자마자 “결산서네?” 하고 살짝 눈을 크게 떴다.

기부금액 리스트도 같이 건네고는 가설을 세웠다. 결산서 같은 것을 태어나서 처음 보는 이세로서는 이해가 안 가지만, 은행원인 카스야라면 바로 확실한 결론을 내 줄 게 분명했다.

한참 동안 카스야는 서류를 꼼꼼히 살폈다. 리스트를 비교해보면서 스마트폰 계산기 앱을 이용해 숫자를 입력하더니, 눈살을 찌푸리면서 다시 서류를 바라본다.

종업원이 가져 온 맥주 거품이 완전히 꺼졌을 때 쯤, 카스야가 작게 한숨을 내쉬었다.

“누가 봐도 명백하게 숫자가 안 맞아.”

서류를 테이블 위에 던져 놓고 어두운 표정을 짓는다.

“이세 네 말 대로야. 결산보고서에서 기부금으로 계산한 금액이 홈페이지를 통해 들어온 돈 밖에 없어. 직접 방문으로 수금한 돈은 전혀 적혀있지 않아.”

——역시 내 생각이 맞았어.

납덩이라도 삼킨 것처럼 기분이 묵직하게 가라앉는다. 실망이 가슴을 찢어 놓았다.

"고미부치, 걔 아주 치졸한 짓을 했는데? 소득 은폐라. 하긴, 비영리활동 법인도 사업 내용에 따라서는 법인세를 내야 하니까."

카스야가 분개한 말투로 이야기하다 문득 고개를 갸웃거렸다.

"잠깐만? 그래도 장학금 기금이라면 과세대상이 아닐텐데? 세금도 없을테고, 그럼 뭣 하러——"

"사업보고서는 봤어?"

"응?"

카스야가 한쪽 눈썹을 치켜뜨며 테이블 위에 놓인 서류를 뒤졌다. "이건가?" 하고 중얼거리며 A4용지를 한 장 들어올렸다. 간단한 사업내용을 정리한 문장을 슥 훑어 본 카스야는 바로 고개를 번쩍 들었다.

"이것도 똑같은데? 이세, 네 말대로라면 이 비영리활동 법인은 홈페이지를 통한 기부와 직접 방문해서 받는 기부, 두 가지 스타일로 진행 되고 있는 거 잖아. 그런데 서류 상에는 홈페이지 기부 말고는 적혀있지 않아. 이세 네가 하는 외근 일에 대한 서술이 어디에도 없어. 마치 의도적으로 감춘 것 같은――"

"내가 여태까지 한 건, 전부 일이 아니었던 거야."

카스야가 "뭐?" 하고 소리를 내며, 눈을 깜빡였다. 이세가 한 말이 무슨 뜻인지 이해하지 못한 모양이었다.

하긴 이해가 안 가겠지, 라고 생각한다. 카스야 같이 근본부터 착한 사람이라면 생각조차 못할 만도하다.

상위 기부자 일람 리스트를 꺼내들어 가장 위에 얹었다. 손가락에 힘이 들어갔는지 사카구치 세이코나 오치아이 미즈에의 이름이 인쇄된 종이가 구겨졌다.

"나는 그 동안, 반년 넘게, 사회에 떳떳한, 일다운 일은 전혀 안 했던 거라고."

"그게 무슨 뜻이야?"

"말 그대로야. 나랑 나카하라 씨는 들키면 곤란한 짓을 떠안았던 거지. 사업보고서에 어떻게 쓰겠어, 그런 짓을. 완전 뒤통수 맞고 속아서, 사기꾼 심부름이나 하고 앉았던 거라고."

"사기……꾼?"

순간적으로 멈춘 카스야가 큰 소리를 냈다. 얼굴이 새파랗게 질린다. "그 말은, 설마?"

"영업팀 둘이서 사기 쳐서 모아온 돈은 장학금으로 쓴 게 아니었던 거야. 전부, 사무실 안에서 일하던 놈들이 횡령해먹었던 거지."

탄력을 받은 이세가 리스트 오른쪽 끝에 늘어서 있는 '케'(ケ), '리'(リ), '마'(マ), '타'(タ), 이렇게 네 종류의 카타카나를 가리켰다.

'케'(ケ) 는 고미부치 켄스케(ケンスケ)의 '케'.

'리'(リ)는 코시누마 류이치(リュウイチ)의 '리'.

'마'(マ)는 사토 마나토(マナト)의 '마'.

'타'(タ)는 히키모토 타이요(タイヨウ)의 '타'.

"우리가 회수해온 '기부금'은 이 리스트에 기재된 대로 이 자식들 네 명이서 나눠가진 게 분명해."

중학교 동창이라는 나쁜 친구 4인조.

모두 한패였던 것이다.

"확인할 수 있어?"

"어. 오늘 방문한 고객이 은행계좌로 입금하겠다고 해서 입금한 계좌정보를 보여 달라고 했어."

오후 첫 번째로 태블릿 PC 사용법을 알려주러 가기로 했던 고령의 남성에게 계약 한 뒤, 모두 한패였던 것이다. 이름으로 운송되어 온 안내용 봉투를 찾아 달라고 부탁했다.

역시나 '입금계좌'란에는 어느 개인계좌번호가 적혀있었다. 리스트에 '마'라고 적혀있는 데로 예금주 명의는 '사토 마나토'였다.

"상위 기부고객은 원칙적으로 현금으로만 수금한다는 규칙이 있는 이유야. 현금은 받으러 가기 쉬우니까."

아무 말 없이 서류를 바라보고 있던 카스야를 보면서, 이세는 욕을 퍼부었다.

"고객이 계좌이체를 선택한 경우에도 입금하는 계좌 정보는 전부 사무직 놈들이 다 직접 안내 했거든. 청구관련 업무는 사무직 담당이라고 하더니, 전화로 에프터 서포트까지 아주 친절하게들 하더라고. 지금 생각해보면 왜 입금계좌가 법인계좌가 아니라 개인계좌인지를 나나 나카하라 씨가 알면 큰일나니까 감추려고 했던 거야."

더 이상 입금하지 말라고 충고한 다음, 이세는 바로 오이웃에 사는 남성의 집을 떠났다.

저녁에도 신규 미팅이 하나 들어와 있었지만 스케줄 문제로 못 간다고 둘러댔다. 대신 이세가 향한 곳은 진상고객 소동에 협력한 사카구치 세이코 집이었다.

——어머, 이세 씨. 아침에 제가 한 연기는 괜찮았나요? 결국 1시간 반이나 붙잡아 두었는데, 어떻게 도움이 되었나 모르겠어요."

하고, 현관 앞으로 마중 나온 사카구치 세이코는 장난스레 웃었다.

사람 좋아 보이는 세이코 씨를 눈앞에 마주 대하자 온 몸의 피가 들끓어 올랐다. 분노로 눈가가 축축해질 정도다.

——이거, 누군지 아시나요?

터져 나오려는 감정을 억누르며 이세는 휴대전화 화면을 세이코의 코 앞까지 내밀었다.

——뭐에요, 이거? 사진? 잠깐만 기다리세요, 안경 좀 가져올게.

일단 집 안으로 들어갔다가 바로 돌아온 세이코는 얼굴을 코끝까지 화면에 가져다 대고 표시된 인물을 확인했다.

——아하, 다이키네요? 치바 다이키, 기억나죠? 전에 이야기한. 하지만 머리카락 색이 너무 밝은 것 같은 데요?

닮았기는 한데 다른 사람인 거 아닐까요?

하는 말을 듣고, 이세는 입술을 깨물었다. 휴대전화 화면을 자기 쪽으로 가져와 표시된 사진을 노려봤다.

도서관에서 조사했을 때 발견한 SNS 프로필 사진이었다. 밝은 금발머리를 한 사토 마나토가 서핑보드를 한 손에 들고 다른 손으로 V자를 그리고 있다.

'에비하라 료 (케), 치바 다이키 (마), 타케이 사토시 (타)'

그 기록이 무슨 뜻인지와, 세 명의 장학생과 영상통화를 했다는 사카구치 세이코 씨의 기쁨에 찬 감상이 드디어 연결되었다.

——료는 공학부에 들어가서 전자공학을 배우고 싶다고 했어요. 머리도 아주 똑똑한 모양인지 말도 아주 똑 부러지게 잘하는 아이라서 꼭 붙을 거 같아요.

에비하라 료라는 고등학생은 은색 안경을 끼고 있다, 라고 전에 세이코가 말했다. 분명 고미부치 켄스케는 머리가 좋은 남자다. 변장해서 인격을 몇 개 씩 나누어서 연기하는 것쯤은 아무렇지도 않을 것이다. 노인을 안심시키게 하는 수재다운 말투로 말하는 모습을 상상하기란 그리 어렵지 않다.

——그리고 다이키는 문학부. 어릴 때부터 소설 읽는 걸 아주 좋아했다네요? 아주 천진난만하니 귀여운 아이라서 감수성이 풍부한 지도 모르겠어요.

사토 마나토는 나이에 비해 동안이고 정신연령도 낮다. 중학교 졸업하고 바로 겉모습도 내면도 성장이 멈춰버린 게 아닌가 싶을 정도로 이세는 사무실에서 얼굴을 마주칠 때 마다 짜증이 솟구쳤다. 인생경험이 풍부한 노인 눈으로 보면 귀엽다는 인상으로 남을 지도 모른다.

——사토시는 변호사가 되고 싶어서 법학부를 목표로 하고 있대요. 사토시는 고등학생이라고는 믿기지 않을 만큼 어른스러워요. 법정에 서는 모습이 눈에 선하게 그려져요.

그 게을러빠진 히키모토 타이요도 노인과 영상통화 하는 정도라면 식은 죽 먹기였을 것이다. 겉보기에는 아무리 봐도 고등학생으로 보이지 않지만, 태블릿 PC를 통해 보는 거라 어느 정도 커버는 얼마든지 가능하다. 안 그래도 도덕심 따위 엿으로 바꿔 먹은 놈들이다. 사무실에도 안 오고 집에서 15분 정도 영상통화 몇 번 하는 정도로, 도대체 매달 얼마나 보너스를 받아먹었단 걸까?

상위 기부 고객에게 돌리는 장학생이 이상하게 다 남자

밖에 없다 싶었다.

그리고 고미부치가 갑자기 재택근무 같은 말을 꺼내든 것도, 나쁜 짓을 할 놈들로부터 이세나 나카하라 시야에서 멀어지게 하려는 속셈이었다——이제 와서 이해했다.

"이걸 그냥 두고 봐야하는 거야?"

모든 설명을 끝낸 이세 앞에서 카스야가 입술을 바들바들 떨면서 말했다.

"장학기금으로 기부를 받는다는 명목으로 영업사원을 둘이나 쓰면서 당당하게 횡령했다? 사람 선의를 악용해서 사리사욕을 채웠다? 가공의 학생을 만들어서 연기로 노인들하고 영상통화를 해서 돈을 뜯었다? 이건 너무 심하잖아. 어떻게 지금까지 아무도 눈치를 못 챈 거야?"

"홈페이지 경유로 받는 기부금으로는 진짜 사업을 하니까 그런 거겠지. 겉과 속을 잘 나눠서 사용했던 거야. 오다와라 무가지에서도 취재해 갈 정도로 믿을 만한 비영리단체니까, 설마 이렇게 뒤에서 돈을 챙기고 있을 거라고 누가 의심하겠어? 애초에 당사자인 영업사원이 자선사업이라고 굳게 믿고 있었으니까, 고객도 당연히 다 속아 넘어가겠지."

그러고 보니—— 고미부치가 전국구 신문 취재의뢰를

거절한 사실을 떠올렸다. 그건 비영리활동 법인 커넥티드라는 단체가 너무 이목이 쏠리면 위험하기 때문이었던 것이다. 고객 신용을 얻는 게 목적이라면 오다와라 타임즈 기사만으로 충분하니까.

"하필이면 이세 너 같은 진지한 사람을 사기 치는 데 이용해 먹다니……어떻게 이런 추잡한 놈이 다 있지."

어느새 카스야의 눈이 빨갛게 변했다. "어쩌면." 하고 카스야가 떨리는 목소리로 말했다.

"고미부치가 나를 이세랑 떨어뜨려 놓으려고 공작을 한 이유도 자기가 하는 사기가 들킬까봐 겁이 나서 일지도 몰라."

"아마도. 은행원이니까, 회계 관련으로는 정통한 상대를 경계했던 거겠지. 위화감을 느낀 내가, 이렇게 카스야 너랑 상담하는 걸 막으려고. 날 고립시키면 발각될 리스크를 조금이라도 줄일 수 있으니까."

교도소에서 막 나왔을 무렵, 의지할 곳이 없었다. 그나마도 다니던 직장을 짤리고, 낮은 월급에 장시간 노동이라는 악조건도 받아들일 수밖에 없다. 고미부치 말고는 친한 지인도 없다. 사기꾼 입장에서는 이세 타쿠미라는 전과자는 안성맞춤이 따로 없는 꼭두각시로 보였을 것이다.

"남은 할부 횟수 같은 항목이 있는데, 기부에는 기간을 정해두고 한 거야?"

"기본적으로는 지속해서 4년. 대학에 진학하는 학생을 지원하는 게 명목이니까."

"매달 기부금으로 평균 5만 엔 정도?"

"맞아."

"그렇다면, 이 리스트에 올라온 사람만 50명이니까——"

"1억엔——정도는 가볍게 넘는 돈이지."

처음에는 고미부치와 코시누마 두 사람이서 나눠 먹기로 했을 것이다. 이세가 벌어오는 다량의 '기부'가 모이게 되자, 욕심이 나서 옛날부터 아는 패거리인 사토와 히키모토도 끌어들였다. 그리고 그 때 네 명이서 넉넉히 나눠가질 수 있게끔 돈을 빼돌리려고 새로운 영업 담당 나카하라를 고용했다.

"영업직 두 명 분 급여는 비영리활동 법인 필요경비로 정규 지급하고 있는 거지? 홈페이지 경유로 모은 진짜 기부금에서 나오는 걸 테니까, 고미부치 한테는 삶아먹든 구워먹든 상관없는 돈일 거야. 그렇게 고용한 직원 두 명을 실제로는 사기에만 이용했다는 거지……."

젠장, 이라는 난폭한 목소리가 좁은 방안에 울렸다. 순간 그 목소리가 카스야 타쿠미 입에서 나온 것이라고는 믿기지 않았다.

"이세, 넌 갱생하려고 한창 노력 중이었잖아. 이제 막 시작한 참인데——장난치는 것도 아니고, 같은 편인 척 하고 네 뒤통수를 이렇게 치다니. 똑바로 일해서 살려는 인간을 이용해서 사리사욕이나 채우려고 하다니. 일하는 보람을 느끼기 시작했다고 네가 나한테 그랬잖아, 그런데 이런 범죄에 가담시키다니. 아무리 나쁜 놈이라도, 정도가 있지. 이건 너무 심해. 그 자식은 절대 가만 안 둬."

"카스야."

"이세, 넌 고미부치를 마음 속 깊이 신뢰했잖아. 안 그러고서야 내가 하는 권유를 거절하면서 까지 그렇게 열심히 일 했을 리가 없어. 그런 네 마음을 짓밟아 버리는 짓이라고 이건——"

카스야는 거친 숨을 토했다. 어깨가 들썩거린다. 눈은 충혈 되었고, 테이블 위에 꼭 쥔 주먹이 부르르 떨렸다.

"——복수하자."

"뭐?"

"고미부치랑 그 패거리 자식들 혼내주는 거야."

"경찰에 신고하자는 소리야?"

"아니, 바로 신고하는 건 위험해. 네가 관여하지 않았다는 사실이 확실히 증명되지 않으면, 아무 것도 몰랐던 이세 너까지 사기꾼 일당 중 한 명으로 지목될 지도 몰라."

"그러면 어떻게——"

"한 대 때리러 가자."

카스야 입에서 범생이라고는 믿을 수 없는 단어가 튀어나온 것을 듣고 이세는 다급히 테이블 너머로 몸을 기울였다.

"진정해. 날 위해 화를 내 주는 건 고마운데, 이 문제에서 카스야 네가 끼어 들 필요까진 없어."

"아니, 여기까지 들었는데 이제 와서 그냥 못 물러서. 이세 너는 나의 가장 소중한 친구야. 가장 오래된 친구고. 그런 너를 지들 멋대로 장기 말 굴리듯 이용하다니, 그냥은 못 물러서지."

카스야는 입에서 침이 튈 정도로 열변을 토했다.

"고등학교 때, 너를 뺏긴 후부터 계속 분한 마음이 가시지 않았어. 네가 내게 눈길도 주지 않게 된 건, 나에게 뭔가 부족한 탓이라고 생각했어. 하지만 그 분한 마음이 이런 형태로 배신당할 거라고는 상상도 못했다고. 아무래도 내가 더 빨리 너를 고미부치랑 떨어뜨려 놨어야 했어. 고미부치를 철저하게 박살 낼 필요가 있었던 거라고."

"카스야."

"나쁜 짓을 하는 놈은 봐줄 필요 없어. 경찰에 보내기 전에, 일단 내가 너의 억울함을 풀어줄 거야. 안 그러면 내가 속이 안 풀려."

"카스야!"

"지금 바로 오다와라로 가면 잡을 수 있겠지?"

"진정하라니까!"

자기도 모르게 카스야의 두 손목을 붙잡고, 거칠게 테이블 위로 찍어 내렸다. 충격으로 맥주잔이 튀어 올라 요란한 소리를 내며 금색 액체를 튀겼다.

고미부치나 코시누마를 지금 당장에 가서 때려주고 싶은 마음은 이세도 마찬가지였다. 사카구치 세이코 씨의 온화한 미소가 눈앞에서 선명하게 보이다 사라진다.

하지만 분노에 몸을 맡긴 채, 될 대로 되라는 식은 안 된다.

분노로 미친 듯이 날뛰는 카스야의 모습을 보고, 한 가지 알아차린 게 있었다.

루시드 드림에서 본 광경에 대해 이세는 큰 착각을 하고 있었다.

체크무늬 코트를 입은 남자——즉 카스야 타쿠미는 이세를 죽이려고 한 게 아니다.

이세를 위해 복수를 결행한 것이었다.

하얀 라이트 밴에 기대어 피투성이가 된 고미부치가 끙끙대는 꿈——그 꿈은 분노로 제정신이 아닌 카스야 타쿠미가 고미부치를 찌른 직후의 모습은 아니었을까? 이세는 카스야의 만행을 막지 못했던 것이 분명하다. 그리고 고미부치가 큰 부상을 입은 뒤에야 카스야가 복수를 속행하는 것을 막으려고, 이세가 붉게 물든 나이프를 쥐어들고 카스야의 옆구리를 찔렀던 것이다.

카모노미야역 승강장에서 고미부치와 카스야 타쿠미가 드잡이를 하는 꿈——그 꿈은 카스야가 다시 고미부치를 습격하려던 찰나가 아니었을까? 카스야가 나타날 거라고는 예기치 못한 이세가 당황해서 고미부치를 카스야에게서 떨어뜨리려고 했고, 그러다 엉겁결에 고미부치에게 공격을 가하려던 카스야가 실수로 두 사람의 등을 떠밀어 버리고 말았던 것이다. 그리고 결과적으로 이세는 고미부치와 뒤엉켜 선로로 추락해 전철에 치이고 만 게 아닐까.

그러고 보니 초등학교 때도 그랬다. 누구에게나 차별 없이 평등하게 대하고 반 친구들에게 큰 신뢰를 받던 카스야지만, 남을 괴롭히거나 폭력을 휘두르는 아이들에게 만큼은 용납하는 일 없이 정면에서 부딪쳤다.

보는 사람까지 부끄러워질 정도로 너무나도 곧고 바른 정의의 길 위를, 더 이상 나아가게 해서는 안 된다.

"카스야, 넌 끼어들지 마. 이번 일은 내가 혼자 해결할게. 무조건 끼어들면 안 돼."

"아무리 그래도 그렇지."

"넌 너무 쉽게 생각해. 교도소도 한 번 안 가봤으면서. 알아? 거긴 지옥이야. 카스야, 너 같은 엘리트가 갈 곳이 아니야."

"엘리트, 엘리트, 이세 넌 왜 그렇게 매번 구분을 지으려고 드는 거야?"

"너랑 나랑은 다른 인간이니까."

당연한 거 아냐, 하고 이세가 카스야에게서 손을 떼면서 말했다.

"나는 카스야, 네가 부러워."

툭, 하고 말이 튀어나왔다. 얼굴이 빨개진 카스야가 정신을 차린 얼굴로 이세를 쳐다보았다.

말하고 싶은 것은 잔뜩 있었다. 살아온 집도, 환경도,

학교도. 인간관계는 잘 안 풀렸다고 본인 입으로는 말했지만, 그래도 카스야는 이세가 갖지 못했던 것을 태어나면서부터 누려왔다. 무엇보다도 카스야에게는 미래가 있었다. 남들보다 유리했던 스타트 라인을 최대한 살려서, 좋은 일을 해야 할 의무가 카스야에게는 있었다.

"내가 먼저 말을 꺼내놓고, 미안하다."

마음 속 깊이 휘몰아치는 생각을 말로 꺼내지 않고, 이세는 차분한 목소리로 말했다.

"고미부치 문제는 나 혼자서 끝을 볼게. 지금은 사무실로 돌아가서 고미부치한테 따져야겠어. 증거도 잡았으니까, 일도 바로 그만두고."

"그렇구나." 카스야는 머뭇거리면서 중얼거리고는 고개를 한 번 끄덕였다.

"이세, 네가 그렇게까지 말한다면 나는 더 이상 끼어들지 않을게."

"결국 처음부터 카스야 네 말이 옳았던 거야. 네가 소개시켜 준다는 일자리로 순순히 이직했으면 좋았을 걸."

"지금도 늦지 않았다니까? 한 번 더 이야기 해 둘게."

"아냐, 이미 늦었을 지도 모르잖아."

"뭐가 늦어? 이세 너라면 무조건 다시 시작할 수 있어."

"그게 아니라."

말하려다가, 입을 다문다. 잠시 뒤 카스야가 "설마?" 하고 눈을 번쩍 떴다.

"얼마 안 있어 죽기——때문이야?"

"어." 밥집에서 카스야에게 수작을 부리던 때를 떠올렸다.

"그냥 한 소리가 아니었던 거야? 죽을 날이 다 되어 간다는 말이 진짜였어?"

"가능성은 높아."

"고미부치도?"

"맞아."

근거를 물을 줄 알았는데 카스야는 그 이상 물어볼 생각이 없어 보였다. 이세가 대답하지 않을 거라고 짐작했는지도 모른다. 카스야는 멍한 눈으로 테이블 위에 엎질러진 맥주를 바라보았다.

갑자기 눈에서 빛이 사라진 듯한 카스야의 눈을 보며 문득 떠오른 게 있었다.

"카스야, 너 최근에 여자친구 죽었었지?"

어, 하는 소리가 카스야의 입에서 튀어나왔다. 고개를 든 카스야는 놀라움을 감추지 못하는 표정을 지었다.

"내가 그런 이야기, 했던가?"

"아니."——대답하면서, 그건 〈사후 꿈〉 속에서 들은 이야기였다는 사실을 깨닫는다.

"그럼 신문에서 본 거야?"

"신문?"

"지방신문에는 꽤 크게 실렸었어. 불꽃놀이 축제하던 날 치가사키역에서 일어난 사고였으니까."

짐작 가는 데가 있어, 이세는 인상을 찌푸렸다.

"혹시 작년 8월 4일에 일어난 전철 사고 말하는 거야?"

"맞는데……그걸 어떻게 알았어? 날짜까지 다 기억하고."

그도 그렇다. 처음으로 루시드 드림 꾼 체험이 없었다면 구체적인 날짜까지 기억할 리가 없었다.

그 날 전철 밖에서 비상벨이 울리는 와중에 자기 자신이 승강장에서 떠밀려 죽는 꿈을 꿨다. 승강장에서 도망치고 곤란해 하는 유카타를 입은 여자들과, 전철 안을 비추는 앰뷸런스의 붉은 빛. 눈을 감으면 그 여름날 밤 광경이 떠오른다.

이 얼마나 기묘한 우연이란 말인가. 그 때 전철에 부딪혀 목숨을 잃은 사람이 카스야 타쿠미의 연인이었을 줄이야.

"나까지 죽게 되서 미안하다."

"그런……불길한 말은 하지 마. 어쨌든 고미부치와 빨리 떨어지고 내게 와 줘."

완전히 미지근해진 맥주를 한 모금 마신 이세는 테이블에서 일어나서 벽에 걸린 코트를 집는다.

"지금 가려고? 고미부치한테?"

"어."

휴대전화 표시를 쳐다본다. 시각은 21시가 아직 안 됐다. 대체로 나카하라가 이 시간까지 야근을 하니까 열쇠를 가지고 있는 고미부치와 코시누마, 둘 중 한 명은 아직 사무실에 있을 게 분명했다.

고미부치나 코시누마가 열쇠를 절대 이세나 나카하라에게 맡기지 않았던 것은 혹시라도 사기 증거를 뒤지면 곤란하기 때문이었으리라. 이제 와서 뒤늦은 사실을 깨닫고 나자 혀를 찼다.

한 잔씩 부탁한 맥주도 다 마시지 않은 채, 두 사람은 선술집을 나섰다.

"조심해. 무슨 일 있으면 바로 연락 줘. 바로 날아갈 수 있게 대기하고 있을 테니까."

츠지도역까지 가는 길에서 카스야는 몇 번이고 불안해하며 반복해서 말했다. "알았어." 하고 짧게 대꾸한 뒤, 집 쪽으로 사라지는 카스야의 뒷모습을 배웅한다.

카스야가 완전히 모습을 감춘 코너를 한 동안 감시한 뒤, 돌아오지 않는다는 사실을 확인한 이세가 개찰구로 몸을 옮겼다.

—미래는 과연 바뀌었으려나?

의분에 휩쓸린 카스야가 고미부치에게 복수를 시도하는 전개는 이제 막아낸 게 분명했다.

빨리 확인하려고, 출발 신호가 울리는 가운데 문이 닫히려는 전철에 억지로 올라탔다.

바로 꿈을 꾸었다.

방과 후 카스야와 캐치볼을 하는 꿈이었다.

건물 옆으로 돌아서, 아직 사무실에 사람이 남아있는지 여부를 확인했다. 1층 간호 사무소는 캄캄했지만, 2층 창문에서는 하얀 형광등 불빛이 새어나왔다.

창가쪽 자리에 그림자가 두 개 보이는 것을 확인하고, 좋았어, 하고 작게 중얼거렸다.

기습으로 허를 찌르려고 소리가 나지 않도록 주의하며

사무실 외부계단을 오른다. 심호흡을 한 번 한 다음 입구문을 세차게 열었다.

눈에 확 들어온 것은 은색 뿔테 안경을 쓴 고미부치의 모습이었다. 컴퓨터를 향해 뭐라고 말을 하고 있는 것 같은데, 눈을 크게 뜨고 화면을 조작하고는 다급하게 안경과 부분가발을 벗었다.

그 옆자리에는 코시누마가 오물이라도 보는 눈으로 이세를 쳐다보았다. 코시누마도 다를 바가 없었다. 머리를 왁스로 세우고 있었다. 괜히 젊어 보이려고 애쓰지만, 전혀 어울리지 않는 헤어스타일이다. 테이블 위에는 작은 손거울이 놓여있었다.

"영상통화 하시느라 바쁘신 와중에 실례가 많습니다. 사토랑 히키모토도 지금 한창 재택근무 중이시려나?"

있는 데로 비꼬면서, 고미부치와 코시누마 얼굴을 번갈아 노려본다. 코시누마 얼굴이 점점 검붉게 변했다. 자기가 처한 상황을 바로 파악한 것인지, 고미부치는 아무렇지도 않은 태도로 "이렇게 늦은 시간에 무슨 일이야?" 하고 물어왔다.

여태까지, 이세와 나카하라가 퇴근한 뒤에 이런 식으로 돈을 긁어모으고 있었단 말인가?

"노인들 속여먹는 게 그렇게 재미있냐? 영상통화 몇 분 해가지고 몇 만엔 챙기니까? 참 편하게들 사네. 그러니까 클럽 가서 돈을 흥청망청 쓰고 다니는 거지."

단신부임수당을 횡령 했니 뭐니는, 전부 거짓말일거라 추측한다. 코시누마가 돈을 펑펑 쓰고 다니는 데 의문을 품은 이세를 속이기 위해 고미부치가 그럴 듯한 스토리를 날조해 변명한 것이 분명하다.

"너 지금 무슨 소리 하고 있는 거야?"

코시누마가 소리치며 의자에서 벌떡 일어섰다. 관자놀이가 경련하고 있다.

"아주 노예로 보였지? 나랑 나카하라 씨가? 둘이서 땀 줄줄 흘려가며 아침부터 밤까지 고객 집에 방문하고 다니면서 쥐뿔만큼 월급 받아 가는데, 너희들은 부자 노인들한테 가짜 학생 연기 좀 해서 다해먹고."

"너 이 새끼, 데이터 훔쳐갔지?"

"다 복사해서, 믿을 만한 지인한테 넘겼어, 이 자식아."

"젠장, 비겁한 자식이. 사람도 죽인 살인자 주제에."

순간 코시누마의 말이 귀에 들어오지 않았다. 굴욕을 받았다고 느끼자마자, 이세는 바로 성큼성큼 앞으로 다가가 코시누마 멱살을 잡아챘다.

몸을 비틀며 이세의 손아귀에서 벗어나려는 코시누마를 이세는 주먹을 휘둘렀다.

주먹이 코시누마의 뺨에 내리 꽂힌다. 충격이 뼈로 전해와 시큰시큰 아팠다.

코시누마가 얻어맞아 나가떨어져 벽에 격돌하더니 엉덩방아를 찧었다. 사무실 책상 위에 쌓아놓은 서류가 다 무너져 바닥에 쏟아진다.

그 서류가 장학생 한 명 한 명의 프로필 데이터라는 사실을 깨달은 이세는 자조적으로 웃었다. 에비하라 료는 도쿄대학교 공학부 지망. 치바 다이키는 문학부. 타케이 사토시는 법학부. 존재하지 않는 학생의 속성을 생각하는 동안 얼마나 신나고 유쾌했을까.

"야."

말을 걸어와 고개를 들었다. 그 순간 지금과 완전히 똑같은 광경을 꿈에서 본 기억이 떠올랐다.

"또……폭력이냐?"

어느 새 의자에서 일어난 고미부치가 차가운 눈으로 이세를 쳐다보았다. 눈동자 깊은 곳에서 풍기는 경멸하는 빛은 전에도 분명 봤던 기억이 있다.

루시드 드림에서 본 대로다.

밤 늦은 시간, 사무실에서 코시누마를 때리는 꿈.

——하나, 현실화 되었다.

"개소리 하지 마. 너도 공범이잖아."

이세를 향해 고미부치가 담담히 말을 걸어왔다.

"공범?"

"그럼. 공범이지. 너한테도 몇 번 돈 쥐어줬잖아. 당연히 돈의 출처를 알고 있을 텐데? 이제 와서 배신하겠다고 하면 곤란하지, 우리는 다 같은 패밀리인데."

감정 없는 목소리로 말하면서 고미부치가 천천히 다가온다.

그 냉정한 말투가 기분 나빴다. 하지만 돈은 받은 적이 없다.

무슨 소리 하는지 몰라서 뒤로 물러서는데, 구두 뒤꿈치가 문에 닿았다.

갑자기 고미부치가 몸통 박치기를 해 왔다. 바로 피해서 충격을 회피하려고 했다. 고미부치가 손을 뻗어 뒷주머니에 넣은 휴대전화를 빼앗아 갔다. 동시에 가지고 있던 가방도 빼앗는다.

——젠장, 함정이잖아.

가방을 되찾으려고 하다가, 일어선 코시누마에게 막혔

다. 고미부치가 사무실 책상 뒤로 도망쳐 이세한테서 뺏은 휴대전화를 열었다. "이게 아닌 모양인데." 하고 느긋하게 말하면서 가방을 연다. 그 안에서 태블릿 PC를 꺼내 화면에 표시된 내용을 확인하자마자 한쪽 입술을 비틀어 올린다.

"네가 언제부터 태블릿을 들고 다녔냐?"

하고, 태블릿 화면을 조작해 전원을 끈다. 녹음을 정지하고, 앱에 남은 음성 데이터도 다 지운 모양이었다.

"뻔하지. 카스야 타쿠미, 그 자식이 줬겠지. 가서 어떻게 할까 물어보는 김에 빌려왔겠지."

정곡을 찔렸다. 증거가 될지도 모르니 녹음을 해둬, 하고 카스야가 자신의 태블릿 PC를 빌려줬던 것이다.

"어쩐지 가방을 애지중지 꽉 쥐고 있더라니, 뭐 중요한 거 숨기고 있나 싶더라고. 녹음기를 켰거나 통화 중 상태로 돌리고 있거나 둘 중 하나겠다 싶었는데——전화긴가 싶어서 증거가 될 만한 말은 일부러 조심했는데 안 그래도 됐었네."

다 간파 당했다는 것을 깨닫고 주먹을 굳게 쥐었다. 한 번 더, 이번에는 고미부치를 향해 주먹을 휘두르려는 충동에 휩싸인다.

──또……폭력이냐?

방금 전 고미부치의 말이 머릿속에서 울려퍼졌다. 갑자기 오른팔에서 힘이 풀려나간다.

"왜 이런 짓을 한 거야?"

목소리를 짜내듯 물었다.

"편하게 돈 벌려고 한 거지, 뭐 다른 게 있어? 원가도 없어. 딱히 코스트도 안 들어. 상품 재고도 없어. 하는 거라고는 부자들 선의에 기대기만 하면 돼. 리스크는 하나도 없고 돈만 술술 들어오잖아. '기부금 사용 용도를 가시화한다.'는 둥 'IT기술을 이용해 기부자와 장학생을 1:1로 이어준다.'는 둥, 있어 보이는 소리 좀 늘어놓으면 호구들이 다 믿어주거든."

녹음기계라는 무기를 이세에게서 빼앗은 고미부치는 태도가 확 돌변하여 신이 나서 이야기를 늘어놓았다.

"처음에는 잘 될까 나도 의심스러웠는데 해보니까 만사 편하더라. 결국 이런 세상, 겉만 번지르르하게 잘 갖춰 놓으면 껍데기 벗겨질 일도 없거든."

"처음부터 사기 칠 생각으로 시작한 거야?"

"뭐? 법인 세울 때부터 그럴 생각으로 세운 거냐고? 장난 해? 당연히 그런 거지. 안 그러면 왜 홈페이지 만들어서 진짜로 기부금 받고, 장학생 선발해서 돈 주고 그딴 귀찮은 짓을 했겠냐? 일단은 껍데기가 든든해야 뭘 해먹든 하거든. 본격적으로 '뒷문'으로 해먹기 시작한 건, 우리 교도소에서 갓 출소하신 이세님을 고용하고 난 다음부터지만요."

"이 자식이……사람을 가지고 놀아?"

"너는 바탕부터가 너무 진지한 놈이거든."

그러니까 시키면 뭣도 모르고 그냥 하는 거지, 하고 고미부치가 코웃음을 쳤다.

"고등학생 때나 지금이나 너는 어떻게 변한 게 없냐. 원래 범생이가 한 번 빠지면 오래 빠지는 법이거든. 학교 땡땡이 치고 선생한테 대들고 그러면서 쾌감을 느끼면 더는 못 벗어나지. 그리고 나는 심심하지 않아서 좋고. 뭐 그렇게 잘 놀던 놈이 꼭 제시간 되면 딱딱 집에 들어가는 거 보고 야, 얘 진짜 특이하네, 하고 나도 좀 놀라기는 했지만 말이야."

고미부치가 웃음을 터트리자, 코시누마도 실실 웃기 시작하더니, "그리고 나면 새벽까지 우리 넷이서 놀았지." 하고 고미부치를 돌아봤다.

이 자식들한테 난 그 정도 밖에 안 되는 존재였단 말인가——라는 생각이 들자 분노로 얼굴이 달아오른다.

고미부치의 심심풀이 노릇 하느라 나는 가족과 관계를 잃었단 말인가?

이세가 아버지를 죽게 만들고, 교도소로 들어가는 처지에 빠졌을 때도, 옆에서 보고만 있던 고미부치에겐 아주 웃기는 코미디에 불과했단 말인가?

"고미부치, 지금이라도 그만 둬. 이런 사기, 금방 걸려."

"안 걸리게 다 생각하면서 하는 거야."

"경찰에게……신고한다."

"그래봐라, 경찰이 날 의심하겠냐? 네가 바로 잡혀가지. 1년 전까지만 해도 교도소에서 콩밥이나 먹던 주제에. 심증이 나한테 오겠냐, 너한테 오겠냐?"

"협박하는 거야?"

"아냐, 사실을 말하는 것 뿐이지."

아무렇지도 않게 대답하는 고미부치에게 살의와 닮은 무언가가 솟구쳐 오른다. 이세는 그 무언가를 꾹 눌러 참았다.

"드라마는 그만 찍고 이제 슬슬 거래나 하자고."

갑자기 고미부치가 목소리를 깔았다.

"퇴직금 줄 테니까, 얼마 원해? 한 1천만엔이나 2천만엔

쯤 주면 되냐? 달라는 데로 줄게. 그 대신 입 꾹 닫고 찌그러지라고."

순간 금액에 마음이 움직였다. 어차피 더러운 돈이니까 받지 않겠다는 마음과, 돈을 손에 넣으면 조금이라도 재기가 가능할 거라는 마음이 서로 마찰한다.

자기 안의 악마를 겨우 퇴치한 이세가 고미부치를 노려보며 선언했다.

"그딴 돈 필요 없으니까, 난 오늘 이 순간 부로 그만 둔다."

"그렇게 순간적인 감정에 휘둘리면서 사는 거 좀 그만두지 그러냐? 어차피 지금 이 자리에서 사표 수리는 어려우니까, 일단 집에 가서 퇴직금도 잘 한 번 생각해 보고 오라고. 사표는 내일 다시 받아줄게."

안돼——하고, 고미부치의 제안을 마음속에서 뿌리친다. 2월 4일 월요일, 16시54분. 이세가 다시 카모노미야 사무소에 나타나면, 그 루시드 드림이 어떠한 형태로든 현실화 될 확률이 높아진다.

이번 주말에 멀리 도망치자, 하고 결심을 굳힌다. 고미부치 손이 닿지 않는 곳으로 가는 것이다. 미래를 억지로 바꾸려고 하지 않는 편이 좋다고 카타오카 사요가 말했었지만, 뻔히 보이는 함정에 일부러 제 발로 뛰어 들어가는 짓거리는 하지 못한다.

"다시는 여기 안 와. 절대로."

코시누마를 밀치고 앞으로 나아가 고미부치 책상 위의 태블릿 PC가 들어있는 가방과 휴대전화를 홱 잡아챘다. 고미부치는 입가를 느슨하게 풀어놓은 채, 말없이 이세를 바라봤다. 어차피 경찰한테 가지 못할 거라 확실해하는 표정을 짓고 있었다.

사무실을 뛰쳐나와 계단을 두 계단 씩 뛰어 내려갔다. 고미부치와 코시누마가 쫓아오는 낌새는 없었다. 가방을 옆구리에 낀 채로 카모노미야역까지 가는 길을 전속력으로 달렸다.

아무도 없는 로타리에 도착했을 때, 숨이 훅훅 몰아쉬면서 에스컬레이터를 오른다. 승강장에 도착하자 마침 오다와라행 전철이 멈춰있었다.

다음에 올 전철은 15분 정도 기다려야 한다. 승강장에 떠밀려 죽는 루시드 드림 광경이 머릿속에 떠올라 아무 생각도 하지 않고 전철에 내달려 탑승했다. 미래를 억지로 비틀어 바꿔놓으려고 하면 죽는 날짜가 빨라진다는 꿈을 여태까지 몇 번이고 꿨다. 인적이 드문 카모노미야역 승강장에서 등 뒤를 경계하면서 기다리는 것은 싫다.

오다와라역까지, 한정거장의 거리가 너무나도 길게 느껴졌다. 문에 등을 기댄 채로 숨을 고르는 사이 전철이 밝은 승강장 안으로 미끄러져 들어갔다.

도망치듯 승강장을 떠나 오다와라역 개찰구로 나왔다. 번화가인 동쪽 입구 방면으로 향해, 정처 없이 떠돈다.

바로 전철에 타는 것을 피하고 싶었다. 전철이 사고를 당할 지도 모른다. 카모노미야역에서 고미부치와 코시누마가 올라타서 드잡이를 하게 될 지도 모른다. 어쨌든 지금은 안전한 장소로 이동하고 싶었다.

길을 걸으면서 문득 고개를 들어보니 인터넷 카페 간판이 보였다. 망설임 없이 다용도 빌딩으로 발을 들여 엘리베이터를 탄다.

도착한 카운터에는 자기보다 젊어 보이는 금발 남성 점원이 앉아서 꾸벅꾸벅 졸고 있었다.

접수 수속을 밟은 뒤, 받은 점표에 적힌 번호를 확인하고 개인실로 향했다. 음료나 만화책도 없이 방 안으로 들어가, 가방을 내던지고 의자에 몸을 기댄다.

여기라면 안전해, 하고 생각했다. 겨우 한 숨을 돌리고 책상 위에 올려놓은 마우스로 손을 뻗는다.

──익명으로 게시판에 뿌려버릴까?

바로 생각을 고쳐먹었다. 그거야말로 남들이 보기에는 고미붙이 패거리와 한패라고 오해하게 만들 것이다. 경찰에게 신고한다면 당당하게 자기 이름을 밝히고 하는 수밖에 없다.

부정부패 증거는 카스야에게 맡겨두었다. 경찰에게 요청을 받는 경우, 혹은 이세가 혹시라도 어떤 일을 당한 경우에는 바로 경찰에 넘겨달라고 전해두었다.

이제 남은 것은 경찰에 전화 거는 일만 남았다.

허나 가슴 속에는 두려움이 소용돌이 치고 있다. 자기에게는 죄가 없다는 사실을, 과연 경찰이 믿어줄 것인가? 이세는 말 그대로 기부금 모으기의 실행범으로 움직였었다. 게다가 바로 1년 전에는 아버지를 죽인 죄로, 5년 동안이나 소년 교도소에 갇혀있었다.

애초에 아버지를 죽인 사건 때도, 경찰은 이세가 한 진술을 날조했다. 맨손으로 밖에 때리지 않았는데, 떨어진 돌을 가지고 내가 아버지 머리에 찍었다고 했다.

──똑같은 일이 또 벌어지지 말라는 법은 없지 않은가?

생각하면 할수록 수렁에 빠지는 것만 같았다. 진흙탕에서 헛도는 타이어처럼 아무리 머리를 굴려보아도 생각은 같은 장소에 머물렀다. 결론이 나오지 않는데 짜증이 나서 오른손에 들고 있던 마우스를 책상에 쾅 두들겨버리고 싶어졌다. 어쩌면 고미부치는 이렇게 이세가 벽에 부딪칠 거라는 사실까지 다 간파했던 것인지도 모른다.

일단 더 이상 생각하지 말자고 마음 먹었다.

멍하니 컴퓨터 화면을 바라보다가 문득 어떤 사실이 떠올랐다. 이세는 마우스를 움직여 인터넷 브라우저를 켰다.

검색창에 '8월 4일 치가사키 토카이도선 사고'라고 입력한다. 평소 인터넷을 사용하지 않고 텔레비전도 안 보기 때문에, 지역에서 큰 화제였다는 사실조차 모르고 있었다. 물론 피해자가 카스야 타쿠미의 연인이라는 사실도 처음 듣는 사실이었다.

엔터키를 누르고 가장 위에 검색되어 나온 사이트를 클릭한다.

화면이 뜨기를 기다리는 순간 묘한 기시감을 느꼈다.

——커다란 컴퓨터 모니터.

——마우스 위에 올려놓은 오른손.

——목제 데스크.

아, 하고 소리가 나왔다. 최근 몇 번이나 본 그 루시드 드림이었다. 도서관인 줄 알았는데 이 인터넷 카페였단 말인가, 처음으로 깨닫는다.

그 꿈속에서 이세는 커다란 모니터를 멍하니 바라보았다. 온 몸에서 힘이 빠지며, 말도 안 돼, 라는 말이 자기 입에서 흘러나오는 그런 꿈이었다.

무슨 일이 터지는 거야――하고 자세를 고쳐 잡는 순간, 모니터에 표시된 문자가 눈으로 들어온다.

'치가사키역 열차사고: 승강장에서 서로 밀쳐서 그런 것인가?

8월 4일 오후 9시 20분 경, 카나가와현 치가사키시 JR토카이도 본선 치가사키역에서 여성이 추락하는 사고가 발생했다. 일부 승객들이 지시를 무시하고 역 구내로 쏟아져 들어와 갑자기 사람이 늘어난 승강장에서 떠밀린 게 원인으로 보인다. 카나가와현 경찰에 따르면 사망한 사람은 요코하마시에 거주하는 유치원 교사, 카타오카 사요(22)씨라고 한다. 현장은 불꽃놀이 축제 직후로 혼잡했으며――'

2019년 2월 3일 (일)

이틀 동안, 이세는 토카이도선을 내리지 않고 계속 탔다.

화창하게 맑은 휴일이었다. 전철에는 하코네나 시즈오

카 방면으로 향하는 여행객들이 잔뜩 탔다. 전철에는 각자 자기가 맘에 드는 옷을 몸에 걸친 남녀들이 요코하마나 도쿄, 각각의 역에서 내렸다.

도쿄역에서 오다와라역까지, 그저 하염없이 왕복했다.

때때로 히라츠카역이나 요코하마역에서 내려보기도 했다. 그 신문기사를 인쇄한 복사용지를 손에 들고 개찰구를 나와 휘적휘적 역 구내를 걸었다.

사요가 보고 싶어, 사요를 듣고 싶어, 사요와 만나고 싶어——

평소처럼 갑자기 마주치지는 않을까? 이세가 잠에서 깨어날 때쯤이면 옆자리에 앉아있지는 않을까?

그 차분한 미소가 보고 싶었다. 못 만날 리가 없어, 하고 자신을 향해 중얼거렸다. 바로 얼마 전 까지 사요는 이세와 같은 전철을 타고 있었고, 최근 근황이나 꾸었던 꿈에 대해 이야기했다.

남색 재킷에 회색 주름치마.

자신이 아주 잘 아는 모교 교복을 찾았다. 이 시기가 되면 대부분 고등학생이 코트를 입기 마련인데, 생각해보니 사요가 코트를 걸친 모습은 본 적이 없었다.

토요일 낮, 히라츠카역 승강장에서 전철을 기다리는 여

자 고등학생 무리를 발견했다.

그 가운데 사요를 찾아보려고 했지만, 학생들이 입은 치마는 죄다 빨갛다. 이전에 사토가 말했던, 히라츠카역 주변에서 자주 본다는 교복을 입은 고등학생들이다.

연갈색 재킷에 빨간 재질의 체크무늬 치마. 사요가 입었던 교복과는 전혀 닮지 않았다.

학생들 곁으로 지나가는 순간, 그 가운데 한 명이 어깨에 걸친 남색 가방이 눈에 들어왔다. 'Hiratsuka Institute High School'이라는 하얀 알파벳이 보여서, 우뚝 걸음을 멈추었다.

"저기, 학생. 혹시 히라츠카가쿠엔 고등학교 학생이에요?"

말을 걸자, 가방에서 손거울을 꺼내 화장 상태를 체크하던 학생이 당혹스러운 얼굴로 돌아보았다.

"그런데요?"

"그 혹시 여자 교복이 남색 재킷에 회색 주름치마 아니었어요? 그리고 셔츠는 하늘색이고——"

"어? 아니에요."

화장이 짙은 학생이 고개를 갸웃거린다. 그 옆에 서 있던 적갈색 머리를 한 학생이 "아! 그거 4년 전 쯤에 바뀐 건데. 아마도." 하고 대신 대답했다.

"어, 진짜? 나 학교 정할 때 교복 보고 정한 건데? 의외로 신상이었네?"

"우리 대박이다! 지금 게 훨씬 이쁜데. 진심 이뻐."

학생무리가 교복 이야기로 분위기가 달아오르기 시작한다. 이세는 "아, 고마워요." 하고 작은 목소리로 인사하고, 서둘러 자리를 떴다.

——바뀌었다고? 4년……전에?

다시 토카이도선에 올라탄 이세는 주머니에서 휴대전화를 꺼냈다.

'지금까지 정말 감사했습니다.'

작은 휴대전화 화면에 표시된 한 문장을 몇 번이고 계속 곱씹는다.

2018년 12월 5일.

카타오카 사요가 처음이자 마지막으로 보낸 메일을 받은 날짜다.

한편, 손에 든 기사 프린트물에는 그보다 4개월 전 날짜가 찍혀있다.

——2018년 8월 4일.

창문 밖이 완전히 어둠으로 휩싸일 때 쯤, 이세는 카타오카 사요의 이메일 주소로 한 통의 메일을 보냈다.

'당신은 누구십니까?'

주머니가 작게 떨려온 것은 다음 날 일요일 오전이었다. 'e-mail: 카타오카 사요'라는 알림을 본 이세가 하마터면 휴대전화를 떨어뜨릴 뻔하면서 메일을 확인했다.

일요일 저녁 5시에 요코하마역 개찰구를 나왔다.

혼잡한 가운데 우뚝 서서 앞을 살펴본다.

어디서 본 적 있는 것 같은 풍경인데——하고 머릿속으로 뒤지기 시작하자마자 기시감의 정체를 알아차렸다.

기둥 옆에는 하얀 코트를 입은 작은 체구의 여성이 서 있었다. 빨간 머플러를 목에 둘렀고, 그 위로 파마한 갈색 머리가 내려앉아 부드럽게 흩어졌다.

"카타오카, 씨?"

가까이 다가가 어물어물 말을 걸었다.

스마트폰 화면을 내려다보고 있던 젊은 여성이 놀란 얼굴로 고개를 들었다. 노란 스마트폰 케이스와 밝은 핑크색 네일이, 이세 눈에는 조금 눈부시게 비추어졌다.

새카만 속눈썹이 아래위로 떨렸다. 마스카라를 꼼꼼히 발랐다. 눈 모양새에는 분명 닮은 구석이 있었다.

꾸욱, 하고 가슴이 조여 왔다.

"이세 씨, 신가요?"

불안해하며 여성이 물어왔다.

"네."

짧게 대답하고, "갑작스럽지만, 고인의 명복을 빕니다. 마음고생이 심하셨겠어요." 하고 고개를 숙인다. 카타오카 미사는 살짝 목례하고, "말씀만으로도 감사합니다. 그리고 여기까지 와 주셔서 감사합니다."

카타오카 미사. 20세. 요코하마 시내에 있는 대학교 2학년 재학중.

아까 전 메일에 적혀있던 대로, 미사가 다시 한 번 자기소개를 했다. 사요보다 언니로 착각할 법도 한데, 동생이라고 한다.

카타오카 사요, 향년 22세.

동생 미사는 당시 19세다.

'카타오카 미사라고 합니다. 대학교 2학년입니다. 이 메일주소는 언니 것입니다. 당신은 누구십니까?'

장문의 답장을 이세는 몇 번이고 곱씹어 읽었다. 오늘 제발 만나주었으면 한다고, 부탁한 사람도 물론 이세였다.

이세 타쿠미, 라고 풀네임을 밝혔지만 미사는 누군지 모르겠다는 눈치였다. 살짝 고개를 갸웃거리더니, 가느다란 손가락으로 티컵을 들어 올려 홍차를 마신다.

자매가 참 닮았다. 특히 눈매가 똑같다. 여동생 미사가 훨씬 세련된 모습을 하고 있지만, 사요를 연상케 하는 것만은 분명했다.

"전철사고로 죽기 한 달 전에, 언니가 갑자기 이메일 주소랑 암호를 알려줬어요."

미사가 더듬더듬 이야기를 시작했다. 사요와 닮은 눈은 똑바로 이세를 쳐다보았다.

"'혹시 내가 죽으면 이 메일주소를 너한테 관리 부탁할게. 그리고 혹시라도 이세라는 분이 연락하면 이렇게 답장해줘.'라고 했어요."

"지금까지 정말 감사했습니다……라고."

"네. 무슨 뜻인지 잘 이해가 안 갔어요. 그래서 이유를 물어봤는데, 절대 알려주려고 하지 않더라고요. '그냥 그렇게 한 줄만 보내면 되니까, 다른 건 아무 것도 적지 말아줘.'라고."

이세가 사요에게 메일을 보낸 것은 11월과 12월에 각각 딱 한 번뿐이었다. 사요가 죽은 8월에서 조금 기간이 떨어져 있었기 때문에 미사는 언니 메일주소를 바로바로 확인하지 못 했다고 한다. 이세가 보냈던 2통의 메일을 알게 된 것은 12월 5일이었다. 그 날 바로, 미사가 언니가 지시한 대로 보낸 문장이 이세 핸드폰으로 도착했던 것이다.

"저기……이세 씨는 누구세요?"

미사가 의아하다는 듯 물었다.

"제 말은, 저기――그러니까 언니랑 어떤 사이셨어요? 동갑도 아니신 것 같고, 맞죠?"

자기도 모르게 쓴 웃음을 짓는다. 역시 짧은 머리에 수염도 안 깎은 모습으로는 스물다섯 살로도 보이지 않는 모양이다. 소년 교도소 생활을 거쳐 새치가 늘어난 것도 이유 중 하나일 것이다.

이세가 대답하지 않자, 미사는 "남자친구, 는 아니셨, 죠?" 하고 바로 질문을 던진다.

"아니에요."

"그럼, 전 남친?"

"아뇨." 고개를 가로저으며 "사요한테는 약혼자가 있었잖아요." 하고 조용히 묻는다.

"맞아요. 아세요?"

"카스야 타쿠미랑은 초등학교 동창이에요."

그랬구나, 하고 미사가 눈을 동그랗게 뜬다.

"카스야 만나본 적 있어요?" 하고 묻자, 미사는 고개를 끄덕였다.

"물론이죠. 언니 약혼자로 소개받아서 몇 번 집에도 놀러 왔었어요. 스물네 번째 생일에 혼인신고 할 예정이었거든요. 혹시 살아있다면 내일이었는데."

"내일, 이라."——2월 4일. 신은 어쩌면 이렇게 잔혹한 날을 준비했을까.

"하지만 요즘은 거의 만난 적 없어요. 장례식이랑 사십구재 때 보고, 그 뒤로는……아, 딱 한 번 성묘에서 마주친 적 있어요. 자주 꽃을 들고 온다고 그러더라고요."

사후 꿈을 떠올렸다. 휴일 낮에, 연인의 성묘를 간다고 했던 카스야. 그러고 보니, 츠지도역에서 상행 방향 전철을 올라탔다.

"우리 가족은 언니가 죽은 이후로 카스야 씨를 어떻게 대하면 좋을지 모르겠어서……조금 거리를 두고 말았어요."

"뭐, 어쩔 수 없죠."

평소 버릇대로 무미건조하게 툭 내뱉고 만 게 실수였을까? 미사는 얼굴이 굳은 채 한 동안 입을 다물어 버렸다.

살짝살짝 이세 얼굴을 올려다보며, 무슨 생각에 잠겨있는 모양이었다.

――동생도 제가 죽을 때쯤에는 아직 대학생이니까, 꽤나 충격을 받을 것 같아서 걱정이에요.

그런 사요의 말을 떠올리자 가슴에 구멍이 뚫린 것 같은 기분이 든다.

“아, 언니 사진을 보고 싶다고 하셨죠?”

하고 미사가 갑자기 말을 꺼내더니 스마트폰을 조작했다. 생전 사요 사진을 보여줄 수 있는지, 아까 메일로 부탁했다.

언니가 죽은 뒤로 꼼꼼히 정리를 해 두었는지, 미사의 스마트폰 안에는 ‘☆언닝☆’이라는 이름의 앨범이 있었다. 제목을 핑크색 손톱이 탭 한다. 미사가 건내 준 스마트폰을 받아들고 사진을 하나하나 바라보았다.

사진 속 사요는 분명 이세가 아는 그 사요였다.

허나 이세가 기억하는 모습보다 훨씬 어른스러웠다. 이세가 아는 10대 소녀가 아니라 상냥한 표정을 짓는 동년배 여성이었다.

자매가 같이 셀카를 찍은 사진. 부모님과 단란한 시간을 보내는 풍경. 집 소파에 늘어져있는 모습.

그 가운데에는 카스야 타쿠미와 나란히 찍은 사진도 있었다.

약혼반지를 왼손 약지에 끼고 부끄러워하면서 카메라를 바라보는 사요와 긴장해서인지 몸이 딱딱하게 굳은 카스야. 사진에는 보이지 않지만, 옆에서 사요의 양친이 지켜보고 있어서 그 시선을 의식하느라 긴장한 것인지도 모른다. 아마도 가족들과 면식을 가진 참이었겠지.

성장한 〈여성〉이 된 사요와 엊그제 만난 카스야가 사진 속에서 사이좋게 서로의 얼굴을 마주보고 있다.

가슴 속이 꿈틀거렸다. 모든 조각이 다 맞추어지는 느낌은 혈관에 모래가 긁고 지나가는 것처럼 아픔을 동반했다.

"그리고 졸업앨범도 가지고 왔어요."

의자 등받이에 걸어두었던 커다란 에코백에서 미사가 에메랄드 그린 표지를 한 앨범을 꺼냈다. 이세의 표정을 살피면서 살짝 테이블 위에 올려놓는다. 표지에는 '히라츠카가쿠엔 고등학교'라는 문자가 적혀있었다.

자기 쪽으로 당기고 팔락팔락 페이지를 넘겼다. '카타오카 사요'라는 문자에 시선이 멈추고 개인 사진을 바라본다.

――사요다.

살짝 창백한 피부. 수줍어하는 검은 눈동자. 어깨까지

내려오는 머리카락. 어린 티가 남아있는 이목구비는 이세가 잘 아는 모습이었다.

사진 속 여성은 하늘색 셔츠에 남색 재킷을 걸치고 있다.

손이 떨렸다. 손가락 끝으로 사진 속 사요를 쓰다듬는다.

윤기가 흐르는 검은 머리카락을.

부드러운 미소를 머금은 입가를.

고마워, 하고 겨우 마음을 입으로 표현하고 나서야 졸업 앨범을 미사에게 돌려주었다. 매끈매끈한 표지가 손에서 떨어질 때, 앨범이 억지로 뜯겨져 나가는 심정이 들었다.

"언니가 어떤 사람이었는지, 들려줄 수 있을까요?"

미사에게 있어서는 무슨 뜻인지 이해가 안 가는 질문이었었을 것이다. 하지만 미사는 친절하게 그리고 꼼꼼하게 답해주었다.

어릴 때부터 사이가 무척 좋은 자매였다는 이야기. 언니 사요가 미사랑 다르게 차분하고 얌전해서 성실하게 공부 잘 했다는 이야기. 중학교 때 합창부에서 열심히 활동했다는 이야기. 고등학교에서는 딱히 부활동을 하지 않았지만, 대학교에 들어가 다시 합창을 시작했다는 이야기. 졸업하고 사회인이 된지 얼마 지나지 않아, 작년 봄에 고등학교 졸업하고 난 뒤로 쭉 사귀고 있던 카스야 타쿠미를 처음으로 집에 데려와 약혼했다는 이야기.

"합창을 좋아했었군요." 이야기를 다 마친 미사에게 의도적으로 물었다. "그런데 고등학교 때는 왜 합창부에 들어가지 않았던 걸까요."

"언니가 막 고등학교 입학했을 때 너무 힘이 없는 거예요. 축 쳐져서 기운이 없는 게 너무 오래 가서 이유를 물어도 안 알려주고. 학교에서 괴롭힘이라도 당하는 건 아닌지, 통학이 좀 멀어서 컨디션이 나빠진 건 아닌지, 가족끼리 걱정했어요. 그런데 2학년이 되자, 다시 회복을 하더니 유치원 선생님을 하고 싶다고 그러더라고요."

사요가 고등학교 1학년 때 왜 기운이 없었는지, 그 이유를 이세는 잘 알고 있다. 물론 미사에게 전해줄 마음은 없었다.

"사요가, 세상을 뜨기 직전 모습은 어땠어요?"

"평범했어요. 하지만 지금 생각해보면 좀 이상한 점이 있었어요. 메일관리를 맡기는 것도 그랬고……그리고 갑자기 방을 막 정리하기 시작하더니, 매일 밤마다 앨범을 막 보는 거예요. 언니는 자기가 죽을거란 걸 이미 알고 있었던 걸까요?"

"설마요." 하고, 일부러 단호한 말투로 답한다.

"그죠? 언니는 매일 하루하루를 즐겁게 살았거든요. 지하철에 뛰어들어 자살할 만한 사람도 아니었어요. 그러니까 역시 그건 불운한 사고였던 게 아닐까 싶어요."

미사의 목소리가 떨리더니 말이 뚝 끊겼다.

"그나마 마지막 기억이 타쿠미 씨랑 불꽃놀이 데이트라 다행인 것 같다고, 장례식 때 가족끼리 그렇게 말했어요." 하고 금방이라도 사라져 버릴 것 같은 목소리로 말하고는 눈가를 손으로 훔친다.

뚝, 뚝, 테이블 위로 눈물방울이 흘러넘친다.

타쿠미 이름을 미사가 입에 올릴 때 마다 그 울림이 깊숙이 가슴을 찌른다.

미사가 진정할 때 까지 이세는 꼼짝도 하지 않고 기다렸다. 혼잡한 카페 안에서 두 사람이 앉은 테이블만 차단된 기분이 들었다. 주변 소리는 귀에 들어오지 않았다.

사요와 꼭 닮은 젊은 여성이, 어찌 할 수 없을 만큼 넘쳐흐르는 눈물을 닦는다. 그 모습을 직시하지 못한 이세가 한 없이 홍차 표면만 바라보길 계속했다.

"죄송해요. 딱 하나만 더 봐주셨으면 하는 게 있어요."

겨우 울음을 그친 미사가 몸을 뒤틀며 에코백을 뒤졌다.

"언니 중학교 졸업 앨범이에요."

미사가 페이지를 열고 이세 쪽으로 내밀었다.

단체사진이 보였다. 100명이 넘게 모여 있었다. 모두 파란 번호표를 붙이고 머리에는 같은 색 머리띠를 둘렀다.

단체사진 오른쪽 위에 매직으로 빨간 동그라미 표시가 쳐져 있었다. 빨간 동그라미 안에 들어가 있는 사람을 보고 이세는 자기도 모르게 숨을 삼켰다.

"2학년 때 추억을 되돌아보는 페이지가 있었어요. 운동회 사진 같아요. 전교생이 학년 상관없이 팀을 나누었고, 언니는 홍팀이었어요. 그런데 이유는 모르겠지만 청팀 쪽에 빨간 동그라미 표시를 그려놓았더라고요. 유품 정리할 때 발견했는데 그때부터 계속 이 남자애가 누구인지 신경 쓰였어요. 개인사진 페이지에는 없어서 아마 3학년 선배인 거 같은데."

두근두근 가슴이 뛴다.

미사가 흥분한 말투로 말을 이었다.

"요코하마로 이사 오기 전에, 저희도 히라츠카에서 살았거든요. 언니가 중학교 다닐 때, 그러니까 제가 초등학교 졸업하는 타이밍에 가족이 모두 요코하마로 이사를 갔어요. 하지만 언니는 중학교 때 좋아하는 선배가 있었는지 그 사람이 다니는 히라츠카 고등학교에 일부러 시험 쳐서 입학까지 한 거죠. 저기, 이 빨간 동그라미 친 남자——"

더 이상 미사의 목소리가 귀로 들어오지 않았다.

의자에서 일어선다. 무릎이 테이블 다리에 부딪쳐 티컵 속 홍차가 떨린다.

"정말 고마워요."

미사의 말을 끊으며 고개를 푹 숙인다. 몇 초 정도 이 자세로 가만히 있는 동안, 미사는 아무 말도 하지 않았다.

테이블 위에 천엔 짜리 지폐를 한 장 올려두고 가게 출구로 향했다. 군데군데 다른 손님이 앉은 테이블에 부딪칠 뻔하면서.

그 단체사진은 본 적이 있다.

이세 자신의 졸업앨범에도 똑같은 사진이 들어있기 때문이다.

농구부에서 고립되어, 같은 반 아이들에게도 일정한 거리를 두고 지냈던 중학교 3학년 당시, 이세는——다른 아이들처럼 브이도 하지 않고 가장 뒷자리 오른쪽 구석에 불퉁하니 서 있었다.

다시 말해, 이런 이야기였던 것이다.

2011년 2월, 고등학교 합격발표 장소로 향하던 사요는 2018년 8월 4일에 전철 사고로 죽는 꿈을 꾸었다.

――하얀 지팡이를 짚은 시각장애인이 맞은편에서 다가오는 걸 피하려다가 균형을 잃고 그만 선로로 떨어져 버려요.

그 설명의 일부는 사실일지도 모르고, 아예 거짓말일 지도 모른다. 적어도 장소는 불꽃놀이 축제가 막 끝난 치가사키역이었을 터였다. 22세 사요는 혼잡한 승강장에서 떠밀려 추락하고, 전철에 치여 죽고 만다. 그런 꿈을, 15살 사요가 고등학교 합격발표를 확인하러 가는 전철 안에서 꾸게 된다.

그 꿈을 시작으로 다양한 〈미래 꿈〉을 꾸게 되었을 것이다. 불꽃놀이 축제 때도 함께였고, 선로에 떨어진 사요에게 손을 뻗어 준, 중학교 때부터 좋아하던 한 살 연상 선배. 그와 같은 부활동에 들어가 고백을 받고, 사귀고, 프로포즈도 받게 되는 그런 즐거운 꿈도 있었을 것이다.

그리고 몇 가지 꿈이 현실화되는 것을 경험한 사요는 〈미래 꿈〉이 예지몽과 같은 성질임을 깨닫게 된다.

7년 뒤 죽는다는 미래를 직면한 사요의 마음이 불안정했을 것이다. 하지만 그럼에도 좋아하는 선배와 관계가 발전되는 미래가 기다리고 있다는 생각에 가슴이 뛰었을 것이다.

꿈대로만 진행된다면 이듬쯤에는 축구부 매니저에 사람이 하나 비게 되고, 그냥 집에 가던 사요에게 권유가 들어오게 된다. 그 날을 손꼽아 기다리며 사요는 고등학교 들어갔다.

그 때 처음으로 〈사후 꿈〉을 꾸었다. 7년 뒤 좋아하는 선배가 자기와 마찬가지로 루시드 드림을 꾼다는 꿈이었다. 사요가 죽은 뒤 얼마 안 있어, 전철로 뛰어들어 자살하게 된다——라고, 꿈속에서 만난 7년 뒤의 선배에게 말했다.

선배가 뒤따라 자살하는 일을 막기 위해서, 사요는 어떤 결단을 내렸다. 자기와 만나지만 않으면 선배의 목숨은 구할 수 있을 지도 모른다. 그렇게 믿으며 속이 타는 심정으로 울며, 축구부 매니저 권유를 거절했다.

하지만 잔혹하게도 선배의 운명은 바뀌지 않았다. 사요도 선배도 모두 죽고 만다는 결과는 그대로인 채, 사요는 좋아하는 선배와 만날 기회를 잃게 되었다.

사요가 꾸던 루시드 드림이 갱신되었다.

고등학교 졸업 후, 사귀는 상대는 선배의 친구인 다른 인물이 되었다. 한편 좋아하는 선배의 인생은 크게 뒤틀리고 꼬여서 고등학교도 나오지 않고 점점 비참한 방향으로 전락해 버린다.

모든 게 〈덮어쓰기〉가 되어버린 꿈을 꾸었다, 하고 사요는 표현했다.

한 명의 남자와의 접점을 영원히 잃어버린다, 라는 결정적인 변화를 일으키고 만 사요의 경우——그 범위는 일반적인 예지몽의 수준을 넘어서버렸다.

고등학생 사요는 완전히 새로운 〈사후 꿈〉을 꾸기 시작했다.

2018년 여름부터 겨울까지.

카타오카 사요라는 혼약자가 존재한다는 사실을 알지도 못한 채 인생을 끝내려고 하는, 중학교 때 부터 줄곧 좋아하던 선배를, 사요는 〈사후 꿈〉을 통해서 만나러 갔다.

8월 4일, 사상사고로 운전이 잠시 중단되었던 전철 안에서 만난 사요는 처음부터 이세를 알고 있었다. "어디서 본적 있지 않나요?"라고 어물어물 물어왔었다. 나중에 이세와 만나는 꿈을 꾸었기에 얼굴을 알고 있었다고 설명했지만, 사실은 그게 아니었다.

이세보다 한 살 연하인 카타오카 사요는, 중학생 때부터 이세의 얼굴과 이름을 일방적으로 알고 있었던 것이다.

〈오리지널 선배〉는——이세 타쿠미.

생각해보면 이세는 사요와 몸이 접촉한 적이 없었다. 사요가 주변 사람이나 물건에 접촉하는 모습을 본 적도 없다. 그리고 전철 안과 역 승강장 말고는 만난 적도 없었다.

그 이유가 카타오카 사요와 자기가 살아가는 시간이 달랐기 때문은 아니었을까?

사요의 모습이 카타오카에게만 보이는 환영이었기 때문은 아닐까?

어쩌면——사후에 나타난 상대방에게 반응한 이세 자신도 무의식중에 꿈을 꿨던 것인지도 모른다.

이세가 몇 번이나 카스야와 만나는 꿈을 꾼 것과 마찬가지로, 사요는 〈사후 꿈〉 속에서 전철에 탄 이세를 만났던 것이다. 어지간해서는 믿기 어려운 말이지만 이세가 사요와 보낸 그 행복한 시간이야 말로, 몇 년이나 앞서 사요가 봤던 〈사후 꿈〉 그 자체였던 것이다.

그것 말고는 달리 설명할 방법이 없다. 사요가 이세와

같은 졸업앨범에 찍혀있다는 사실이 무엇보다 가장 큰 증거다.

애초에 사요는 어디서 자신을 알고 좋아하게 되었을까?

중학교 때를 되짚어 보면 체육관에서가 아닐까, 하는 생각이 든다. 이세는 농구부였고, 1학년 때 부터 주전멤버로 시합을 계속 뛰었다. 선배들과 대립하고 연습할 때도 혼자 따돌림을 당하는 일이 많았지만 체육관 구석에서 묵묵히 개인연습을 계속했다. 아침이나 부활동 없는 방과 후에도 어떻게든 자리를 찾아서 기술을 연마하는 일도 있었다.

그런 모습을, 한 학년 후배인 사요가 어디선가 멀리서 지켜봐 주고 있었던 것은 아닐까?

고등학교에서는 더 이상 농구부를 하지 않았다. 중학교와 비슷한 양상이라는 소문을 들었기 때문에, 축구부에 들어갔다. 초보자치고는 나쁘지 않은 솜씨였으나 아버지가 파칭코에 미쳐, 알코올 중독 증세가 점점 심해져서 부활동을 빠지는 일이 늘어났다.

가고 싶을 때만 연습에 참가했다. 나중에 간 건 2학년 여름방학이었던가, 기억이 가물가물하다. 그 뒤로는 갑자기 접근해 온 고미부치와 밤늦게 놀러 다니는 일이 많아져서 학교 자체를 빼먹는 일이 많아졌다. 그리고 고등학교 3학년 겨울에 상해치사 사건으로 소년 교도소로 보내지면서 동시에 퇴학 처분이 되었다.

2학년 여름방학이 운명의 갈림길이었던 것일까?

사요인가, 고미부치인가.

당시 1학년이었던 카타오카 사요가 매니저로 도중에 들어왔더라면 마지막으로 연습을 갔을 때, 이세는 사요와 만날 수 있었다. 그리고 그게 어떻게 작용하게 되는지는 모른다. 그저 사요와 그 날 만났더라면 동기가 순수하든 불순하든 그 날이 이세에게 있어 마지막 부활동 출석이 되는 일은 없었을 것이다.

그 날, 이세는 사요와 만나지 못했다.

사요 대신 이세가 만난 것은 고미부치라는 나쁜 친구였다.

이제와 돌이켜보면 전철에 올라탄 사요가 심하게 창백한 얼굴을 한 날이 있었다. 〈사후 꿈〉을 꿀 때는 시간순서가 뒤죽박죽이라는 점을 비추어보아, 사요에게 있어서는 그게 처음으로 이세와 해후한 순간이었을 지도 모른다.

새로운 〈사후 꿈〉을 꾼 사요는 얼마나 충격을 받았을까?

자기 죽음을 슬퍼해 자살까지 한, 이세 타쿠미라는 이름의 약혼자가 아버지를 때려죽이고, 5년 동안 소년 교도소에 수감되었다 출소한 전과자로 변해버린 것이었다. 자기가 저지른 행동이 어떤 결과를 가져왔는지 알게 되면서, 얼마나 두렵고 슬펐을까. 꿈 내용을 원래대로 돌리려고 노력해도 소용이 없자, 깊은 절망에 빠졌을 게 분명하다.

하지만 사요는 곧바로 정신을 바짝 차리고, 이세에게 죽음과 마주하는 데 도움을 주려고 노력했다. 역이나 전철 안이라는 한정된 장소와 시간 속에서, 가능한 한 이세에게 다가가 루시드 드림에 대해 이런저런 사실을 알려주었다.

다시 만날 날을, 기약하지도 못하고 전화나 메일을 주고받는 것도 불가능하다. 게다가 꿈을 꾸는 시간이나 시기를 고를 수 없으니, 교복을 입을 때도 있으면 사복을 입을 때도 있었다. 이세가 있는 시공간은 추운 겨울인데 코트도 입지 않고서 나타나는 일도 있었다.

애초에 이세와 만나러 온 사요는 항상 고등학교 1학년이 아니었을 지도 모른다. 루시드 드림을 꾸는 기간이 7년간이나 되는 긴 시간이었다는 말은 몇 개월 어쩌면 몇 년

단위로 〈사후 꿈〉을 꾸었을 가능성이 있다.

그 증거로 사요에게서 받는 인상이 매번 달랐다. 창백하고 어려보이는 사요, 머리를 잘라 살짝 어른스러워 보이는 사요, 그리고 사복 차림에 화장을 한 사요, 이세는 모두 만난 적이 있다.

그렇게 변화하는 자신을 겨우겨우 숨겨가며 어디까지나 2918년을 사는 여자 고등학생인 척하며, 사요는 이세 눈앞에서 모습을 보였다.

정체를 밝히지 않은 것은 아마도, 믿어줄 지 말지 불안해서였을 수도 있고, 새로운 연인이 될 예정의 남자가 카스야 타쿠미라는 사실을 배려해서였을 수 도 있다.

사요는 그저 죽음을 눈앞에 두고 괴로워하는 이세를 옆에서 따뜻하게 바라 봐 주었다.

——어떻게 이런 일이 벌어질 수 있단 말인가?

아직까지도, 사요가 직접 말한 〈오리지널 선배〉가 자기 자신이라는 사실을 믿기 어려웠다. 자기 같은 인간에게도 밝은 태양 아래서 살 수 있는 찬스가 있었다는 것도, 자기도 모르는 곳에서 이런 자신을 소중히 생각해준 여성이 존재했었다는 사실도, 비참하고 어두운 인생이 단 한 명의 여성이 자신을 구해주려고 시도한 증거였다는 사실도,

모든 게 다 꾸며낸 이야기로만 느껴진다. 하지만 졸업 앨범에 쳐진 빨간 동그라미가 무엇보다도 이 모든 게 사실이라는 것을 증명해주고 있다.

——제가 죽으면, 슬프세요?

——어?

——이세 씨는 제가 죽으면 슬퍼해주려나 싶어서요.

언젠가 갑자기 물어온 사요 목소리가 머릿속에서 재생되었다.

그 순간 눈물이 주르륵 이세의 뺨을 타고 흘렀다.

한 방울 뿐이었다.

주머니 속에서 휴대전화를 꺼내 천천히 열었다. 메일함 속에서 12월 5일 받은 메일을 찾아서 켠다.

'지금까지 정말 감사했습니다.'

이세가 모르는 곳에서 22세가 된 사요가, 지금 이세에게 남긴 마지막 말이다.

휴대전화를 꽉 쥐었다. 죽은 사요를 위해서라도 남은 하루 동안 해야 할 일을 착각해서는 안 된다.

결의를 마음속에 다지고 이세는 개찰구를 출입하는 사람들 무리 속으로 한 걸음 내딛었다.

걸으면서 문득 생각했다.

어쩌면 〈사후 꿈〉이라는 것은 죽어가는 자신들이 인생에 남은 여한을 청산하기 위해 존재하는 게 아닐까, 하고.

남은 이틀 간 정처 없이 전철을 타는 동안, 한 가지 떠오른 일이 있었다.

――그 꿈을 한 번 더.

소원이 통할 지 어떨지는 모른다. 요코하마역에서 전철에 올라타자마자 이세는 바로 무너지듯 좌석에 주저앉아 꿈의 세계로 의식을 맡겼다.

과거 꿈이었다.

24년간 인생을 살아오면서 가장 후회되는 끔찍한 밤의 꿈이다.

심야 공원에서 이세는 작은 돌을 발로 굴리고 있었다. 커다란 돌부터 차례대로 빛의 원 안으로 찬다. 축구부를 그만 둔 지 꽤나 시간이 지났지만 감각은 여전히 날카로운 모양이었다.

그 옆에서는 고미부치가 가로등 기둥에 몸을 기대고 어두운 하늘을 올려다보며 무슨 말을 하는지는 모르겠지만 유쾌하게 말을 하고 있었다. 손가락 사이에 담배를 한 개비 끼우고, 입으로 가져더니 연기를 길게 내뿜는다.

고등학교 3학년 때 일상.

일상이 비일상으로 바뀐 것은 집으로 들어가는 길이었던 아버지가 공원에 나타난 탓이었다.

그저 억울했다. 자기 이상으로 친구를 욕하는 아버지를 용서할 수 없었다. 평소 쌓여온 아버지를 향한 증오와 장래에 대한 불안이 한 번에 뿜어져 나왔다.

주먹다짐 한 끝에 아버지는 실신해서 움직이지 않았다.

———그만하면 됐어. KO야.

고미부치가 귓가에 대고 설득한 끝에 이세는 겨우 아버지에게서 떨어져 나왔다. 공원 수돗가에서 피를 꼼꼼히 씻어내다가 고미부치가 불러서 가로등 아래로 달려갔다.

아버지 머리에서 대량출혈이 일어난 광경을 이세는 한시도 잊은 적이 없다. 가로등 노란 불빛이 모래에 스며들어가는 액체를 검붉은 색으로 보이게 만들었다.

얼어붙을 것 같은 1월 밤에 일어난 일이었다.

카와사키역에서 전철을 내렸다. 계단을 올라 넓은 구내를 걸어 개찰구를 나온다.

밖은 이미 캄캄해졌다. 차가운 밤공기가 소매와 피부 사이로 침입해 들어온다.

집 방향으로 잰걸음을 걸으면서 휴대전화를 꺼냈다. 한참 동안 망설인 끝에, 걸려고 망설이던 번호를 골라 통화 버튼을 누른다.

카스야 타쿠미는 바로 전화를 받았다.

"여보세요, 이세?" 그 목소리에는 긴박감이 전해졌다.

"괜찮아? 무슨 일 없었어?"

고미부치에게 간다고 말하고 츠지도역에서 헤어진 뒤로 카스야에게 한 번도 연락을 하지 않았다는 사실이 생각났다.

"아니."

고미부치 패거리 네 명이 범행을 저지른 게 사실이라는 증거를 얻지 못했다고 이야기한다. 가방 속에 태블릿 PC를 숨겨둔 것도 다 들켰다고 전하자 "그 정도로 경계하고 있었다는 말이네." 하고 카스야는 전화기 너머로 이를 악물었다.

"오늘은 다른 일로 전화를 걸었어."

"다른 일?"

"카타오카 사요에 관한 일이야."

이름을 꺼내자, 카스야가 잠시 입을 다물더니, "사요는 갑자기 왜?" 하고 불안한 목소리로 물어왔다.

"사요, 나랑 같은 고등학교였지? 카스야랑은 어떻게 알게 된 거야?"

"역시……이세 넌 사요를 알고 있었던 거구나."

"응?"

"이제와 말하기도 그런데——사요가 정말로 좋아했던 사람은 내가 아니라 이세였던 게 아닐까 싶었거든."

"갑자기 무슨 소리야?"

"이세 너한테는 옛날부터 이기지를 못하겠다, 정말. 물론 진적도 없다고 나는 생각하지만."

휴대전화로부터 카스야의 적적한 웃음소리가 들려왔다.

"네가 내 연락을 무시하게 된 고등학교 2학년 가을부터, 내가 몇 번이나 네 학교를 찾아갔다는 사실은 기억하지? 여름방학이 끝나고 한 동안 넌 학교를 빼먹은 거 같으니까, 그래서인지 못 만나는 날이 더 많았어. 혹시나 축구부 연습은 하러 오지 않았나 싶어서, 운동장을 보면서 너를 찾아다니곤 했지. 그런데 어느 날, 나랑 똑같은 행동을 하는 여자애가 있다는 걸 알게 됐어. 말을 걸어온 건 상대방 쪽이었지만."

——혹시 이세 선배를 찾고 있나요?

"그래서 우리는 가끔씩 이야기를 나누게 되었어. 나는

나를 네 초등학교 동창 친구라고 소개했어. 사요는 아마 이세 네가 떨어뜨린 물건을 찾아주려고 했었던가, 그런 이유를 댔던 것 같아. 그게 진짜 이유는 아니겠거니 하고 생각하면서도 나는 점점 사요한테 끌리고 말았어. 그래도 비겁하다는 생각이 들어서, 계속 너한테는 솔직히 털어놓지 못했어."

"아냐, 비겁하지 않아."

"미안해."

"왜 사과하는 건지 모르겠다."

감정을 감추기 위해, 말투가 거칠어지고 말았다.

"어떻게 알게 되었는지 궁금했을 뿐이야. 나는 직접적으로 아는 사이가 아니었으니까, 아무래도 상관없어."

"하지만——"

"무덤이 어디인지만 알려주라."

문득 생각이 나서 물었다.

"네 약혼자였잖아? 나도 한 번 쯤은 명복을 빌어야 하지 않을까 싶어서."

카스야는 무언가 말하려고 했으나, 이내 말을 꾹 삼키는 것 같았다. 공원묘지 이름을 말하고는 "요코하마에 있어." 라고 속삭이듯 말했다.

"하나 만 더 물어보고 싶은 게 있어."

"뭔데?"

"카스야 네 의견을 듣고 싶어서."

애초에 이게 본론이었다.

이세는 그동안 이틀을 고민해, 한 가지 가설을 세웠다. 카스야에게 그 가설을 설명했다. 이세가 말하는 동안 카스야는 가끔 맞장구를 치는 것 말고는 거의 말을 하지 않고 계속 귀를 기울여 들어주었다.

설명을 끝내고 카스야의 반응을 기다렸다. 잠시 뒤, 아무런 소리가 들리지 않았다.

"그럴 가능성은 있겠는데."

기다린 끝에 카스야가 신음하듯 입을 열었다.

그 말을 듣고 놀랄 정도로 간단하게 결심이 굳어졌다. 카스야 눈에는 보이지 않는 것을 뻔히 알면서도 자연스럽게 머리가 축 늘어지는 자세가 되었다.

"지금까지 고마웠다."

"어?"

"넌 내 몫까지 살아주라. 그리고 카타오카 사요 몫 까지도."

"야, 이세, 너 지금 무슨 생각——"

휴대전화를 귀에서 떼고 천천히 통화 종료 버튼을 눌렀

다.

두 평이 채 못 되는 어둡고 좁은 원룸으로 걸음을 옮긴다. 찻길을 지나가는 트럭 배기가스가 코를 찌른다.

내일 집을 나서면, 두 번 다시 그 방으로 돌아가는 일은 없을 것이다.

2월 4일의 발자국 소리가 바로 코앞까지 쫓아오고 있다.

2019년 2월 4일 (월)

뺨의 피부가 땡긴다.

차가운 바람이 불어, 이세는 코트 깃으로 입가를 가렸다.

묘비가 늘어선 완만한 언덕을 올려다본다. 그 앞에는 새파란 하늘이 펼쳐져 있었다. 아래쪽에만 옅은 구름이 하늘거린다.

언덕 꼭대기와 하얗게 이슬이 맺힌 하늘의 경계선을 바라보고 있자니, 모든 걸 다 잊고 편안한 마음가짐이 든다.

시야 구석에는 언덕을 천천히 오르고 있는 다른 성묘객 모습이 비춘다. 그런데도 하늘과 태양, 그리고 자기 자신만 이 장소에 있는 것 같은 기분이 들어 신기했다.

카타오카가 가족묘(片岡家之墓)*라고 새겨진 비석 앞에서 이세가 서성이고 있다.

은색 꽃병에는 아직 새로운 꽃이 꽂혀있어서, 안고 온 꽃다발을 어떻게 할까 잠시 고민하다 비석 옆에 살짝 내려놓았다. 종이 사이로 수수하게 쌓여진 국화꽃을 내려다보며, 나한테는 어느 정도가 적당할지 고민에 빠진다.

이 비석 속에 사요가 잠들어있다.

사요가 대략 반년 전, 이 세상을 떴다는 사실은 머리로는 이해가 갔지만, 그래도 쉽게 납득하기는 어려웠다.

——실은, 이세 씨가 저를 생각해줬으면 싶었는데 말이에요.

사요와 마지막으로 만났을 때, 역시 사요는 그렇게 말했던 거라고 생각한다. 발음이 비슷한 이소, 라는 이름을 대며 얼버무렸지만 역시 잘못 들은 게 아니였다.

저물어가는 태양이 하얀 화강암을 옆에서 비춘다.

이세는 합장하고, 조용히 눈을 감았다.

한 동안 그렇게 있었다.

이세가 올라가자, 사무실에는 웬일로 네 명이 다 있었

* 1955년 이후로, 일본은 전국적으로 가족 단위로 큰 비석을 세우고 납골함으로 삼는 장례문화가 완전히 정착했다.

다. 들어온 이세를 보자마자 코시누마, 사토, 히키모토 얼굴이 굳어졌다.

그 가운데 고미부치 만이 여유롭게 웃음 짓고 있었다.

"이제 안 온다고 하지 않았냐?"

의자에서 일어나, 실실거리는 얼굴로 물어온다. 질문에는 대답하지 않고 이세는 고미부치의 뻔뻔한 얼굴을 노려봤다.

"재택근무는 이제 안 하냐?"

"이제 너 눈치 볼 필요가 없어져서 말이지."

"막 나가겠다는 거네?"

"누가 들으면 오해하겠어."

"너한테 할 이야기가 있어."

짧게 말하자, 고미부치가 고개를 살짝 갸웃거렸다.

"뭔데? 퇴직금 달라고?"

"아니."

"굳이 여기까지 찾아온 걸로 봐선 긍정적인 방향으로 대답할 거라 기대해도 되겠지?"

"네 맘대로 결정짓지 마."

"뭘 그렇게 억지로 그만두려고 해? 같이 많이 버는 것도 선택지 중 하난데."

"오늘은 다른 용건으로 왔어. 너희 셋은 뒤지든 말든 상관없으니까. 아까 말했지? 고미부치, 너한테 볼일 있다고."

"뭐?"

고미부치가 눈썹을 꿈틀거렸다. 서로의 시선이 부딪친다. 이세는 절대 눈을 피하지 않았다.

"그냥 잡담이나 하러 온 거 같지는 않은 것 같고."

"어."

"알았어, 나가서 말하자. 그게 더 편할 거 같고." 라며 고미부치는 의자 등받이에 걸어 놓은 검은 다운점퍼를 걸치기 시작했다. 천천히 이세에게 다가와, 벽에 걸린 회사차 열쇠를 꺼낸다. "차안에는 난방도 되니까." 하고 따지지 말라는 말투로 말하며 그대로 문을 열었다.

동료들 눈을 피하려는 태도로 미루어 보아, 대충 어떤 용건인지 눈치를 챈 모양이었다.

고미부치 다음으로 사무소를 등진다. 사무실에 남은 세 사람을 한 번 노려본 뒤 밖으로 나섰다.

건물 뒤편 주차장으로 돌아온다. 자갈 위를 걸은 두 사람은 차에 올라탔다. 고미부치가 운전석, 이세가 조수석에 앉았다.

"어휴, 요새는 너무 추워. 오늘도 비 온다고 그러더니,

이제 기온이 더 떨어지게 생겼네."

고미부치가 부르르 몸을 떨었다. 이세는 고미부치의 담담한 잡담에 반응도 하지 않고, 주머니에 손을 찔러 넣은 채 앞 유리창 너머를 쳐다보았다. 회색으로 더러워진 건물 벽과 먼지를 뒤집어 쓴 실외기가 시야에 들어온다.

"그래서, 용건이 뭔데?"

결국 참지 못한 고미부치가 먼저 말을 꺼냈다. 일부러 10초 정도 기다렸다가 이세는 천천히 말을 한다.

"내가 아버지를 폭행치사로 죽게 만든 사건, 기억하냐?"

"당연하지. 눈앞에서 벌어졌는데."

"카스야가 지적해서 처음으로 알았는데, 재판에서는 내가 맨손으로만 때린 게 아니라 돌로 찍어서 죽였다고 되어있더라고."

"오, 그래서, 뭐?"

"내가 취조실에서 퉁명스럽게 어른들 말 흘려듣는 사이에 검찰 입맛에 맞게 진술 내용이 날조된 거지. 카스야도 꽤나 열 받아했어. 경찰이나 검찰이 이 만큼 썩어있을 줄이야, 하고 말이야. 고미부치, 넌 어떻게 생각하냐?"

"그건 있을 수 없는 일이지. 이세, 너는 아버지를 죽이려고 하지 않았으니까, 그건 내가 가장 잘 알고 있고. 경찰도 쓰레기구만."

그런데――,하고 이세는 팔짱을 낀 채 말을 이었다.

"잘 생각해보면 이유를 모르겠어. 큰 전과도 없는 만 18세 소년을 상대로 경찰이나 검찰이 사실을 왜곡하면서까지 자기들에게 유리하게 진술 내용을 날조할 필요가 어디에 있지? 왜 나는 하지도 않은 일을 한 것처럼 되어 버린 걸까?"

여기서 이세는 한 가지 가능성을 떠올렸다.

――경찰이 뭐라고 했던 게, 단순히 나를 꾸짖으려고 한 게 아니었다고 한다면?

경찰은 결정적인 증거를 손에 쥐고 있었던 게 아닐까? 아버지의 죽음은 우연히 벌어질 수 없는 것이었다는 확신을 가지고 조사를 진행한 것이 아닐까?

경찰들이 진상을 알아차리지 못했다면 그건 분명히 이세 잘못이었다.

"그때 우리 아버지 죽인 거, 너지?"

난방으로 불어오는 바람이 고미부치의 앞머리를 위로 넘긴다. 고미부치는 한 동안 대답하지 않았다.

"증거 있어?"

담담하게 물어오는 고미부치에게 "돌." 하고 대답했다.

"아버지가 공원에 나타나기 직전, 우리는 공원 한 가운데에 있었지. 가로등 바로 아래였어. 추운 밤이었으니까 몸 좀 녹이려고 이리저리 움직이고 있었고, 나는 돌을 발로 차면서 놀고 있었지."

빛의 원 한 가운데에서 밖으로 보이는 범위 내의 돌을 큰 것 부터 작은 것 순으로 차례로. 축구공 차듯이 차면 공은 어둠으로 빨려 들어가 모습을 감추었다.

그 직후 아버지가 공원에 나타나 싸움이 되어 버렸다.

——큰일났어! 너네 아버지, 정신 차리고 일어나다가 또 자빠졌거든? 근데 바닥에 뒤통수를 제대로 부딪쳤어.

공원 수돗가에서 손에 묻은 피와 모래를 씻어내던 이세를 고미부치가 다급히 부르러 왔다. 가로등 아래로 돌아와 보니, 아버지가 머리에서 피를 대량으로 흘리며 의식을 잃은 상태였다.

지면에 다시 쓰러진 아버지 뒤통수 바로 아래에는 툭 튀어나온 주먹만 한 크기의 돌이 굴러다니고 있었다——라는 사실을 이세는 나중에 경찰에게 듣고서 알았다.

"내가 일부러 가지고 있는 게 아닌 이상, 그렇게 큰 돌이 있을 리가 없다고 하더라고."

하하, 하고 고미부치가 입을 열고 웃었다.

"근처 돌을 전부 차서 날려버렸다는 건, 그냥 네 기억이지. 그걸로 뭘 어쩌지도 못하고, 증거도 못 돼. 6년이나 지나서 말 함부로 하지 마."

"거짓말 하지 마. 다 확신이 있어서 하는 말이니까."

객관적 증거가 되지 못한다는 사실은 알고 있다. 하지만 이것은 분명 사실임을 이세는 잘 알고 있었다.

루시드 드림이 보여준 것이다. 여태까지 잘못 믿고 있었던 사실을 뒤집는 물증이, 그 〈과거 꿈〉 속에 제대로 존재하고 있었다.

"아버지가 완전히 기절한 걸 보고 계획을 떠올렸겠지. 내가 공원 구석 수돗가에 가서 씻는 동안, 적당한 돌을 주어다가 뒤통수에 한 방 먹인 거야. 그 돌을 아버지 머리 밑에 두면 우연히 죽은 것처럼 위장할 수 있으니까."

"상상력 하나는 풍부하네."

"뭐, 결국 경찰한테는 다 들킨 모양이지만. 뇌진탕을 일으킨 사람이 대짜로 지면에 쓰러지는 것만으로는 그런 부상을 입을 수 있을까, 없을까? 정답은 없다야. 하지만 경찰은 어디까지나 내가 했다고 판단했었고, 그건 어쩔 수 없지. 경찰, 검찰 그리고 카스야 타쿠미에게도 무리였을 걸? 아무리 머리를 쥐어짜도, 나 스스로가 진범의 존재를 감춰 주고 말았었으니까."

그 사건 현장에 고미부치가 있었다는 사실을 아는 사람은 이세와 아버지, 둘 뿐이었다. 아버지가 죽었다고 직감하자마자, 이세는 고미부치의 등을 밀어 공원 출구를 가리켰다.

——너 공범이라고 의심 받아. 경찰 오기 전에 도망가. 빨리!

그렇게 진짜 살인범을 도망치게 하고 말았다. 이세는 고미부치가 같이 있었다는 사실을 한 마디도 경찰에게 하지 않았다.

고미부치를 의심하는 짓은 그 동안은 한 번도 하지 않았다. 이번 사건을 적발하고 나서, 고등학교 때 자신과 고미부치와의 관계를 다시 한 번 되짚어 본 것이었다.

우정이라는 허술한 벽에 감추어져 있던 진실은 끔찍할 정도로 잔혹한 것이었다.

"동기는 충분히 상상이 가지. 아버지가 음주운전을 학교에 말해서 취직자리 취소되어서겠지. 거기다 사회부적응자니 쓰레기니 하는 욕까지 듣고 참지 못한 거겠지."

술에 취해 들어가던 아버지가 놀러 온 고미부치 얼굴을 때린 적도 있었다. 아버지는 바닥에 쓰러진 고미부치에게 위스키 병으로 때리려고까지 했다. 이세가 끼어들어서 말리지 않았더라면 고미부치는 큰 부상을 입었을 지도 모른다.

그런 일을 고미부치는 심하게 속에 담고 있었으리라. 그 증거로 얼마 전, 이세가 선술집에서 아버지에 대한 복잡한 마음을 토로 했을 때도 "애초에 뒤져도 싼 인간이기는 했잖아." 하고 욕했다.

착한 사람 속여서 돈을 뜯어내는 데에 세밀한 계획을 세우는 인간이다. 마음에 안 드는 인간을 배제하기 위해서라면 이세에게 모든 죄를 다 뒤집어씌우는 짓 따위 아무렇지도 않게 할 만하다.

눈앞에 막 벌어진 아버지와 아들 사이의 싸움은 고미부치에게 있어서 손 하나 더럽히지 않고 복수를 달성하는 절호의 찬스일 뿐이었다.

"내 말이 틀려?"

의자 가장자리를 손으로 잡고, 따지고 들었다. 고미부치는 창턱에 팔꿈치를 괸 채로 입술을 비틀어 올리고 있었다.

"내가 바보인 줄 아냐? 녹음하고 있지?"

"내가 너 같은 쓰레기인 줄 아냐?"——거짓말이었다. 가방 안에는 아직도 빌리고 돌려주지 않은 카스야의 태블릿 PC로 녹음 중이었다.

"뭐, 네 아버지가 인간 쓰레기였던 건 사실이지. 진짜 싫었거든. 그 자식이야말로 인간 쓰레기, 사회 쓰레기야. 바닥이나 기면서 살던 거는 네 아버지잖아?"

고미부치가 실실거리면서 웃으며 말했다.

"그런 자식을 없앨 절호의 찬스가 눈앞에 다 차려져 있는데, 그걸 안 먹는 게 더 어렵지 않냐? 너도 아버지 없는 덕분에 속 시원하잖아?"

"덕분에 나는 교도소에서 5년을 썩었어. 어머니는 자살했고."

"지가 했다고 착각한 게 잘못이지, 누구 탓 하냐?"

"나는……나는, 너를 친구라고 믿었으니까 도망치라고 한 거였어."

"네가 나를 친구로 생각 했는지, 어쨌는지는 내 알바 아니고, 네가 그렇게 생각한다고 나까지 그렇게 생각하란 법 있냐?"

자백한 거나 마찬가지였다. 고미부치 말투나 표정까지

모든 것이 사건의 진상을 웅변하고 있었다.

비웃는 고미부치를 노려보며 주먹을 쥐었다. 손이 나가려는 것을 억지로 참는다. 부들부들 떨리는 오른팔을 왼손으로 누르고 거친 숨을 토한다.

복수는 복수를 부르고, 그 끝은 불행 말고는 없다.

——누군가가 연쇄를 끊어야만 해.

하고, 스스로에게 말한 순간이었다.

눈앞에 은색 무언가가 반짝였다.

위험을 느끼고, 바로 창문 쪽으로 몸을 피한다. 고미부치가 휘두른 무언가가 이새의 어깨를 스쳐 조수석 등받이에 꽂혔다.

어깨에 예리한 통증이 터졌다. 자기도 모르게 눈을 부릅뜨고 자신에게 달려들려고 하는 고미부치의 손을 응시한다.

나이프였다.

은색 날에 피가 조금 묻었다.

고미부치가 말없이 의자 등받이에서 나이프를 뽑았다. 다시 한 번 이세의 목을 노리고 찍으려 했다.

정신없이 고미부치의 손을 잡았다. 그러다가 칼끝이 손가락을 건드려 피가 났다. 방금 전 베인 어깨에서도 피가 흐르는 것 같았다. 오른팔에서 점점 힘이 빠져나가고 은

빛 칼끝이 목을 향해 육박해온다.

이제야 알아챘다.

이세가 "할 말이 있다."라고 말을 꺼냈을 뿐인데, 고미부치는 회사용 차에서 이야기하자고 제안한 이유. 그것은 내용을 예상해서가 아니라——.

"퇴직금이 어쩌고는 다 거짓말이구나."

등을 문에 밀어대며 칼끝에서 목을 어떻게든 멀어지게 하려고 힘을 주느라, 잇새로 목소리를 짜낸다. 위에서 체중을 실어 짓누르고 있는 고미부치에 비해 태세가 불리하다.

"대답에 상관없이 죽일 생각이였구나."

나이프를 미리 준비했다는 게 그 증거다. 꺼내는 순간은 잘 보지 못했지만 차 안이나 다운점퍼 안쪽에 숨겨놓았던 게 분명하다. 이세가 다시 모습을 나타내면 묻지도 따지지도 않고 살해할 심산이었던 것이다. 이세와 카스야의 입만 막으면 비영리활동 법인이라는 가면을 뒤집어 쓴 패거리가 앞으로도 막대한 돈을 긁어모을 수 있다.

이세가 필사적으로 내뱉은 질문에, 고미부치는 대답하지 않았다. 그저 말없이 나이프에 체중을 계속 실었다.

슬금슬금 칼날이 다가왔다. 차가운 무언가가 목에 따끔하게 닿는다.

틀렸나——하고, 이세가 각오한 순간, 기대고 있던 조수석 문이 확 열렸다.

이세는 등부터 바닥에 떨어졌다. 동시에 앞으로 쏠리며 중심을 잃은 고미부치 손에서 나이프가 떨어진다. 이세도 고미부치도 아닌 다른 사람이 손을 뻗어와 조수석 시트에 떨어진 나이프를 빼앗았다.

"이세야! 괜찮아?"

카스야 타쿠미의 목소리였다. 한 손에는 이세의 피가 묻은 나이프를 들고, 다른 손을 이세에게 뻗었다.

이세는 말없이 일어나 카스야의 손에서 나이프를 빼앗았다.

운전석 쪽으로 가서 난폭하게 문을 열었다. 조수석으로 도망치려던 고미부치 팔을 혼신의 힘을 다해 붙잡아 바닥으로 질질 끌어냈다. 뱃속에 뜨거운 것이 창자를 뒤집어 놓았다. 기온이 느껴지지 않을 정도로, 온 몸에서 열이 뿜어져 나왔다.

——너였냐?

나이프로 날 죽이려고 한 게?

아버지를 죽이고 나한테 뒤집어씌운 게?

사기 행각을 위한 꼭두각시로 삼은 게?

사카구치 세이코 씨의 행복한 웃음이 깜빡깜빡 머리 안쪽에서 점멸했다.

더 이상 넘쳐흐르는 감정을 억누르지 못했다.

하얀 라이트 밴 차체에 기대 도망치려는 고미부치를 붙잡은 이세가 나이프를 있는 힘껏 내리 찍었다.

살을 찢고 들어가는 감촉이 있었다.

고미부치가 작은 비명을 지르며 옆구리를 붙잡고 쓰러진다. 하얀 차체에 점점이 붉은 피가 튄다.

——이 자식 때문에 전부!

한 번 타오른 분노의 불꽃은 멈출 줄을 몰랐다. 소년 교도소에서 썩었던 5년의 기억을 팔에 실어 고통으로 몸을 비트는 고미부치의 옆구리를 향해 한 번 더 나이프로 찔렀다.

다시 비명이 솟구친다. 그 직후, 뒤에서 겨드랑이 사이로 팔이 들어와 제압하더니, 나이프를 빼앗겼다.

"이세야! 너 지금 뭐하는 거야!"

카스야의 성난 목소리였다. 강한 힘에 끌려 나와서는 비틀비틀 뒤로 물러선다.

구속이 풀린 순간 갑자기 기시감이 들었다.

피어오르는 하얀 입김.

증발할 것처럼 뜨거운 안구. 뿌연 시야.

활짝 열린 회사차 문.

그 옆에 쓰러져 옆구리를 두 손으로 붙잡는 고미부치.

자갈 위에 떨어진 다운점퍼에서 삐져나온 빨간 깃털.

루시드 드림에서 봤던 대로의 광경이었다.

헉 하고 숨을 삼키고 뒤를 돌아본다.

바로 옆에 카스야 타쿠미의 단정한 얼굴이 보였다.

"아무리 전화해도 안 받길래 걱정 되서 태블릿 PC의 GPS 정보를 찾아서 왔어. 이 나이프는 고미부치 거야? 쟤가 먼저 공격한 거 맞지?"

카스야가 빠른 말투로 말하며 한 손을 들었다. 그 손에 쥐여진 피투성이 나이프와 그 너머에 펼쳐진 회색 하늘이 뼈저리게 대조적으로 보였다.

그 때와 마찬가지였다. 심야 공원. 가로등 노란 불빛 아래. 눈앞에서 아버지가 죽었을 때 이세는 고미부치가 공범이 되는 걸 가장 걱정했다.

지금도 마찬가지다.

——카스야를 지켜야만 해.

카스야 타쿠미의 눈을 쳐다보며, 나이프로 카스야의 옆구리를 찔렀다.

잘 생긴 눈이 크게 떠진다. 그리고 곧바로 카스야의 표정이 고통으로 일그러진다.

"어째서……"

"너는, 나랑 다른 인간이니까." 하고, 조용히 말했다. "이걸로 네가 공범 취급은 받지 않을 거야." 나이프에서 손을 떼자, 카스야는 나이프가 찔린 채로 그 자리에 웅크렸다. 힘을 조절했으니, 깊은 상처가 되지는 않을 것이다. 경찰이 도착할 쯤에는 카스야는 고미부치와 마찬가지로 피해자로 판단될 것이다.

모든 게 루시드 드림 대로 진행되었다. 예상과 달랐던 것은 고미부치에게 큰 부상을 입힌 것도 카스야를 찌른 것도 모두 다 자기가 한 짓이라는 점이었다.

문득 회사 차 쪽으로 시선을 돌린다.

다음 순간, 이세는 깜짝 놀라 뒤로 물러섰다.

하얀 라이트 밴 문에 기대고 있던 고미부치가 눈을 감은 채 움직이지 않고 있었다. 입술은 핏기가 가셨고 옆구리에 대고 있던 손은 축 늘어뜨리고 있었다.

——죽은 건가?

그 순간, 위화감을 느꼈다.

딱 하나, 현실로 이루어지지 않은 예지몽이 있다. 고미부치와 함께 카모노미야역 승강장에서 떨어지는 그 꿈이다. 2월 4일 16시 54분. 그 순간을 남긴 채 고미부치가 죽었다는 말은――.

갑자기 발목을 잡혀 놀라 펄쩍 뛰었다. 자갈 위를 기어 온 카스야가 온 힘을 다해 이세를 올려다봤다. 그 때 처음으로 카스야가 그 체크무늬 코트를 입고 있다는 사실을 깨닫는다.

"이세야, 내 말 잘 들어. 나는, 실수로 내가 나를 찔렀다고 우길게. 고미부치는 정당방위였다고 주장하면 돼. 또 5년이나 교도소에 들어가는 일은 절대 없을 거야. 내가 보장할게. 그러니까 일단 구급차를 불러 줘. 아직 살릴 기회가 남아있을 지도 몰라. 응급처치를 하면 구형도 줄어드는 데 도움도 되니까――"

카스야는 지금 고미부치 상태를 확인하지 않고 말하고 있다. 이미 늦었다는 사실을 모르는 것이다.

이세는 확 몸을 돌려 주차장 출구 쪽으로 달렸다.

"이세! 이세야!"

카스야의 부르는 소리를 무시했다. 건물 앞 쪽으로 달려, 전속력으로 길을 달린다. 행인들이 놀란 얼굴로 이세를 피했다. 낡은 아파트, 꾀죄죄한 단독주택, 셔터가 내려진 가게. 익숙한 풍경이 날아들었다 스쳐지나간다.

지금 고미부치가 죽었다. 이세가 직접 죽였다. 따라서 고미부치가 오늘 카모노미야역으로 나타나는 일은 불가능하다.

——미래가 바뀐 건가?

그렇다고 밖에 생각할 수 없다. 적어도 고미부치와 함께 승강장에서 굴러 떨어지는 미래는 더 이상 오지 않는다.

무사히 죽음을 회피하는 게 가능할까, 하고 달리면서 생각한다.

혼란이 이세를 덮쳤다. 동시에 온 몸을 휩싸는 것은 미래를 바꾼 것에 대한 기쁨이 아니라 형용할 수 없는 공포였다.

어쩌면 더 이상 이세가 죽는 일이 없어진 것인지도 모른다. 한 때 불가능하다고 여겼던 죽음을 회피한다는 목표를 무사히 달성한 것인지도 모른다.

하지만 정말 이대로 괜찮은 걸까?

이세는 지금, 말 그대로 진짜 살인범이 되었다. 곧 경찰이 달려와 구속할 것이다. 이번에는 6년 전과는 다르다. 만 18세 소년은 이제, 만 24세 성인 남성이다. 죄질도 상해치사가 아니라, 살인죄. 그렇다면 경찰에 잡히면 끝장이다, 이제 교도소에서 나오지 못한다.

전철에 치어 죽는다는 결말은, 사람을 죽이면서까지 바꾸지 않으면 안 되는 미래였던 걸까?

평생을 그 회색 벽 안에서 보내야하는 미래를 맞이해야 하는 건가?

그렇다면 죽는 게 차라리 더 낫지 않을까?

그렇게 자문자답 하면서 고개를 들었다.

그리고 놀랐다.

이세는 카모노미야역 승강장에 서 있었다. 무의식중에 평소 다니던 익숙한 길을 따라 온 모양이었다.

승강장 밖이 급격히 어두워지기 시작했다. 이미 완전히 저녁이었다. 겨울 낮은 너무도 짧다.

안내 전광판을 올려다봤다. 16시 53분 출발이라는 표시가 눈에 들어왔다.

그렇구나, 하고 갑자기 생각이 떠올랐다.

죽는 게 낫다면, 스스로 목숨을 끊으면 되는 거 아냐?

다음 열차에서 뛰어내려 버리면 교도소로 다시 돌아가지 않아도 된다. 경위는 다르지만 2월 4일 16시 54분에 죽는다는 결말도 바뀌지 않는다.

——아니, 하지만.

자살이라는 선택은 해서는 안 될 것만 같았다. 사요가 미래를 바꾸어 주기 전, 이세는 열차에 뛰어들어 자살할 예정이었다. 그 비참한 미래를 바꾸기 위해서 사요는 커다란 희생을 치루었다. 그런데도 다시 자살을 선택한다는 행위는 사요의 마음을 짓밟는 게 아닐까?

이세의 마음은 흔들렸다. 하얀 형광등을 올려다보며 크게 숨을 토한다. 그리고 주머니에 양손을 찔러 넣고 멍하니 먼 풍경을 바라보았다.

승강장 밖에는 눈이 내리기 시작했다.

물기가 많은 진눈깨비 같은 눈이었다. 방금 전 까지 하늘이 회색으로 물 들었던 게, 해가 지고 있어서만은 아니었던 모양이다.

강한 바람이 승강장을 스쳐지나갔다. 이세의 짧은 머리가 흔들렸다.

'잠시 후, 1번선으로——'

스피커에서 안내방송이 흘러나왔다. 문득 정신을 차린 이세는 주머니에서 휴대전화를 꺼냈다. 대기화면 시각을 확인한다.

'2019년 2월 4일 (월) 16시 54분'

바람이 얼어붙을 정도로 차다. 하지만 이세의 몸은 뜨겁

게 타올랐다.

"젠장."

결정을 내리지 못했다. 물러 터진 자신을 뼈저리게 느끼며 초조함에 휩쓸려 발을 동동 구른다. 멀리서 경적소리가 들려온다. 동시에 뒤에서 몇 명 사람들이 비명을 지르는 소리가 들렸다.

타닥타닥 하는 커다란 발소리가 다가온다. 도중에 멈추고, 들은 적이 있는 비명 소리가 승강장에 울렸다.

"이세!"

뒤를 돌아보자, 바로 옆에서 몸싸움을 하는 남자 두 명이 보였다.

바로 앞에서 이세에게 거의 등을 보이고 있는 게 고미부치다. 검은 다운점퍼에 피가 묻어있어 번들거린다.

반대편에는 체크무늬 코트를 걸친 남자가 있었다. 고미부치 몸에 거의 가려서 얼굴은 보이지 않지만 분명 카스야다. 카스야가 입은 코트에도 검붉은 얼룩이 점점이 튀어있는 것 같았다.

고미부치가 자기를 붙들어 매는 카스야를 떼어내려 하고 있다. 카스야는 고미부치의 두 팔을 단단히 붙잡고서 이세로부터 떨어뜨리려고 잡아당기고 있다.

순간 어떻게 된 영문인지 몰랐다. 죽었다고 생각한 고미부치가 어째서 여기에 나타났는지, 왜 카스야가 고미부치를 필사적으로 막고 있는지.

"조심해! 치명상 입은 척 하고, 이세 널 방심시키려고 했던 거야!"

고미부치와 몸싸움을 하는 카스야의 목소리가 들려왔다.

그 말을 듣고 모든 의문의 조각이 제자리를 찾았다.

한 없이 절망적이었던 순간 속에서, 안도감이 가슴 속에 퍼졌다. 한숨을 내쉬면서 동시에 점점 시야가 밝아져 왔다.

다행이다——하고, 마음속으로 중얼거린다. 미래는 전혀 변하지 않았다.

오늘부터 지금까지 상황, 그리고 이 광경이야말로 처음 꿈에서 본 미래 그 자체였으며, 변한 것은 아무 것도 없었다.

각오를 다지기까지 시간은 별로 걸리지 않았다. 이세는 재빨리 발을 움직여 몸싸움하는 고미부치와 이세에게 달려갔다.

카스야에게 달려들고 있는 고미부치의 팔을 뒤에서 양팔로 잡고, 거칠게 잡아당긴다.

고미부치의 손이 카스야에게서 떨어진다. 탄력을 받은

몸이 반회전하면서 고미부치와 뒤엉켜, 황색 점자 블록을 밟고 넘는다.

진눈깨비가 흐트러지는 바깥 풍경이 망막에 비춰졌다. 멀리서 다가오는 전철 불빛이 하얀 눈송이를 비춘다.

귓가에서 고미부치의 포효가 들려왔다. 동시에 등에 커다란 힘이 더해지면서 이세는 선로 쪽을 향해 밸런스를 잃었다.

그 힘에 이세는 저항하지 않았다. 오히려 이세를 지금 선로 쪽으로 떠미는 고미부치의 팔을 혼신의 힘을 다해 붙잡았다.

——어차피 죽을 거, 너도 같이 죽는 거다.

절대 놓지 않겠다고 결심했다. 그대로 승강장에서 버티려는 기색도 없이 이세는 중력에 몸을 맡겼다. 굴러 떨어지기 직전, 몸이 옆으로 회전했다. 이세에게 팔을 잡힌 채로 밸런스가 무너져 공포에 질린 고미부치의 얼굴이 보였다.

몸이 공중에 떴다. 고미부치의 절규가 주변에 울려퍼진다.

"이세!"

카스야가 고함 소리가 들렸다. 형광등과 함께 승강장 가장자리에 체크무늬를 입은 남자가 서 있다. 카스야의 얼굴은 역광이라 잘 보이지 않았다.

이세를 향해 손을 뻗으려는 카스야의 모습이 초등학생 때 모습과 겹쳐졌다.

옆구리에 끼고 있는 건 발야구용 파란 공인 걸까? 아니다, 캐치볼을 할 때 쓰는 야구 글러브일지도 모른다. 차가운 진눈깨비를 맞으면서 이세는 눈을 감고, 한 때 동급생이었던 남자에게 미소 지었다.

암흑 속에서 꿈과 비슷 한 것을 봤다.

조그맣고 밝은 거실 안. 가운데에는 L자형 소파가 있고, 이세는 어른이 된 사요와 나란히 앉아있다. 사요가 부끄러운 듯 이세를 올려다보고 있고, 새하얀 얼굴에 한가득 미소 짓는다.

사요의 약지에는 작은 다이아몬드가 반짝이고 있다.

두 사람에서 대각선 맞은편에는 예의바른 표정을 한 카스야가 앉아있다. 축하해, 라고 카스야의 입이 움직이고, 이세를 향해 고개를 숙인다. 이세는 살짝 끄덕이고는 카스야와 악수를 나눈 뒤, 볼이 달아오른 사요를 지켜본다.

그것이 이세라는 인간이 어딘가에 남겨놓은 기억인지, 아니면, 그저 환각인지는 아무도 모른다.

굳게 닫힌 눈꺼풀 안으로 강한 빛이 쏟아져 들어온다.

고오오, 바람이 울부짖는 소리가 났다.

〈끝〉

지금, 죽는 꿈을 꾸었습니까

초판 1쇄 | 2019년 12월 24일

지은이 츠지도 유메 | **옮긴이** 손지상
펴낸이 서인석 | **펴낸곳** 제우미디어 | **출판등록** 제 3-429호
등록일자 1992년 8월 17일 | **주소** 서울시 마포구 독막로 76-1 한주빌딩 5층
전화 02-3142-6845 | **팩스** 02-3142-0075 | **홈페이지** www.jeumedia.com

ISBN 978-89-5952-838-7
*파본은 구입하신 서점에서 교환해 드립니다.

제우미디어 네이버포스트 post.naver.com/jeumediablog
제우미디어 페이스북 facebook.com/jeumedia
제우미디어 트위터 twitter.com/Jeumedia

만든 사람들
출판사업부 총괄 손대현 | **편집장** 전태준
책임편집 서민성 | **기획** 홍지영, 박건우, 장윤선, 안재욱, 성건우, 오사랑
디자인 총괄 디자인그룹 헌드레드 | **제작, 영업** 김금남, 권혁진